René Sydow
Die große Sehnsucht

RENÉ

DIE GROSSE SEHNSUCHT

ROMAN

SYDOW

Lübbe

Originalausgabe

Copyright © 2024 by
Bastei Lübbe AG, Schanzenstraße 6–20, 51063 Köln

Vervielfältigungen dieses Werkes für das
Text- und Data-Mining bleiben vorbehalten.

Lektorat: Dr. Stefanie Heinen
Umschlaggestaltung: Manuela Städele-Monverde
Umschlagmotiv: © tomertu/shutterstock |
© Kateryna/AdobeStock
Satz: hanseatenSatz-bremen, Bremen
Gesetzt aus der Adobe Caslon Pro
Druck und Verarbeitung: GGP Media GmbH, Pößneck

Printed in Germany
ISBN 978-3-7577-0077-5

2   4   5   3   1

Sie finden uns im Internet unter luebbe.de
Bitte beachten Sie auch: lesejury.de

… and I was standing at the window, waiting for my life to begin.

Two Bit Monster, *Girl, Skating on Ice*

1

Hinter Nina waren alle her. Alle, die auf dieselbe Schule gingen wie sie, und alle, die in derselben Kleinstadt lebten. Alle, die zwischen sechzehn und zwanzig waren, begehrten sie. Alle, die jünger waren, schauten zu ihrer Schönheit auf; alle, die älter waren, sagten ihr eine erfolgreiche Zukunft voraus. Wer so schön sei, würde seinen Weg in der Welt machen, hieß es.

Vor allem ihre männlichen Klassenkameraden waren hinter ihr her. Obwohl »hinter ihr her sein« der falsche Ausdruck war, erweckte er doch den Anschein, als hätte einer ihrer Verehrer sie einholen können. In Wahrheit suchten sie vergeblich ihre Nähe – nicht wie Liebhaber die Nähe zum Objekt ihrer Faszination suchen, sondern wie Monde, die zwar einen großen Abstand zu ihren Planeten halten, sich aber dennoch immer um ihn drehen.

Einer dieser Monde war Raphael, den alle Rabe nannten, weil er seit Beginn seiner Pubertät nur noch schwarze Kleidung trug: schwarze Jeans und schwarze T-Shirts, schwarze Pullover und schwarze Schuhe. Selbst seine Winterjacke, die in diesem November des Jahres 1996, dem kältesten November seit Jahrzehnten, sogar in Innenräumen nötig zu sein schien, war schwarz. Dass Rabes beste Freunde – Thomas, den alle Fete nannten, und Michi, der einfach Michi hieß – nicht müde wurden, immer wieder darauf hinzuweisen, wie gut man die feine weiße Punktierung auf jener Jacke erkennen konnte, was sie für Rabes Verhältnisse äußerst elegant, aber eben auch zu einer nicht vollkommen schwarzen Jacke machte, störte ihn nicht. Rabe reagierte mittlerweile nicht einmal mehr auf diesen Hinweis.

Seine Distanz zu Nina – planetarisch gesprochen – erschien Rabe mehr als perfekt. Seit Jahren saß er während des Unterrichts neben Irina in der letzten Reihe. Er wechselte kein Wort mit ihr, was sie auch nicht von ihm erwartete, war sie ohnehin mehr damit beschäftigt, strebsam zu sein und sich nicht von der Arbeit ablenken zu lassen. Sie wollte das Gymnasium mit 1,0 abschließen und Medizin studieren. Keiner zweifelte am Gelingen dieses Vorhabens.

Im Verhältnis zu Nina, die zwei Reihen weiter vorn saß, war Rabes Position weit genug versetzt, um ihn in ihrem toten Winkel verschwinden zu lassen und ihm gleichzeitig die Möglichkeit zu geben, ihr Profil jederzeit fast zur Gänze beobachten zu können und, wenn sie sich vorbeugte, sogar dann und wann die Wölbung ihrer Brüste unter ihrem Pullover zu erahnen. So saß Rabe oft Stunde um Stunde, unabhängig von Lehrer oder Fach, und verlor sich in der zentimetergenauen Vermessung von Ninas langem blonden Haar, ihren nach oben gebogenen Wimpern und dem winzigen Leberfleck unterhalb ihrer Lippen, den Rabe von seiner Position aus

8

bewundern konnte, wann immer Nina wieder einmal vor Langeweile einen Schmollmund zog oder die Backen aufblies.

»Raphael, ich habe dich etwas gefragt. Wie wäre es mit einer Antwort?«, unterbrach Lehrer Kurtz einen Gedankengang über die Fabelhaftigkeit zufälliger ästhetischer Meisterwerke wie Leberflecken am richtigen Ort.

»Ich bin ganz Ihrer Meinung«, schien Rabe die richtige Antwort zu sein, bei Kurtz sowieso.

»Das ist schön, aber ich hätte auch gern ein Ergebnis für diese Rechnung!«

»Ähm … zehn.«

»Da fehlen mindestens zwei Variablen.«

»Oh ja, klar. 'tschuldigung. Ich hab wohl geträumt.«

»Was sonst nie vorkommt, was?«

»Doch, aber ich werde irgendwie ständig gestört.«

»Ich bitte um Verzeihung. Wenn es dir lieber ist, kannst du vor der Tür weiterträumen.«

»Schon gut, ich passe jetzt auf. Entschuldigung noch mal«, log Rabe und stahl sich, mit vorgetäuschtem Blick auf die geometrischen Formeln an der Tafel, sofort wieder gedanklich aus dem Unterricht.

In seinen Tagträumen spielte fast immer Nina die Hauptrolle. Und da Rabe fest vorhatte, nach der Schule Film zu studieren und in Hollywood als Drehbuchautor unsterblich zu werden, waren seine Träume, selbst die in den 45-minütigen Unterrichtseinheiten, mehr als nur die üblichen Fantasien von Küssen und Fummeln, von Nacktheit oder wenigstens Händchenhalten. Rabe rekapitulierte zumeist zunächst den Filmklassiker, den er am

Abend zuvor gesehen hatte, und setzte Nina dann an die Stelle der Schauspielerin, deren Rolle er am interessantesten gefunden hatte. Und da er mindestens einen Film pro Tag sah, ging ihm auch der Stoff für seine Filme im Kopf nicht aus.

Selbstverständlich veränderte, *verbesserte* er Szenen und Handlungen so, dass sie auf ihn und Nina passten. So wurde sie zwar in der Kopfkino-Rekapitulation eines *Film noir* zur obligatorischen Femme fatale, aber sowohl sie als auch Rabe erlebten das Ende des Films lebend und fielen sich zum Schluss küssend in die Arme. In letzter Zeit beschäftigte sich Rabe vor allem mit den Filmen der legendären Schwarzen Serie, die er nachts in den dritten Programmen auf VHS aufzeichnete, am nächsten Tag ansah und anschließend seinem Archiv hinzufügte. Inspiration für die neu entbrannte Leidenschaft für Kriminalfilme der Dreißiger- und Vierzigerjahre war für Rabe – ansonsten eher berühmt-berüchtigt für sein enzyklopädisches Wissen über den Horrorregisseur John Carpenter – der dunkelgrüne Cashmere-Mantel, den Nina diesen Winter neu angeschafft hatte und der ihr die Eleganz verlieh, die eine echte Femme fatale benötigte. Neben ihr wirkten alle anderen Schüler der Jahrgangsstufe dreizehn in ihren noch aus den Vorjahren herübergeretteten oder aus allein praktischen Gründen, nämlich Wärme und geringer Preis, angeschafften Winterjacken in Gelb, Blau oder eben Schwarz wie Kinder.

Dass er nach Hollywood gehen und dort als Drehbuchautor arbeiten würde, war für Rabe übrigens keine Teenagerspinnerei, die er von seinem dreizehnten Lebensjahr an bis jetzt, kurz vor dem Abitur, mitgeschleppt hatte, sondern ein ernsthaftes Unterfangen. Er hatte hierfür sogar schon eine Art Lebensplan erdacht: Film in Deutschland studieren, zwei oder drei bemerkenswerte Streifen drehen, und das wegen der Widrigkeiten der stilistisch konservativen deutschen Filmwirtschaft mit einem geringen Budget. Hierüber, weil Amerikaner sparsame europäische Regisseure liebten, und über die Teilnahme an internationalen Festivals einen Handschlag mit einem Produzenten aus Hollywood erreichen, um dann endlich die Filme zu machen, die ihm vorschwebten, für die aber in Deutschland niemand Sinn oder das Budget hatte. Sollte er schließlich im Bereich des Horrorfilms landen, hätte er die Möglichkeit, unter dem Pseudonym *Ralph Raven* aufzutreten, sodass seine Eltern nicht gleich über seine Werke erschraken. (Nicht berücksichtigt war dabei, wie wenig Rabes Eltern Filmemacher unter Pseudonym mochten, was dran lag, dass Rabes Vater einen älteren Bruder hatte, den Rabe nur unter dem Namen »Johnny« kannte und der seit den Achtzigerjahren sein Geld mit dem Drehen schmuddeliger Sexfilme für den Videomarkt verdiente. Für Rabes Eltern glücklicherweise weit weg. Irgendwo in der Nähe von Wuppertal.)

Rabes schrittweiser Plan hatte inzwischen zumindest vage Gestalt angenommen. Sein Film befand sich quasi im Vorspann, hatte Rabe doch vergangene Woche schon einmal die Bewerbungsunterlagen für die Münchner Filmhochschule beantragt. Von hier aus erschien ihm die restliche Wegstrecke zu seinem ersten Hollywoodfilm mit Nina in der Hauptrolle überschaubar.

»Gut, wie wäre es denn mit dir, Thomas? So schwer kann das doch nicht sein. Selbst für dich nicht.«

Kurtz' Stimme prallte an dem angesprochenen Schüler ab wie der Basketball vom Gesicht des Fünftklässlers, der am Tag zuvor wegen der unglücklichen Kollision von Gummi und Kopf mit Notarzt vom Schulgelände gefahren worden war.

Thomas wünschte sich in diesem Moment, in dem der Mathelehrer ihn wieder einmal vorführen wollte, ebenfalls einen Basketball herbei. In Ermangelung desselben antwortete er: »Ich glaube, ich habe das noch nicht ganz verstanden. Vielleicht könnten Sie es mir noch mal erklären?«

Anders als sein Freund Rabe saß Thomas im Klassenraum *vor* Nina – ein Platz, den sich kaum einer der Jungs freiwillig ausgesucht hätte. Thomas allerdings hatte es nicht nötig, den Planeten Nina als Trabant zu umkreisen; er wurde selbst von Mädchen umschwärmt, als habe er ein eigenes Sonnensystem um sich herum. Thomas, den alle Fete nannten, weil er auf jeder Party aufzutauchen pflegte, selbst auf jenen, zu denen er nicht eingeladen war, galt als begabtester Unterhalter des Jahrgangs. Ob mit oder ohne Alkohol – er zog jede Konversation auf seine Seite und versprühte Charme und Charisma, wo immer er sich blicken ließ. Auch wenn er schwieg, verfielen die Mädchen ihm umgehend, denn er war nicht nur groß und sportlich, sondern hatte auch blonde Locken über seinem strahlenden, kantigen Gesicht, durch die seine Tanzpartnerinnen gern mit den Fingern fuhren, wenn er sie beim Stehblues zu Bryan Adams oder Bon Jovi fest in den langen Armen hielt.

Er hätte viele Neider und Feinde haben können, der hübsche Fete mit den vielen Eroberungen, doch er hatte auch den Ruf, verlässlich und hilfsbereit zu sein, ein guter Kumpel, der bei Radtouren, Fußballspielen oder Gesprächsrunden gleichermaßen geschätzt wurde. Die meisten glaubten ihm, dass er lieber mit seinen Freunden abhängen wollte, als schon wieder in eine Liebschaft zu stolpern. Gelegentlich war er genervt davon, beim Zusammensein mit Mädchen auf romantische Untertöne achtgeben zu müssen. Ironie oder Sarkasmus passten wenig zu zarten Verführungstönen, und Fete liebte es, böse Kommentare einfließen zu lassen, eine gewitzte Betrachtung über Lehrer oder Mitschüler zu machen, ohne darüber nachzudenken, ob sein Gegenüber es als Angriff sah.

Fete war schnell im Kopf. Deshalb mochte er Rabe, der ebenfalls einen schrägeren Blick auf die Welt hatte und trotz seines eher ruhigen Gemüts von Zeit zu Zeit einen boshaften Witz vom Stapel ließ. Zugegeben, von außen betrachtet waren der hoch aufgeschossene, kräftige und mit einer markanten, fast stolz nach vorn gestülpten Nase ausgestattete Fete und der in seiner immer etwas zu großen schwarzen Kleidung versinkende blasse Rabe ein seltsames Paar – fast, als hätte ein Regisseur einen bewussten Kontrast gesetzt oder Rabe es sich für eines seiner Drehbücher ausgedacht. Wenn es aber darum ging, sich mit Worten ein Tennismatch auf Grand-Slam-Niveau zu liefern, funktionierten die beiden wie dereinst Björn Borg und John McEnroe: Ball auf Ball, bis einer der beiden den Satz mit einer Pointe für sich entschied.

Fete eilte sogar der Ruf voraus, er habe bei einer Party Nina einmal so betrunken erlebt, dass sie ihm im Schlafzimmer der Gastgebereltern die Brüste gezeigt habe. Den meisten Jungs erschien der Gedanke, Nina einmal nackt zu sehen, erstrebenswerter als das Bestehen des Abiturs. Fete hingegen schwor hartnäckig, sie weder nackt gesehen zu haben noch mit ihr im Bett gewesen zu sein. Er bestritt sogar, sie an jenem Abend geküsst zu haben, was die gesamte Schülerschaft für eine Lüge hielt, hatte man schließlich noch keine Party erlebt, auf der Fete nicht mit einem Mädchen herumgeknutscht hätte. Nach Fetes Meinung zeigten die Gerüchte nur, wie dumm die meisten seiner Mitschüler waren, denn bislang war nur Rabe aufgefallen, dass Fete nie eine von der eigenen Schule geküsst hatte. Immer nur Mädchen von anderen. Mädchen, die man höchstens vom Sehen kannte, bei denen man aber nicht zuordnen konnte, wer sie waren und wer sie auf die jeweilige Feier mitgebracht hatte. Auch, weil er dieses System sofort durchschaut hatte, mochte Fete Rabe. Er schien ihn zu verstehen. Da fiel die lange Zeit, die die beiden einander ohnehin schon kannten, kaum noch ins Gewicht.

»Gut, dann wollen wir mal schauen, wie es mit den Sattelpunkten aussieht. Das hatten wir ja letzte Stunde. Vielleicht erinnert sich wenigstens daran jemand.«

»Auf jeden Fall. Ich habe echt schlecht geschlafen deshalb.«

Kurtz blickte nur kurz zu Michi, von dem der Einwurf gekommen war, dafür länger zu Rabe, der ein wenig zu laut über den Kommentar gelacht hatte.

»Oh, Raphael ist zumindest bei Witzen im Klassenraum anwesend, wie schön! Na, wenn du schon mal da bist, dann wisch doch mal die Tafel, damit wir gleich die nächste Aufgabe dranzeichnen können! Die anderen schlagen Seite zweiunddreißig auf! Irina liest vor.«

Rabe tunkte den Schwamm tief in den Wassereimer, dessen Flüssigkeit längst die Farbe eines Sumpfes angenommen hatte. Während Irina die Aufgabe vorlas, lächelte er Michi zu. Er konnte sich kaum verkneifen, noch einmal laut loszuprusten. Sie waren seit frühester Kindheit miteinander befreundet. Man könnte auch sagen, ihre Freundschaft wurde von den Eltern erzwungen, denn diese hatten Michi und Rabe ständig zu denselben Orten geschleppt: dieselbe Krabbelgruppe, derselbe Schwimmkurs, derselbe Spielplatz und letztlich auch derselbe Kindergarten. Die beiden Einzelkinder Michi und Rabe hatten dadurch bis zur Einschulung bereits mehr Zeit miteinander verbracht als manche Geschwister. Und weil Fetes Eltern und Michis Mutter Nachbarn waren, hatten sie oft zu dritt im Garten gespielt. Manchmal sogar zu viert, wenn Fetes zwei Jahre jüngere Schwester Marnie sich in die Spiele der Jungs eingemischt hatte. Lange hatten die Jungs versucht, Marnie zu ignorieren. In den letzten Jahren aber hatte Michi – und nur ihn – das Gefühl beschlichen, Marnie habe sich stark verändert, zum Positiven. Die Unterschiede von der Vier- zur Sechzehnjährigen waren nicht von der Hand zu weisen: Marnie, ein ehemals lautes Mädchen mit Latzhosen und kurzen blonden Fransen, war mittlerweile ein hübsches lautes Mädchen mit Jeans und kaum pinselstarkem

15

Pferdeschwanz. Ihre Haarfarbe änderte sich monatlich, von Schwarz bis zum momentanen Blond mit grünen Strähnen. Deutlicher wahrnehmbar als Marnies Äußerlichkeiten war für Michi jedoch eine gewisse Unruhe, die er jedes Mal verspürte, sobald sie sich ihm näherte. Er konnte nicht sagen, was ihn so nervös werden ließ, wenn sie gleichzeitig mit ihm aus dem Haus trat und denselben Weg zum Bushäuschen ging; er merkte nur, dass dieses Gefühl stärker wurde.

»Danke, Raphael! Danke, Irina! Jetzt kann Thomas die Funktion an der Tafel skizzieren!«

Fete stieß ein Stöhnen aus, erhob sich aber nicht.

»Na, was ist? Auch noch schlecht in Sport? Hopp, an die Tafel!«

Rabe reichte Fete ein Stück Kreide. Sie brauchten nicht mehr als einen Blick, um sich des Schimpfwortes gewiss zu sein, welches sie beide Kurtz in diesem Augenblick zudachten. Rabe und Fete brauchten selten mehr als einen Blick, um einander zu verstehen.

Fete war ein Jahr älter als Michi und Rabe, weswegen sich ihre Wege nach dem Kindergarten ein wenig verloren hatten, da Fete vor den anderen eingeschult wurde. Er lernte mit den neuen Klassenkameraden neue Freunde kennen, verbrachte seine Zeit lieber mit den »Großen« als mit seinen Sandkastenfreunden. An Geburtstagen und bei der jährlichen Einweihung des Planschbeckens in Michis Garten war er zwar auch jetzt noch dabei, ganz zurück hatte er zu seinen alten Gefährten aber erst gefunden, als er in Klasse acht wegen Mathe und Englisch sitzenblieb. Plötzlich saß er bei seinen jüngeren Freunden im Klassenzimmer. Rabe gab Fete Nachhilfe in Englisch, und Fete brachte im Gegenzug den anderen das Rauchen bei. Bald hatten sie wieder mehr gemeinsame Erlebnisse und damit auch mehr, über das sie sich in Michis Garten austauschen konnten.

Jetzt, in der Oberstufe brauchte Fete Rabes Nachhilfeunterricht nicht mehr, da er sich auf Französisch konzentriert und Englisch abgewählt hatte. Nicht, dass ihm Französisch leichter gefallen wäre, aber er hatte einmal gehört, die schönsten Frauen würden in Paris leben, und sollte er einmal dort hinkommen, wollte er vorbereitet sein.

In Mathematik sah es allerdings immer noch düster aus, zumal der Lehrer, dem Fete die Ehrenrunde zu verdanken hatte, pünktlich zur Oberstufe wieder auf seinem Stundenplan aufgetaucht war: Johannes Kurtz. Kurtz war vor ein paar Jahren frisch vom Studium an die Schule gekommen, gerade als Fete das erste Mal in die achte Klasse versetzt wurde, hielt sich selbst für einen begnadeten Pädagogen, Schüler hingegen grundsätzlich für dumm und Fete ganz besonders. Deswegen schien er auch in der Bewertung der Klassenarbeiten noch etwas ungerechter zu zensieren als ohnehin. Und das in Mathematik!

Was die Sache nicht leichter machte: Kurtz hielt sich für einen äußerst witzigen und schlagfertigen Menschen und wurde nicht müde, dieses von ihm angenommene Talent bei jeder Schulveranstaltung vorzuführen, indem er entweder die Veranstaltung moderierte oder als Showact einen Ausschnitt aus irgendeinem Programm eines beliebigen und fast ebenso unlustigen Fernsehkomikers vortrug. Von denen schien es ganz plötzlich unzählige zu geben, und nicht wenige von ihnen versuchten seit ein paar Jahren in Sendungen wie dem *Quatsch Comedy Club* die Rabes Meinung nach überflüssige Kunstform der amerikanischen Stand-up-Comedy ins Deutsche zu übertragen.

Kurtz selbst war der Ansicht, er könne, wenn er nur wollte, mit dem richtigen Management eine ebenso erfolgreiche Karriere wie die ins TV gespülten Spaßmacher ankurbeln. Dass es nicht dazu kam, begründete er damit, dass er an seinen Idealen festhielt, um die nächste Generation zu erziehen. Tatsächlich genoss er es wohl eher, auf Schulfesten von willfährig grinsenden Eltern für seine lauen Witze gefeiert zu werden. So war in kurzer Zeit ein ungewöhnlicher Generationenkonflikt entstanden: Während die Elternschaft der Ansicht war, Johannes Kurtz müsse zu den beliebtesten Lehrern der Schule gehören, allein schon aufgrund seines Humors und seiner kumpelhaften Attitüde auch den Schülern gegenüber, betrachtete ihn nahezu die gesamte Schülerschaft hasserfüllt als becordjackten und bebrillten Witzbold, dessen Pointen bestenfalls spießig, häufiger dummdreist waren.

Und natürlich hatte Kurtz wieder einmal Fete zum Spießrutenlauf an die Tafel geholt. Und da dieser auch nach Monaten kein Interesse daran hatte, den Sattelpunkt einer Kurve korrekt zu berechnen, und noch weniger daran, dem Lehrer einen Gefallen zu tun, indem er sich von ihm vor der gesamten Klasse verbessern ließ,

schwieg Fete einfach und zuckte selbst bei Kurtz' ungewohnt freundlichen Hilfeleistungen mit den Schultern.

»Ich muss also annehmen, Thomas, dass du weiterhin
keine großen Ambitionen hast, das Abitur zu bestehen?«
Mit einem Nicken wies Kurtz Fete an, sich wieder zu
setzen. »Nun, es gibt ja auch noch ein paar hübsche Be-
rufe, bei denen man auch ohne klarkommt. Du solltest
deinen Job in der Videothek vielleicht nicht gleich nach
der Schule hinschmeißen!«

Fete legte die Kreide zurück an ihren Platz. »Ist doch
in Ordnung, Thomas, es muss auch nicht jeder studieren.«

»Es soll auch Leute geben, die eine größere Karriere
gemacht haben, als als Mathelehrer zu enden, auch wenn
sie von Geometrie keine Ahnung hatten. Wie hieß dieser Typ noch mal? Ach ja, Einstein, glaube ich.«

Kurtz sah von der Tafel weg in die Tiefe des Klassen-
raumes und musterte die knapp dreißig Schüler, von denen einige den Kopf zu Michi wandten, während andere
bewusst Stifte und Lineale in die Hand nahmen, um auf
ihre Arbeitsblätter zu schauen und so zu tun, als wären
die Sätze nicht gefallen. Nahezu alle im Raum lächelten mehr oder weniger deutlich in sich hinein. Nur Rabe
versuchte, sich dieses Mal zurückzuhalten.

Kurtz war lange genug Lehrer, um zu wissen, wessen
Stimme ihm den Auftritt kaputt gemacht hatte. »Oha,
Humpty Dumpty eilt zur Ehrenrettung herbei! Ich bin
beeindruckt, Michi. Sei froh, dass du die Aufgaben be-
griffen hast. Vielleicht gelingt es dir dann wenigstens,
Mathelehrer zu werden. Oder hast du Lust, später auch
Videobänder zurückzuspulen?«

»Ganz ehrlich? Vor die Wahl gestellt, glaube ich, als Videothekar hätte ich wenigstens Freunde.«

»Raus!« Kurtz bemühte sich sichtlich um einen noch freundlichen Tonfall.

»Warum?«

»Raus!« Beim zweiten Mal klang der Befehl nicht mehr so kontrolliert. Während Michi vor die Tür ging, beugte Kurtz sich über das Klassenbuch. Seine Überlegenheit versuchte er dadurch zu beweisen, dass er Michis Unverschämtheit eintrug und gleichzeitig den Unterricht weiterführte. »Und nun? Möchte noch jemand eine Kostprobe als Komiker geben, oder schafft es einer von euch, die richtige Lösung an die Tafel zu zeichnen?«

2

Unterhalb des Schulgeländes führte ein vier Meter langer und drei Meter breiter Steg auf das Wasser des Bodensees hinaus. Den Schildern zufolge stand er ausschließlich der landesweit bekannten Rudermannschaft der Schule zur Verfügung, damit diese über ihn ihre Achter ins Wasser hieven konnte – ein Privileg, das Rabe, Fete und Michi so nicht gelten lassen wollten. Überhaupt genoss die Mannschaft ihrer Meinung nach viel zu viele Privilegien, und das nur, weil sie den Stolz der ganzen Lehrerschaft darstellte, die sich nach gewonnenen Wettkämpfen gern auf Fotos mit »ihren« Schülern präsentierte.

Vor ein paar Jahren war das Seegrundstück mit einem großen Clubhaus bebaut worden, das nun malerisch unter den riesigen Bäumen lag, die das Areal umgaben und den Eingang zum Grundstück markierten. Das imposante Bootshaus diente nicht nur als Aufbewahrungshalle für die teuren Boote, auch als Partyort war es beliebt, wenn auch nur bei den Mitgliedern des Ruderclubs. Anderen Schülern war der Zutritt selbstverständlich untersagt. Der Versuch, auch das Grundstück und den Steg komplett abzuriegeln, war allerdings am Protest der restlichen Schülerschaft gescheitert. Schließlich war es der beliebteste Rückzugsort der Raucher, die in den großen Pausen für eine fünfminütige Zigarette heruntereilten, und im Sommer der beste Platz, um nach der Schule schwimmen zu gehen oder im Gras zu liegen, um zu lernen oder über die Jungs der Rudermannschaft zu lästern, die mit vor Stolz geschwellten Oberkörpern ihre Boote an den Müßiggängern vorbeitrugen. So mancher Ruderer spannte beim Tragen der Boote seine Oberarmmuskeln ein wenig mehr an, als nötig gewesen wäre, um die im Gras sitzenden Mädchen zu beeindrucken und die Jungs neidisch zu machen.

Weil Rabe sich nur bei anstehenden Feiern selbst welche kaufte und Fete nur noch diese letzte in der Schachtel hatte, teilten sich die beiden eine Zigarette.

»Alles schon gefroren.« Fete ließ seinen Turnschuh über eine vereiste Pfütze gleiten. Geregnet hatte es in den letzten Novemberwochen mehrfach, und seit gestern waren die Temperaturen allerorten schlagartig nach unten gerutscht.

»Ab morgen soll es sogar schneien«, meinte Rabe und zog tief an der Zigarette. Er hatte an diesem Morgen ein paar Minuten lang aus dem Fenster geschaut, bevor er sich für die Schule angezogen hatte, da er den ersten Raureif des Jahres, dieses metallene Glitzern im Mondlicht eines frühen Wintermorgens, für noch schöner hielt als den ersten Schnee. Außerdem fand er, *Raureif* gehöre zu den schönsten Wörtern der deutschen Sprache. Fete hingegen sprach seit dem Oktober nur noch davon, wie sehnsüchtig er den nächsten Sommer erwartete.

Mit lauten, eiligen Schritten näherte sich Michi. Viel Zeit blieb ihnen nicht, bis der Bus nach Hause abfuhr, und sie nahmen ohnehin immer erst den dritten nach Schulschluss. »Hrmpf!« Mehr als ein plötzliches und nach Urlauten klingendes Raunen konnten Rabe und Fete nicht vernehmen, da Michi auf der gefrorenen Pfütze ausrutschte und sich allein deswegen auf den Beinen halten konnte, weil er, trotz seiner paar Kilo zu viel, wendig und erstaunlich sportlich war.

»Dieser Penner!«, grummelte er kaum deutlicher.

»Wer?«

»*Humpty Dumpty!* Ich werde durchsetzen, dass Kurtz beim Abistreich zwölf Eier schlucken muss, und ich sorge dafür, dass bei allen das Haltbarkeitsdatum seit Monaten abgelaufen ist. Ich muss mir das aufschreiben: *alte Eier sammeln!*«

»Wie wäre es mit seinen eigenen?«, meinte Fete.

»Keine Herausforderung. Viel zu klein«, wehrte Rabe ab.

Tatsächlich war der Vergleich mit dem Ei auf der Mauer, den Kurtz angestellt hatte, nicht nur unverschämt, sondern auch nicht besonders passend. Michi verteilte seine Kilos in alle Richtungen. Er war nicht rund, eher breit und wendig wie der WWF-Wrestler *Big Boss Man*, dessen Kämpfe er regelmäßig im Privatfernsehen verfolgt hatte, manchmal auch mit Fete und Rabe zusammen. Die hatten zwar beide keinerlei Interesse an Ringkämpfen von comicartigen Kolossen, fanden es aber aufregend, in den Werbepausen durch das Satellitenfernsehen ihres Freundes zu zappen. Denn Michis Mutter

war die Einzige im gesamten Freundeskreis, die Privatfernsehen angeschafft hatte und ihrem Sohn zu jeder Ta-
ges- und Nachtzeit die Fernbedienung überließ.

Michi war nicht nur körperlich, sondern auch im
Kopf außerordentlich beweglich, allerdings anders als
der geistreiche Fete oder der stets um die Ecke denkende
Rabe, oft in einem verletzenden Sinne. Als großer, kräftiger Junge mit Brille schon seit der Grundschule mit
der optischen Grundausstattung eines Außenseiters aus-
staffiert, witterte er in fast jedem Kommentar zu seiner
Person einen Angriff und konterte entsprechend. So war
er zwar vielleicht nicht der beliebteste Mitschüler, aber
zumindest ein gefürchteter. Auch bei den Lehrern. Als
Freunde bezeichnete er nur Fete und Rabe.

»Mag Marnie Männer in Uniform?«

Rabe und Fete prusteten augenblicklich los. Fete, weil
Michi selten Marnies Namen in den Mund nahm, Fete
aber dennoch genau wusste, wie sehr Michi an ihr interessiert war (vermutlich wusste er es mehr als Michi
selbst). Rabe, weil er Uniformen eher karnevalesk als
schneidig fand.

»Ich werde zur Marine gehen nächstes Jahr.«

Das Lachen verstummte. Rabe drückte seine Zigarette auf dem gefrorenen Gras aus. »Ist das ein Witz?«

»Nein. Ich hab mich schon vor einem Jahr beworben,
damit ich auf jeden Fall einen Platz kriege. An der Nord-
see. Wilhelmshaven. Gestern kam die Zusage, also ...
wenn ich die Musterung bestehe.«

»Wilhelmshaven. Das ist verdammt weit weg«, sagte
Fete und meinte damit nicht nur die Entfernung des

Stützpunktes vom Bodensee, die ihm umso größer vorkam, als er zwar gedanklich bis Paris, tatsächlich aber nie weiter als Stuttgart gekommen war. Er sprach damit auch aus, wie fern ihm der Gedanke war, sich jetzt schon darum zu kümmern, was er nach dem Abitur im nächsten Jahr machen sollte. 1997 – das war fast so weit weg wie das Jahr 2000. Oder wie Wilhelmshaven.

»Ich weiß.« Michi zuckte mit den Schultern. »Und ich glaube, ich werde den See vermissen. Nicht nur euch, auch das Wasser. Das ruhige Wasser. Das Meer ist schon was anderes.«

»Und danach?«, fragte Rabe. »Danach kommst du aber zurück, oder?«

»Ich will mich auf drei Jahre verpflichten. Man kann da den Führerschein machen, sogar fürs Studium gibt es Vorteile, wenn man beim Bund war.«

»Du willst echt abhauen von hier?«

»Fete, wir werden *alle* von hier abhauen. Und die wenigsten werden zurückkommen.«

Rabe dachte an die Aufnahmeunterlagen für die Filmhochschule München, die er erwartete, und an seine Hollywood-Karriere. All dies war bisher immer ferne Zukunft gewesen. Aber Michi hatte recht: Wenn sie aus ihrer Heimat weggehen würden, weg vom See, würde es mit Sicherheit Jahre dauern, bis sie wieder zurückfänden. Falls überhaupt.

»Vielleicht steht Nina auf Soldaten. Das wäre doch ein Grund, hierher zurückzukommen, oder?«, führte Fete an.

Michi lachte, bis Rabe ergänzte: »Man kann ja bestimmt auch viel hier am Bodensee machen, wenn man bei der Marine war. Den Ausflugsdampfer lenken, zum Beispiel.«

»Ha, ha.«

»Sie sah fantastisch aus heute«, wechselte Rabe das Thema.

»Oh ja!«, entfuhr es Michi und Fete unisono, und alle drei lachten laut, zu laut offenbar, denn sie schreckten eine im Schilf versteckte Ente auf, die über ihre Köpfe hinwegflog und beinahe gegen den goldenen Wetterhahn auf Johannes Kurtz' Haus geprallt wäre. Knapp davor bog sie wieder in Richtung See ab. Offensichtlich machte auch sie um den Mathelehrer – oder zumindest um sein Haus – einen großen Bogen.

Dass Kurtz' Haus, vom See aus betrachtet, direkt auf der rechten Seite der Schule stand, machte die Sache nicht besser. Es war eines der Häuser, die die Schule neuen Angestellten zur Verfügung stellte, bis sie etwas Eigenes gefunden hatten. Kurtz wohnte jetzt schon einige Zeit darin und hatte den goldenen Wetterhahn auf dem Dach des eigentlich wenig imposanten Häuschens mit viel Tamtam selbst angebracht. Die Straße, die zwischen der Schule und seinem Haus lag, hatte sogar zeitweise gesperrt werden müssen, damit der Laster mit der Hebebühne vor dem Haus parken konnte. Hierüber verdrehten die Jugendlichen ebenso die Augen, wie wenn Kurtz sie mal wieder von den wenigen Parkplätzen in der Straße vertrieb.

»Ich weiß nicht, ob ich mir schon Gedanken wegen meines Abis machen muss«, sagte Fete. »Wenn Kurtz

26

mich weiter so auf dem Kieker hat, flieg ich eh durch die Prüfung. Der Typ mit seinem bekackten Hahn! Glänzt genauso eitel vor sich hin wie er selbst.«

»Man müsste den Vogel zum Abistreich abmontieren und dann versteigern«, sagte Michi.

»Abmontieren? Runterschießen müsste man den!«

Michi, immer Feuer und Flamme, wenn es ums Schießen ging, war sofort begeistert: »Voll die gute Idee! Es soll doch schneien ab morgen. Einfach Schnee sammeln, mit etwas Wasser zu Eisbällen machen und dann so lange gegen das blöde Ding ballern, bis es vom Dach kippt.«

Rabe schüttelte den Kopf: »Dafür werden ein paar Eisbälle kaum ausreichen. Das Ding haben sie damals mit dicken Bolzen festgemacht.«

Sein Einwand verhallte ungehört. Michi watete schon am Ufer entlang und brach ein Stück vom Eis ab, das sich in der letzten Nacht auf dem Wasser gebildet hatte. Mit fünfmarkstückgroßen Brocken davon bewarf er seine Freunde: »Immer drauf! Bäm! Bäm! Bäm!«

»Alter, das tut weh!«, rief Fete, aufs Neue erstaunt, wie treffsicher Michi auch auf ein paar Meter Entfernung war.

Rabe war ebenfalls beeindruckt, allerdings weniger empfindlich gegen die Eisbrocken. Seine dicke Jacke hielt einfach viel mehr ab als Fetes dünne Lederjacke. Stil verlor hier klar gegen Funktionalität. Dennoch sagte er: »Das schaffst du nie. Das Ding ist außerdem viel zu hoch. Was sind das? Acht Meter. Oder zehn.«

»Muss man halt üben. Hauptsache, es schneit.«

3

Es heißt, dass Kinder grundsätzlich erst einmal versuchen, anders als ihre Eltern zu werden, und Rabes Familie wäre bestens geeignet gewesen, diese Theorie zu beweisen. Alle in seiner Familie sprachen eher schnell und meist ein wenig zu laut. Sein Vater Henning tat dies schon von Berufs wegen, denn er war einer der angesehensten Polizisten der Stadt, und schon deshalb verkündete er alles, was er sagte, mit fester Stimme. Rabes Mutter Elke hingegen hatte einen kleinen Laden in der Stadt und verkaufte von Kunsthandwerk bis zu Pflegeprodukten alles, wonach ihre Stammkundschaft verlangte. Andere Kunden gab es quasi nicht, und Touristen bildeten eine seltene Ausnahme und wurden von Elke erst einmal ausgiebig geprüft. Henning war deshalb der Meinung, der Laden sei eher ein Marktplatz, an dem sich Waschweiber zum Austausch von Familienneuigkeiten und anderem Klatsch trafen, als ein Geschäft. Er äußerte diesen Gedanken allerdings nur Rabe gegenüber, nie im Beisein seiner Frau. Rabe zog es auch hier vor, dazu zu schweigen, und je lauter seine Eltern ihr tägliches Schauspiel, genannt Leben, aufführten, umso mehr zog er sich in die beobachtende Stellung des Autors zurück. Nur von Zeit zu Zeit ließ er sich dazu herab, einen Impuls für die Richtung einer Konversation zu geben.

»Was ist denn los? Warum regt ihr euch so auf?«, unterbrach er jetzt den lautstarken, aber etwas konfus wirkenden Dialog seiner Eltern, die in der Küche standen und ihre Messer eher zur Unterstreichung ihrer Worte nutzten denn zum Zubereiten des Essens.

»Dein Vater …« – Elkes Lieblingsformulierung, wenn sie auf etwas keine Lust hatte – »… dein Vater hat seinen Bruder zum Nikolausessen eingeladen.«

»Ich habe ihn nicht eingeladen«, beteuerte Henning zum offensichtlich wiederholten Mal. »Er hat sich selbst eingeladen.«

»Aber du hast ihn nicht davon abgehalten.«

Die Diskussion nahm wieder Fahrt auf, und während Rabes Vater von Familienverpflichtungen sprach, konterte seine Mutter, ebenso Einzelkind wie Rabe, mit der Feststellung: »Familie kann man sich zwar nicht aussuchen, aber man muss sie auch nicht einfach hinnehmen. Aber bitte: Dein Bruder, der Pornokönig, möchte uns beehren. Dann soll er das machen. Ich freue mich schon auf die Geschenke, die er mitbringt. In seinem dicken Sack.«

»Bitte, Elke! Raphael …«

»Ich bin erwachsen, Papa. Ich habe schon verstanden, dass sie es als Witz gemeint hat.«

»Du bist erst im Februar erwachsen, noch bist du siebzehn!«

Was das über seine Fähigkeit aussagen sollte, zweideutige Bemerkungen zu erkennen, erschloss sich Rabe nicht. Er verbuchte den Hinweis seines Vaters daher unter »Berufskrankheit«. Das Ermahnen Minderjähriger gehörte in einer ruhigen Kleinstadt einfach zum Tagesgeschäft.

»Es war überhaupt nicht witzig gemeint«, verteidigte sich Elke lautstark. »Am Ende bringt er nicht nur einen Haufen Schmuddelvideos als Geschenk mit, sondern auch noch eine neue Verlobte, so wie vor fünf Jahren, als das Busenwunder von Loch Ness sich über meine Panna cotta beschwert hat.«

Anders als seine Eltern erinnerte Rabe sich gern daran, wie er der gerade einmal volljährigen Pornodarstellerin damals am ersten Weihnachtsfeiertag gegenübergesessen hatte. Sie war für den feierlichen Anlass vielleicht etwas unangemessen gekleidet gewesen, hatte ihn aber endlich verstehen lassen, welche Bedeutung und Größe das für Zwölfjährige geheimnisvolle Wort *Dekolleté* haben konnte. Vor allem, welche Größe.

Die Beziehung zwischen der jungen Frau und Onkel Johnny hatte zwar letztlich kaum ein Jahr gehalten, reichte aber völlig, um Rabes Eltern für die folgenden fünf Jahre zu meisterhaften Lügnern werden zu lassen, die Jahr um Jahr neue Ausflüchte erfanden, warum Onkel Johnny nicht zum Weihnachtsfest kommen konnte. Meist wurde er dahingehend vertröstet, dass Elke und Henning doch auch einmal gern nach Nordrhein-Westfalen reisen wollten und man sich bei dieser Gelegenheit auf ein Abendessen treffen könne. Damit auch ja keine falschen Versprechungen gemacht wurden, ging Rabes Mutter ans Telefon, wann immer eine Nummer mit Wuppertaler Vorwahl auf dem Display erschien. Mehr noch: Allein, um diesbezüglich vorgewarnt zu sein, hatte sie auf der Anschaffung eines Telefons mit der neuen und wesentlich teureren Displayfunktion bestanden. Elke war in ihrer hartnäckigen Abweisung skrupellos, wohl auch wegen des Vorfalls, bei dem besagte leicht bekleidete Pornodarstellerin Elkes in der ganzen Familie berühmte Panna cotta mit den Worten abqualifiziert hatte, die von Bofrost wäre bei Weitem leckerer.

»Ist Post für mich gekommen?«, versuchte Rabe, die Situation zu entschärfen.

»Nein, wieso?«

»Wegen der Bewerbung. München.«

»Ach so, nein. Das hätte ich dir doch sofort gesagt, mein Schatz.« Die Miene seiner Mutter weichte ein wenig auf. »Das hat doch alles Zeit. Du machst erst mal deinen Zivi, und dann sehen wir weiter.«

»Eins nach dem anderen.« Auch so eine berufsbedingte Haltung seines Vaters. Ohnehin hielt Henning das Filmstudium eher für eine fixe Idee als für eine ernsthafte berufliche Perspektive. »Wer weiß, vielleicht gefällt es dir im Altersheim so gut, dass du lieber in die Pflege möchtest. Ich kenne den Chef schon so lange, vielleicht ist da direkt was für dich in der Verwaltung drin. Alte gibt es immer. Das wäre doch etwas Tolles, etwas Sicheres. Wer weiß?«

Rabe wusste.

Rabe war nicht undankbar, sich keinen Platz mehr für den im nächsten Jahr beginnenden Zivildienst organisieren zu müssen. Zum Altersheim konnte er mit dem Fahrrad fahren, und er wusste, dass die Mitarbeiter und Bewohner der recht noblen Einrichtung am Rande des Stadtparks zumeist nett waren. Seine Großeltern hatten dort bis zu ihrem Tod viele Jahre lang gelebt und immer in höchsten Tönen davon geschwärmt. Dennoch wusste Rabe bereits jetzt, dass er sich nirgends so wohl fühlen würde wie in seinem Zimmer, an seinem Schreibtisch, mit seiner elektrischen Schreibmaschine, die er sich von seinem ersten selbst verdienten Geld vor zwei Jahren geleistet hatte.

Er blickte auf das eingespannte Papier und zählte noch einmal die Seiten, die er schon vollgetippt hatte. Schon fünfzig. Noch mal so viel, und sein erstes Drehbuch für einen Langspielfilm wäre fertig. Der größte Genrefilm, den Deutschland seit den Horror-Meisterwerken der Weimarer Republik gesehen hatte: Inmitten eines strengen Winters bricht in ganz Europa ein Virus aus. Dieses tötet seltsamerweise nur Frauen, was den Bestand der menschlichen Spezies gefährdet. Noch während die Regierungen versuchen, Frauen in abgeschirmte, sterile Lager zu bringen, versucht unser Held, seine Freundin vor ihrem drohenden Schicksal in Sicherheit zu bringen. Sie ist Molekularbiologin, dem Geheimnis des Virus auf der Spur und bemerkt, wo es in Wahrheit herkommt, nämlich aus den Laboren der Regierung, die auf diese Weise die explodierende Weltbevölkerung in den Griff bekommen möchte.

Rabe arbeitete die visuellen Effekte des Virus bis ins kleinste Detail aus und schrieb farbenfrohe Horrorszenen, in denen sich Menschen häuteten und zerflossen. Eine starke Geschichte, verbunden mit dem richtigen Gespür für eklige Szenen – so würde ihm aus dem Stand ein Achtungserfolg in der Filmwelt gelingen. Und nicht nur das: Sein großes Idol John Carpenter würde sich in der Folge um eine hoch budgetierte Neuverfilmung bemühen, dessen Drehbuch er – Rabe, oder Ralph Raven, mal sehen – und Carpenter gemeinsam schreiben würden. Eine Hollywood-Karriere könnte so einfach sein – und doch stockte Rabes Schreibfluss seit einigen Tagen.

Lag es daran, dass er noch immer auf die Unterlagen aus München wartete, die ihn seinem Traum vom Filmemachen einen Schritt näherbringen konnten? Lag es daran, dass die Wissenschaftlerin im Drehbuch zwar den Namen Nina trug, die echte Nina für diese Rolle aber bei aller Vorstellungskraft nicht glaubwürdig genug war? Lag es an der fehlenden Inspiration, weil Rabe zu viel mit seinen Freunden rumhing, statt zu schreiben? Oder fehlte doch einfach nur der Schnee vorm Fenster?

In seiner Story war ganz Europa unter einer undurchdringlichen, alles verschluckenden Schneeschicht verborgen, weil Blut auf Schnee einfach viel spektakulärer aussah. Aber es fiel Rabe schwer, sich diese Szenen vorzustellen. Die Bilder in seinem Kopf bekamen nicht genug Futter. Er sah aus dem Fenster und nickte, als er an Michis Aussage am See dachte:

»Hauptsache, es schneit.«

4

Es schneite. Und es schneite richtig. In der Nacht waren mindestens zehn Zentimeter gefallen, und Rabe starrte am Morgen noch ein wenig länger und beglückter auf die kalte Welt vor seinem Fenster als am Tag zuvor. Im Mondlicht wirkte die Straße vor dem Haus unberührt und glatt wie ein gemangeltes Laken, und die Autos sahen wie schlafende Igel aus, zumindest bis gestresste Väter und Mütter sie hektisch freiräumten, weil sie wieder einmal keine zusätzliche Zeit für das Schneefegen eingeplant hatten und die Uhr den nahenden Schul- oder Arbeitsbeginn herbeitickte. Auch Rabe wurde an diesem Tag von seiner Mutter zur Schule gefahren. Die Busgesellschaft war nicht auf einen Wintereinbruch vorbereitet gewesen und der Bus nicht gekommen – wie jedes Jahr, wenn das erste Mal Schnee fiel.

Wie jeden Donnerstag drehten sich die Pausengespräche vor allem um die Neustarts im örtlichen Kino. Eine große Pause von fünfzehn Minuten Länge reichte in der Regel dafür aus, da das Filmangebot ohnehin nur alle paar Wochen wechselte. Der Kinobetreiber wollte den Filmen dadurch die Möglichkeit geben, sich per

Mundpropaganda zu entwickeln – zudem verfügte das *Residenz* trotz seines geheimnisvollen, edlen Namens lediglich über einen Saal und konnte deshalb höchstens zwei Filme parallel im Programm haben.

Rabe fieberte seit Langem dem neuen Carpenter-Film entgegen. Dass er ihn noch nicht gesehen hatte, obwohl er nun schon in der zweiten Woche lief, lag vor allem daran, dass keiner seiner Freunde ihn begleiten wollte.

Fete, der den Film schon in einer Sneak Preview mit einer mittlerweile wieder vergessenen Flamme vom Gymnasium der Nachbarstadt gesehen hatte, klärte Rabe auf, warum dies so war: »Warum sollte ich da noch mal reinwollen? *Flucht aus L. A.* ist der beschissenste Film aller Zeiten! Der Typ auf dem Surfbrett auf einer Welle, die sie im Computer gemacht haben … die ganze Optik, die Geschichte … Rabe, das ist einfach der größte Scheiß! Schau dir *Twister* an, der ist tausendmal besser!«

Rabe wollte nicht dogmatisch sein, aber es schmerzte ihn zu hören, wie ein Film seines Lieblingsregisseurs von allen verrissen wurde. Fete war ja leider nicht der Einzige, der zu diesem Urteil gekommen war. Sämtliche Klassenkameraden meinten, sie hätten mit *Flucht aus L. A.* einen der schlechtesten Filme seit Jahren gesehen, und unangenehmerweise widersprach diese Einschätzung nicht den Kritiken, die Rabe in den Filmzeitschriften gelesen hatte. Zugegeben, auch Carpenters Vorgängerfilm, ein Remake des legendären *Dorf der Verdammten* aus den Sechzigerjahren, war eher ein schwaches Werk, aber hier und da konnte Rabe etwas von der inszenatorischen Meisterschaft seines Idols wiederfinden.

Er musste diesen Film sehen, schon um zu wissen, was er in die Waagschale werfen konnte, um seinen Lieblingsfilmemacher zu verteidigen. Vielleicht ließe sich ja Michi zu einem Wochenendausflug überreden und würde den Film mit ihm anschauen. Rabe würde für ihn auch den Eintritt übernehmen.

Doch auch Michi, der ein Fan von Carpenters Frühwerk war – wenn auch nicht ganz so enthusiastisch wie Rabe –, winkte nur ab und verwies auf die Möglichkeit, sich stattdessen *Twister* anzuschauen, der schon über einen Monat der Dauerbrenner im *Residenz* war.

»Michi, warum willst du *Twister* sehen? Nur weil alle anderen behaupten, dass er besser ist als *Flucht aus L. A.*?«

»Nein, weil ich ihn schon zweimal gesehen habe. Er ist wirklich cool. Und der Carpenter klingt schon beschissen.«

Fassungslos trennte sich Rabe am Ende der Pause von seinen Freunden. Die Schulglocke trieb Michi und Fete in die Physikräume, Rabe hingegen hatte als einer derer, die Biologie als Wahlfach hatten, eine Freistunde und wandte sich zum *Komm*-Raum. Dieser war lange vor Rabes Eintritt ins Gymnasium von einer Schulinitiative im ehemaligen Lager für Stühle und Tische eingerichtet worden. Vor einigen Jahren war dann noch eine Terrasse angebaut worden, die in den Pausen und vor allem bei Veranstaltungen stark frequentiert wurde, nicht nur von den Rauchern. Lag der *Komm*-Raum selbst im Souterrain, gab die Terrasse den Blick frei auf ein kleines Waldstück, hinter dem im Herbst, wenn die Bäume anfingen,

36

ihre Blätter zu verlieren, der goldene Wetterhahn auf Kurtz' Haus sichtbar wurde.

Viele Schüler fläzten sich im Sommer, oft auch noch im Herbst, auf den eilig vom Innenraum hinausgetragenen Sofas. Beliebt war dies auch bei Tanzveranstaltungen, bei denen sich die coolsten der Jungs ebenfalls vor allem draußen aufhielten. In Rabes Augen waren die Partys, die die Schüler der Oberstufe für die unteren Klassen veranstalteten, eher Diskoparodien. Aber da er ohnehin weder tanzte noch gern laut Musik hörte, ging er sowieso nicht hin. Auch hatte er sich nie im Organisationsteam engagiert. Für ihn war der *Komm* vor allem während seiner Freistunden attraktiv. Es gab eine richtige Kaffeemaschine, die nur Schüler bedienen durften, die sich für die *Komm*-Gruppe eingetragen hatten. Sie wechselten sich in Schichten ab, hatten dafür aber Mitspracherecht bei Veranstaltungen, konnten den Raum für private Feiern mieten und erhielten eine Einweisung in die Kunst der Kaffeezubereitung.

Rabe liebte nicht nur das Gewusel im Hauptraum, auf dessen zwanzig Quadratmetern sich Schüler in kleinen Gruppen versammelten, um ihre Hausaufgaben oder Abistreiche durchzugehen, aktuelle Musik zu hören, die von der *Komm*-Gruppe jede Woche über die neuesten CDs abgespielt wurde. Gelegentlich brachte auch jemand mal ein Mixtape mit, auf dem neben der Musik noch ein halber Sandsturm mitlief. Er liebte vor allem den engeren Nebenraum, in dem ein kleiner Billardtisch und ein vor allem in den großen Pausen heiß umkämpfter Kicker standen. In fünfzehn Minuten schaffte man in der Regel ein, bei schwächeren Gegnern zwei Spiele. In Freistunden konnte man sich Zeit lassen und epische Spiele bis zehn, statt der für Pausen abgemachten sechs Siegtore austragen.

Wie so oft belegte Florian, ein für Rabes Geschmack etwas zu cooler Junge aus seinem Jahrgang, den Kicker und fertigte Schüler aus unteren Klassen ab. Er spielte nicht einmal, um zu gewinnen, sondern vor allem, um seine erfolgreichen Spielzüge und Tore so laut kundzutun, dass die Mädchen im Nebenraum mitbekamen, was für ein Gewinnertyp mit ihnen zur Schule ging. Florian war berühmt dafür, neu an die Schule kommende Mädchen bis zur zehnten Klasse hinunter anzubaggern, und allzu oft ließen sie sich von seinem zugegebenermaßen hart erarbeiteten Charme einwickeln. Auch wenn seine Liaisons nie besonders lang hielten, war der Kreis der »Flo-Ristinnen«, wie die von ihm verlassenen Mädchen genannt wurden, über die Jahre zu einem bunten Strauß gewachsen. Alle sannen sie auf Rache, doch leider wartete die Schulgemeinde noch immer auf den weiblichen Vergeltungsschlag. Vielleicht, weil einfach zu viele seiner abgelegten Lieben die Schule wieder verließen. Vielleicht auch, weil eine spektakuläre Rache diesen Frauenhelden nur noch interessanter gemacht hätte, als er war, und die Mädchen erkannt hatten, wie viel mehr sie ihm schadeten, wenn sie ihm keine Beachtung zollten.

Florian hatte gerade einen Achtklässler sechs zu null geschlagen. In Fällen wie diesen griff die Sonderregel für lange Freistundenspiele: Bei *zu null* war immer schon bei sechs Schluss, um die Erniedrigung des Gegners nicht noch größer zu machen. Doch auch jetzt konnte Flo sich seine Trainersätze nicht verkneifen. »Nur weiter so! Üb schön weiter, dann kannst du auch mal mit uns Großen mithalten«, behauptete er und: »Kopf hoch, du verlierst gegen den Champ. Das ist keine Schande.«

Auch als Achtklässler wollte man so etwas nicht hören, und der soeben geschlagene Junge konterte beim Weggehen mit einem gemurmelten »Was für ein Arschloch!«.

Rabe forderte Florian nur pro forma heraus, denn es war zurzeit ohnehin kein anderer im Raum, der gegen den »Champ« spielen wollte. Nur vier Schüler, die einem fünften beim souveränen Einlochen am Billardtisch zuschauten, und auf der einzigen Couch im Raum ein Mädchen mit etwas dünnem gewellten Haar, das Rabe unbekannt war. Er versuchte, mit einem unauffälligen Blick herauszufinden, in welches Buch sie so vertieft war, und erkannte den Einband des Buches. Es hatte in den letzten Wochen in allen Buchhandlungen ausgelegen und war zum Bestseller geworden: *Mein Herz so weiß* von einem Mann mit dem seltsamen Namen Marías.

Rabe kannte das Buch zwar nicht, war aber beeindruckt, weil es keine Schullektüre war und das ihm unbekannte Mädchen offensichtlich freiwillig seine Zeit mit Lesen verbrachte. Meistens hatte er das Gefühl, der Einzige auf der Schule zu sein, der dieses sonderbare Hobby hatte. Eines, bei dem selbst seine besten Freunde abwinkten und behaupteten, ihnen würde die Zeit fehlen, neben der Schule noch etwas anderes als die Pflichtlektüre zu lesen. Dabei hatten sie schlicht keine Lust darauf.

»Was ist denn jetzt? Spielen wir oder nicht?« Florian wies auf die Stangen mit den blauen Spielern.

Erfahrene Kicker im *Komm* wussten, wie viel besser und geschmeidiger die blauen Stangen liefen. So nickte Rabe, warf den Ball ein und lag relativ schnell mit drei Punkten in Führung.

Florian glich den Rückstand zwar in wenigen Minuten wieder aus, aber seine sonst so lauten Sprüche wurden mit jedem von Rabes Treffern leiser. Dabei übte Rabe nicht einmal besonders viel. Tatsächlich nur in den Freistunden, und wenn er wegen Projekten in den naturwissenschaftlichen Fächern auch einmal samstags in der Schule war und noch ein oder zwei Stunden im *Komm* verbrachte, bevor der Raum für eine Veranstaltung gebraucht wurde. Aber er brachte ein gewisses Talent für das Spiel mit, weil er sah, wann ein Ball günstig lag und welche Ecke im gegnerischen Tor unbewacht war.

Beim Stand von neun zu acht für Florian bemerkte Rabe, dass sich das Mädchen mit den welligen Haaren an den Kicker gestellt hatte und laut »Fordern!« rief, was hieß, der Gewinner würde gegen sie antreten müssen.

Rabe nahm einen gefährlich hart geschossenen Ball mit einem der beiden Abwehrspieler an und begann, ihn hin- und herzuschieben. Er suchte eine Lücke zwischen Flos Spielern, doch die standen einfach zu gut. Bei einem geraden Schuss würde Florian den Ball abfangen und direkt in die Richtung von Rabes Tor zurückschmettern.

Rabe ließ den Ball los und schnitt ihn an, sodass er

ihn mit Wucht über die Bande schicken konnte. Dieser Trick gelang zwar eher selten, aber in diesem Fall ging die Taktik auf. Florian, der einen gezielten Schuss durch die Mitte erwartet hatte, zuckte bei der unerwarteten Aktion zurück und öffnete sein Tor.

Ausgleich.

Florian grinste, als könnte er das Gegentor damit überspielen. Er grinste auch zu der Unbekannten hinüber, die aber zu Rabe sah und sich ein leichtes Schmunzeln über seine gewagte, aber glückliche Aktion nicht verkneifen konnte.

»Ist heute dein Glückstag! Hast geübt, was?«

»Ich beobachte nur.«

»Er beobachtet nur, der Schlauberger! Wirf ein!«

Wohl auch, weil das Mädchen ihn nicht zu beachten schien und ihn das verwirrte, ließ ausgerechnet beim letzten, entscheidenden Ballwechsel Florians Konzentration nach. Er schaute ein paarmal zu oft zu dem Mädchen, das nicht nur ein Lächeln, sondern auch noch einen irritierend angenehmen Geruch an den Kicker mitgebracht hatte, der in Florian offenbar umgehend den Drang weckte, nach dem Spiel bei ihr in den Angriffsmodus überzugehen.

Rabe, konzentriert auf die letzten Aktionen am Kicker, versuchte hingegen, den Duft zu ignorieren, obwohl er ebenso angetan von dem war, was er roch: eine Mischung aus Herbstblättern und Haut, aus einem dezenten Shampoo, vielleicht sogar einem leichten Parfum, kaum zu erahnen, aber perfekt auf ihren Eigengeruch abgestimmt.

Er spielte von der Mitte nach vorn, scheiterte mit seinem Mittelstürmer. Florian hielt den Ball mit seinem Torwart fest; das strapazierte Plastikbein der Figur knirschte beim Aufprall des Hartgummiballs. Dann setzte Florian zu einem gewagten Schuss von der hintersten Position an, doch Rabe reagierte mit zitternder Hand, aber schnell. Der vom Torwart losgeschossene Ball prallte gegen seinen linken Stürmer, und der schob den Ball kraftvoll in Florians Tor, so heftig, dass der Aufprall gegen das Blech deutlich zu hören war.

Florian lachte über Rabes Geistesgegenwart und zeigte mit dem Zeigefinger auf ihn, wie er es nur von Al Pacino und anderen Kinohelden gelernt haben konnte, um Rabe Respekt zu zollen. *Schaut her! Hier steht der Bezwinger, der seine schwarze Jacke nicht mal ganz ausziehen musste, sondern nur den Reißverschluss geöffnet hat!*

»Bist ein cooler Typ, Rabe! Auch wenn du nicht so aussiehst.«

Rabe war erstaunt, dass Florian überhaupt seinen Namen kannte. Sie waren sich seit der fünften Klasse maximal auf dem Flur begegnet. Auch jetzt hatten sie keinen Kurs zusammen.

»Du hast gewonnen. Also, wenn du magst ... Ich gebe Samstag in zwei Wochen eine kleine Party. Meine Eltern haben einen Kicker im Keller. Wenn du dich traust, treffen wir uns dort zur Revanche.« Er schnappte sich seine Jacke, ebenso filmerfahren lässig, wie er Rabe belobigt hatte, und machte sich von dannen, nicht ohne dem Mädchen noch einen Blick zuzuwerfen und es ebenfalls zur Party einzuladen.

»Okay, cool«, sagte Rabe und nickte dem Mädchen zu. »Ich bin Raphael.«

»Ich dachte Rabe.«

»Manche nennen mich so.«

»Warum überrascht mich das nicht?« Sie lächelte und ließ ihren Blick über ihn wandern. »Ich bin Viola. Ich bin in der elf.«

»Hey.« Mehr fiel Rabe nicht ein. Er konnte Viola nur anschauen und bemerkte, dass er seine Eloquenz gegen etwas zu offensichtliche Blicke auf ihr Gesicht eingetauscht hatte.

»Hab ich was im Gesicht, oder wollen wir 'ne Runde spielen?«

Rabe schüttelte den Kopf. »Sorry, ich schaue mir Leute immer sehr genau an. Eigentlich alles, ich meine … Ich schaue alles immer sehr genau an. Ich werde mal Regisseur, also eigentlich Drehbuchautor, und da muss man sich Gesichter und Menschen gut merken können. Und alles andere auch. Zum Beispiel … Bäume.«

»Bäume?«

»Ja, gut, Bäume sind jetzt kein so gutes Beispiel. Vielleicht eher …«

»Du wirst also Drehbuchautor. Hollywood und so …«

»Ich will jetzt auf keinen Fall Eindruck schinden –«

»Ich hab nicht mehr lang Pause. Also, entweder wir spielen jetzt, oder wir quatschen«, unterbrach sie seinen Wortschwall, den er selbst nur als Gedankenstrom wahrgenommen hatte. »Wer ist eigentlich die Tuse, die ihr alle immer so anglotzt und die jetzt gerade wieder so einen schlechten Kaffee macht?«, fragte sie.

Rabe sah hoch, zum anderen Raum hinüber, und konnte nur Nina erkennen, die gerade neue Bohnen in den Kaffeeautomaten schüttete.

»Nina?«

Mit der Frage kassierte Rabe den ersten, mit Wucht ins metallene Tor geschmetterten Treffer.

Viola lachte ihn an. »Du lässt dich viel zu leicht ablenken! Du musst aufpassen.«

Das Spiel ging weiter, während Rabe noch versuchte, Ninas Bedeutung für die männlichen Oberstufenschüler wortreich herunterzuspielen.

»Komisch«, befand Viola. »Die meisten glotzen sie immer an, als wäre sie ein seltenes Tier.«

»Na ja, sie sieht ja auch ganz okay aus«, stammelte Rabe eine Ausrede zurecht. Um zu sehen, wie Viola darauf reagierte, hob er seine Augen vom Spielfeld – und kassierte den nächsten krachenden Treffer.

Viola lachte, über seine Unaufrichtigkeit womöglich, über seine Unaufmerksamkeit ganz sicher. Doch im Lachen übersah sie einen gelungenen Spielzug, und der Ball rollte in ihr Tor.

Sie spielten ein langes Match, Rabe holte die Rückstände zwar immer wieder auf, doch letztlich trennten sie sich mit einem zehn zu acht für Viola und gaben sich, sportsmännisch und von gegenseitigem Respekt für die gerade gezeigte Leistung erfüllt, die Hand.

»Tut mir leid, dass ich dir keine Einladung zu einer Party anbieten kann. Aber wir können mal ins Kino, wenn du willst.«

Rabe nickte. »Außer dem neuen Carpenter hab ich

aber schon alle Filme gesehen. *Twister* natürlich auch«, log er. »Aber Carpenter ist eigentlich immer gut. Du kennst vielleicht was von ihm. *Die Klapperschlange* oder *Halloween* …«

»*Halloween?* Ist das der Film mit der Hecke?«

»*Halloween* ist ein Horrorklassiker«, präzisierte Rabe im leicht überheblichen Duktus eines Filmkritikers.

»Ja, ich erinnere mich. Da laufen zwei Tanten eine Straße entlang, und ein Typ steht neben einer Hecke, und als sie wieder hinschauen, ist er verschwunden.«

»Ja, die Szene gibt es in dem Film. So ähnlich.«

»Als Kind habe ich mir in die Hose gemacht, als ich den heimlich mit meinem Bruder gesehen habe.«

»Ja, der ist super. Sehr unheimlich. Und alles nur erzählt über die Verengung des Raumes. Der Kameramann, Dean Cundey, der setzt sogar das Licht so, dass –«

»Der Film mit der Hecke ist cool«, unterbrach sie Rabes erneuten Wortschwall. »Also schauen wir den Film von Carpenter!«

Rabe hätte nun erwähnen können, wie schlecht der neue Carpenter-Streifen bei seinen Mitschülern angekommen war, aber er war sich im Klaren darüber, dass er damit eines seiner drei Erfolgserlebnisse aus dieser Freistunde aufs Spiel setzen würde. Er hatte einen blasierten Schüler aus seiner Jahrgangsstufe im Tischfußball geschlagen, ein Mädchen kennengelernt, das ziemlich lässig wirkte und etwas mit ihm unternehmen wollte – und er würde in nicht allzu ferner Zukunft endlich *Flucht aus L. A.* sehen. Jetzt vorzuschlagen, doch nach einer Alternative zu suchen, erschien ihm angesichts des Hochgefühls, in dem er sich befand, unpassend. Außerdem blieb nur *Twister* als Alternative. Michi und Fete hätten ihn ausgelacht.

»Na dann, ich muss zurück in den Unterricht, such dir einen Tag raus, und wir gehen ins Kino. Ist eigentlich auch das *Ding* von diesem Carpenter?«

Rabe konnte es kaum fassen. Das ihm bis heute vollkommen unbekannte Mädchen kannte auch noch *Das Ding aus einer anderen Welt!* »Die Farbfassung. Der Schwarz-Weiß-Film ist die Vorlage von Richard Nyby –«, setzte er an.

»Viel Gematsche. Das war lustig. Ich glaube, den finde ich noch ein bisschen besser als den mit der Hecke.«

Wäre Rabe nicht bereits von ihr angetan gewesen, hätte er spätestens jetzt Feuer gefangen. Um sich zu vergewissern, eine echte Elftklässlerin vor sich zu haben und nicht eine Traumerscheinung, die ihm begegnete, weil er in irgendeinem Unterricht eingeschlafen war (und ebenso offensichtlich noch nicht bemerkt hatte, zu träumen), hielt er sie noch einmal vom Gehen ab. »Bist du neu an der Schule, oder …?«

»Nicht neu. Wir haben vor zwei Jahren mal gemeinsam bei einem der Tanzabende gekellnert. Du warst der Einzige, der behauptet hat, kein weißes Hemd zu besitzen, und hast Schwarz getragen. Ich nehm's dir nicht übel, dass du dich nicht mehr an mich erinnerst. Ich meine, ich war fünfzehn und hatte noch 'ne Zahnspange. Übrigens, du hast schöne Augen, Rabe.«

Sie grinste noch einmal und verschwand dann mit einem »Man sieht sich!«, was Rabe mehr als hoffte.

Er sah auf die Uhr, schlug die Forderung eines Zehntklässlers zum Kickern aus, was dieser beglückt zur Kenntnis nahm, da er so mit einem Freund aus seiner Klasse spielen konnte.

Rabe sah aus dem Fenster und schloss seine Jacke. Der Schneefall hatte während der letzten Stunde zugenommen. Als er an der Theke vorbeiging, sprach Nina ihn an: »Willst du nicht einen Kaffee? Ich habe heute noch nichts verkauft.«

»Sag mal, Nina, glaubst du, ich träume?«

»Auf keinen Fall. Das würde nämlich heißen, dass ich gerade ebenfalls träumen würde. Und ich kann mir ehrlich gesagt nicht vorstellen, dass wir beide im selben Traum vorkommen, Rabe.«

5

»**Sie hat die blauesten Augen,** die ich je gesehen habe. Total krass, sag ich euch.«

Fete und Rabe standen in Michis Garten und rauchten, während Michi eine Reihe von Vögeln aus alten Kartons ausschnitt und nebeneinander an den Gartenzaun nagelte. Die vier rudimentär skizzierten Hähne hatten alle dieselbe Größe, nämlich ungefähr die von Kurtz' Wetterhahn, und wirkten wie die Dekoration für ein seltsames Hühnerfest irgendeiner obskuren Sekte.

Michi war dennoch sichtlich zufrieden mit seinem Werk und nahm einige Meter Abstand, um die Pappvögel als Nächstes mit Schneebällen unterschiedlichen Gewichts zu bewerfen, die er zuvor geformt und auf dem Gartentisch gestapelt hatte. Seine Mutter hatte zwar wie immer das Vorhaben geäußert, den Tisch dieses Jahr in den Keller zu stellen, ihn vielleicht auch mal aufzuarbeiten, doch wie in den anderen Jahren hatte sie den Plan letztlich fallengelassen. Das Ergebnis war eine sich von Feuchtigkeit hochbiegende Platte und von Nachbarskatzen zerkratzte Tischbeine.

Schweigend schauten Fete und Rabe ihrem Freund

dabei zu, wie er die Schneebälle einzeln auf einer batteriebetriebenen Waage und dann noch einmal in der Hand abwog. Gelegentlich drückte Michi noch ein paar Steine in den Schnee, um sein Geschoss zu beschweren. Er traf die Vögel erstaunlich oft, mehrmals klappten die Pappfiguren fast komplett um, bevor sie wieder hochschnellten. Landete einer der Schneebälle im danebenliegenden Garten von Fetes Eltern, nickte Fete und zeigte auf die Stelle im Schnee, an der der weiße Klumpen eingesunken war: »Den merke ich mir. Ich bringe ihn dir nachher wieder rüber.«

Michi ärgerte sich über jeden vertanen Ball, konnte er so doch keine Schlüsse daraus ziehen, wie hart der Aufprall und damit der Effekt des Testobjektes ausfiel. Er versuchte deshalb bei jedem Blindgänger, sofort einen vergleichbaren Schneeball nachzubauen, um sich seiner Wirkung noch einmal genauer zu vergewissern.

»Findest du nicht, du nimmst diese Sache ein wenig zu ernst, Michi?«, fragte Rabe.

»Nein.«

»Okay, aber wollen wir vielleicht dem eigentlichen Grund unserer Zusammenkunft nachgehen und endlich für die Deutschklausur lernen?«

»Bist du jetzt ein Streber geworden, Rabe?«

»Nein, aber mir ist arschkalt, und da beschäftige ich mich lieber mit Thomas Mann als mit Papiervögeln, die du an deinen Zaun gedübelt hast.«

Michi winkte ab. »Stell dir mal vor, wie der Kurtz toben würde, wenn der Vogel mit Klirren und Klappern vom Dach knallen würde. Ich sag dir: Der sitzt senkrecht im Bett und hält nach Einbrechern Ausschau, und irgendwann guckt er aus dem Fenster und sieht im gelben Licht der Laterne seinen verschissenen goldenen Hahn, der kopfüber im Schnee steckt. Der wird heulen. Kann man sich was Schöneres vorstellen?«

»Ja, 'ne Heizung«, warf Rabe ein und klopfte noch einmal gegen die Ärmel seiner Jacke.

»Äh, Michi ...« Fete reichte seinem Freund einen neuen Schneeball. »Ich will dir deine Träume ja nicht kaputt machen, aber: Erstens würdest du wahrscheinlich nicht mitkriegen, wie Kurtz sich ärgert, da du schnellstens verschwinden solltest, wenn du sein Haus demolierst; denn wenn einer sieht, dass du das warst, würde man dich zu Recht bei der Polizei anzeigen. Und zweitens bin ich mir ziemlich sicher, dass Wetterhähne richtig fest angebracht werden, weil sie sonst von jedem Sturm runtergeweht würden. Und welchen Sinn hätten sie dann? Ich würde also sagen, du kriegst ihn mit keinem Ball der Welt heruntergeschossen. Schon gar nicht mit einem Schneeball.«

»Doch. Wenn er hart genug ist.«

»Michi, wenn es dir nur ums Prinzip geht, wollen wir es dann nicht einfach mit gefrorener Hundescheiße im Briefkasten versuchen?«, meinte Rabe und blies sich in die vereisten Fäuste.

»Von einem Drehbuchautor hätte ich mehr Fantasie erwartet«, konterte Michi.

Um sich aufzuwärmen, formte auch Rabe einen Schneeball, berechnete die Entfernung der Papphähne und bemühte sich, auf einen der äußeren zu zielen. Doch er verfehlte ihn. Deutlich. So deutlich, wie man ihn nur verfehlen konnte, sowohl bezogen auf die Höhe als auch hinsichtlich der Richtung. Statt gegen den Hahn klatschte der Schneeball gegen eine Fensterscheibe von Fetes Elternhaus.

Das Fenster gehörte zu Marnies Zimmer, und die sah sogleich nach, wer sie beschossen hatte.

Rabe zeigte auf Michi und behauptete: »Er war's.«

Zur Strafe beschoss Michi ihn sofort mit einem seiner extraharten Bälle. Marnies Blick ließ darauf deuten, dass sie sich als Zuschauerin einer wenig gelungenen Dick-und-Doof-Parodie wähnte.

»Fete, du sollst reinkommen! Das Abendessen ist gleich fertig. Und was zur Hölle macht ihr da eigentlich?«

»Physikprojekt«, rief Michi etwas zu abgehackt.

»Hey, Marnie …« Rabe überlegte, wie er das Thema wechseln konnte, damit Marnie nicht den Eindruck hatte, sie wären allesamt Idioten. »Wusstest du, dass heute Abend *Marnie* im Fernsehen kommt? Das ist ein Hitchcock-Film. Echter Klassiker. Die Protagonistin ist die Einzige, die ich kenne, die so heißt wie du. Echt cooler Streifen.«

»Was du nicht sagst.«

Michi schaute hoch. »Wenn du Lust hast, können wir ihn zusammen sehen. Wann kommt der denn, Rabe?«

»Null Uhr fünfundvierzig.«

Michi sah Rabe böse an, der nicht recht wusste, womit er Michis Groll nun verdient hatte.

»Ich fürchte, das ist mir etwas zu spät, Michi. Und es

51

wäre cool, wenn ihr mich jetzt nicht mehr beim Lernen stören würdet. Es gibt auch Leute, die nicht sitzenbleiben wollen.« Im nächsten Moment war Marnie hinter der geschlossenen Scheibe verschwunden.

Michi rief ihr dennoch die Frage zu: »Cool, was lernst du gerade?«

Fete und Rabe brachen in brüllendes Gelächter aus. »›Cool, was … was lernst du gerade?‹«, stammelten sie zwischen Glucksgeräuschen. »Ich brech zusammen!«

Michi nahm sich einen weiteren, diesmal besonders harten Schneeball, zielte und traf Rabe damit in dem Bereich, wo er hinter der langen, alles zu einer schwarzen Fläche vereinenden Jacke offenbar den Magen vermutete.

»Au, verdammt!«

»*Null Uhr fünfundvierzig?* Hättest du das nicht eher sagen können?«

»Wann denn? Du hättest ja auch eher fragen können, aber da warst du ja schon im Baggermodus«, prustete Rabe, und Fete stieg wieder mit ein.

»So ein Blödsinn! Und jetzt raus aus meinem Garten! Fete, du musst zum Essen, also verzieh dich!«

Fete grinste breit. »Du, Michi, ich finde es völlig in Ordnung, wenn du mit meiner Schwester gehen willst. Nur frag sie dann halt mal.«

»Ich will nicht mit deiner Schwester *gehen*. Nirgendwohin! Ich habe keine romantischen Gefühle für sie. Deine Schwester ist nur cooler als die beiden albernen Typen, die ich mal für Freunde gehalten habe, die aber gleich vor Lachen in den Schnee pinkeln.« Er feuerte erst einen Schneeball auf Rabe, der sich über die Formulierung »romantische Gefühle« sichtlich amüsierte, und dann einen weiteren auf den mittleren Pappvogel. Die vom Schnee durchnässte Pappe wurde von der Wucht des Aufpralls regelrecht zerfetzt, und Michi baute sich noch ein wenig selbstbewusster vor seinen Freunden auf.

Kurz schwiegen beide beeindruckt, dann aber stieg Fete wieder in das Spiel um Marnie ein: »Er muss was von ihr wollen, schließlich hat er letztes Jahr sein Zimmer gewechselt. Jetzt liegt es genau gegenüber von Marnies. Ich bin mir sicher, du beobachtest sie jeden Abend beim Zubettgehen. Ist es nicht so, Michi?«

»Ob du es glaubst oder nicht: Ich habe das Zimmer getauscht, weil meine Mutter ihres lieber nach Süden haben wollte. Und nein, ich beobachte deine Schwester nicht nachts durchs Fenster.«

»Das glaube ich ihm«, warf Rabe ein. Dann wandte er sich wieder zu Michi: »Du bist vielleicht verknallt, aber du bist auch ein Gentleman.«

Michi kräuselte die Stirn. »So ein Quatsch. Aber sie zieht immer die Vorhänge zu.«

Nachdem Fete zum Abendessen hineingegangen war und auch Michi ins Haus gerufen wurde, machte sich Rabe auf den Heimweg. Michi aufzuziehen, wenn Marnie in der Nähe war, gehörte zu seinen und vor allem Fetes Lieblingsspielen, denn sie wussten, wie empfindlich Michi darauf reagierte.

Über Nina zu sprechen war gar kein Problem – wenn es um sie ging, waren sich ohnehin alle drei zu jeder Zeit einig. Höchstens war die jeweilige Begeisterungsbekundung mal stärker, mal schwächer. Und selbst über Viola hatte Michi ein Urteil abgegeben, wobei er sie als nicht besonders attraktiv bezeichnet hatte, ihr aber eine gewisse Lässigkeit zugestehen musste.

Was Marnie betraf, konnten Rabe und Fete allerdings noch so sehr auf Michi einreden. Sobald es um sie ging, wurde der ansonsten furchtlos wirkende Junge immer still oder, schlimmer noch, ungeschickt.

Marnie runzelte zumeist die Stirn über Michis witzig gemeinte Sprüche, die fast immer verunglückt bei ihr ankamen.

Fete und Rabe respektierten daher Michis Zurückhaltung, und mehr als ein »Sag's ihr doch!« oder »Gib's doch zu!« kam ihnen nicht über die Lippen. Ein einziges Mal hatten sie ihn mehr bedrängt, und da hatte er nur geantwortet, er werde Marnie nie fragen, ob sie mit ihm ausgehen würde. *Wegen der Sache.* Seine Freunde wussten natürlich genau, was damit gemeint war, und auch, dass sie vorsichtig sein mussten, wollten sie nicht, dass seine humorvolle Art in Aggression umschlug.

Anders, als er behauptet hatte, hatte Michi natürlich doch gehofft, noch ein wenig mit Marnie am Fenster sprechen zu können. Die traditionelle Weihnachtsdisco im *Komm* stand an, und wenigstens zu dieser Veranstaltung, zu der ohnehin jeder Schüler ging, wollte Michi Marnie einladen. Oder wenigstens abklären, ob auch sie dort hingehen würde. Sie könnten dann ja zusammen hinfahren.

Das war schon Absprache genug.

6

Über das Wochenende waren die Temperaturen in den Keller gestürzt, und der Schnee hatte die Stadt in einem Kinderbuchweiß versinken lassen. Die Straßen waren glatt, und weil neben dem Busunternehmen auch die Stadtverwaltung wie jedes Jahr vom Winter vollkommen überrascht worden zu sein schien, wurden die Straßen erst spät gestreut. So blieb Fetes Vater an der kleinen Steigung auf dem Weg zur Schule gleich an mehreren Tagen mit dem Auto stecken. Glücklicherweise kam er jedes Mal genau vor dem Schulbus zum Stehen, und so konnte Fete ein Rudel Schüler aus dem Bus holen, um den Wagen mit ihrer Unterstützung über die rutschigsten Erhebungen zu schieben. Der ebenfalls mithelfende Florian wurde nicht müde, den vorbeifahrenden Schülern lachend seinen Bizeps zu präsentieren.

Was am ersten Tag noch zur allgemeinen Erheiterung im Bus führte, sollte beim dritten Mal für verdrehte Augen sorgen, weshalb Fete seinen Vater schließlich bat, doch endlich die Schneeketten aufzuziehen, die er seit drei Wintern in der Garage lagerte.

An jenem ersten Tag, an dem Stefan Meichelbecks Wagen auf dem Eis nicht weiterkam, war Rabe nach längerer Zeit wieder mal hinten im Bus eingestiegen. Der Wagen war wesentlich voller als sonst, da der frühere Bus, den einige Schüler nahmen, um noch Zeit zum Abschreiben oder sogar eigenständigen Lösen der Hausaufgaben zu haben, wegen des heftigen Schneefalls ausgefallen war. Die nun unübersichtlich hohe Zahl an mitfahrenden Kindern und Jugendlichen zwang den Busfahrer, so viele Schüler wie möglich – unkontrolliert! – durch die hinteren Türen einzulassen. Andernfalls hätte er seinen Zeitplan unmöglich einhalten können.

Rabe versuchte, sich zur Rückbank durchzuschlagen, scheiterte aber schon an der dritten Sitzreihe. Überall im Gang standen große wie kleine Schüler und blockierten jegliches Fortkommen, was besonders lustig wurde, wenn sich der Bus trotz der unsicheren Wetterlage zu schnell in eine der vielen Kurven legte und die Schülergruppen den Wellenbewegungen der Fliehkräfte wie ein einziges zusammengeknäultes Lebewesen folgten.

Obwohl Rabe eingeklemmt zwischen Fünftklässlern stand, erkannte er die Stimme, die vom Fensterplatz zu ihm drang, sofort: »Was ist jetzt mit Kino?«

Viola saß neben einem winzigen Grundschüler, der offensichtlich voller Respekt und Angst vor Schülern war, die das Gymnasium besuchten und in seinen Augen wohl nicht nur Riesen, sondern vor allem schon erwachsen waren. Der Kleine senkte seine Augen und vermaß jeden Millimeter des Fußbodens, während Viola und Rabe ins Gespräch einstiegen.

»Du hast mir noch keinen Vorschlag für unser Date gemacht«, sagte Viola.

Date war als Wort überbewertet, fand Rabe, und in diesem Augenblick, im Bus, zwischen all den Schülern, die nichts mehr liebten, als über Variationen des Wortes *Date* nachzudenken, auch ein wenig zu laut ausgesprochen. Rabe konnte gut nachvollziehen, was der Grundschüler vor ihm auf dem Boden des Busses suchte.

»Ich habe deine Nummer doch gar nicht.« Erst nachdem er diesen Satz ausgesprochen hatte, erkannte Rabe, wie sehr er damit die Pausenhofgespräche befeuert hatte und wie unsinnig es war, Viola nach der Schule anzurufen, wenn er sie doch täglich im Bus traf.

»Oder magst du mir lieber einen von deinen Filmen zeigen?«

Nun sah der Grundschüler doch auf. Einem echten Filmemacher gegenüberzusitzen war offenbar ein so aufregender Gedanke, dass es sich lohnte, den Moment auch mit den Augen festzuhalten.

»Ich habe ja bisher nur ein paar Kurzfilme gemacht, mit Michi, das ist … mein Kumpel. Alles Hi8, das ist optisch ganz interessant, aber echter Film sieht halt noch mal anders aus. Aber im Moment kann ich mir weder eine Kamera noch das Material leisten. Das geht ja in die Tausende …«

»Oh Mann!«, seufzte Viola. »Hast du 'ne Liste mit Ausreden, oder improvisierst du grade? Aber vielleicht kann ich wenigstens mal eins deiner Drehbücher lesen. Oder gibt es da auch einen Qualitätsunterschied, je nachdem, auf welchem Papier sie stehen?«

Rabe wollte ansetzen, etwas zu erwidern, aber nun fiel ihm wirklich nichts mehr ein.

»Schreibst du denn biografisch? Also, über die Schule und so?«

Rabe fand die Frage absurd. Warum sollte man seinen langweiligen Alltag beschreiben, wenn man die Menschheit mit einer Mikrobiologin vor dem Aussterben bewahren konnte? »Nein«, sagte er. »Ich denke mir lieber was aus.«

»Was denn?«

Rabe zögerte, erzählte aber dann doch von den Stoffen, die er bereits in diversen Schubladen – teilweise sogar gebunden oder wenigstens geklammert – liegen hatte. Eine Verschwörungsgeschichte im Geheimagentenmilieu, bei der sich Überläufer aus der ehemaligen UdSSR als Agenten einer reaktionären Kommunistenvereinigung entpuppten. Einen Western, in dem friedliche Siedler von einer Gruppe Banditen auf Trab gehalten wurden. Und einen Science-Fiction-Film, in dem Astronauten auf der Rückseite des Saturnmondes Titan eine Siedlung menschenähnlicher Außerirdischer entdeckten. Der Umstand, dass in jedem der Bücher jeweils eine Spionin, eine Revolverheldin oder ein Alien namens Nina vorkamen, verschwieg Rabe geflissentlich. Ob er Viola tatsächlich mal eines der Manuskripte zeigen sollte? Hing davon ab, wie schnell er eine neue Fassung mit geänderten Namen tippen konnte.

Viola nickte die von Rabe angerissenen Erzählungen eher belustigt als beeindruckt ab. »Warum schreibst du nicht mal was über mich?«

»Ziemlich eingebildet, oder?«

Das hatte ironischer klingen sollen, als Rabe es über die Lippen brachte. Selbst der Grundschüler linste nun zu Viola hinüber, die aber nicht pikiert, sondern belustigt antwortete: »Hey, ich bin ein Star! Du hast mich nach Jahren endlich bemerkt. Ich dachte, jetzt beginnt meine große Schauspielkarriere.«

»Okay … ja … gut«, stotterte Rabe. »Ich überlege mir eine Rolle für dich. Obwohl ich ja eigentlich nur für den internationalen Markt schreibe, und Viola ist jetzt kein Name für Hollywood. Den müssen wir schon ändern im Buch. Violet, wie wäre das?«

»Wenn du meinst, dass sich das besser verkauft«, genehmigte sie Rabes Vorschlag in angemessen divenhaftem Ton.

Der Bus hatte das Gymnasium erreicht, und da es eine Station vor der Grundschule lag, fragte Viola den kleinen Jungen, ob er sie rauslassen könne.

Dieser nickte hastig und stolperte im Aufstehen fast über ein im Gang stehendes Grundschulmädchen. Er wollte offensichtlich noch ein Wort zur Bestätigung sagen, war aber zu verschüchtert, um auch nur ein Ja aus sich herauszupressen. Alles, was ihm entfuhr, war ein unterdrückter Laut, der wie eine schlecht geölte Türangel klang.

Noch im Strom der aussteigenden Schüler verabschiedete sich Viola von Rabe: »Schau doch mal, wann dieser Film im Kino läuft. Der, den du so gern sehen möchtest.«

»Ich kümmere mich heute darum«, versprach er.

»Gleich nachdem ich mir eine Rolle für dich ausgedacht habe. Eine gute.«

Als er in die eine Richtung des Schulgebäudes gehen musste und sie in die andere, zwinkerte sie ihm mit dem rechten Auge zu.

Rabe war sicher: Das Zwinkern hatte ihm gegolten und war kein Versehen gewesen. Was sie damit allerdings hatte ausdrücken wollen, wusste er nicht.

7

Der Schultag kroch vor sich hin, als würden die Sekundenzeiger der Uhren, die in jedem Klassenzimmer hingen, immer zwei Schritte vor und einen zurück machen. Erst während der Deutschstunde kam es zu einer Begebenheit, bei der Rabe einmal mehr bewusst wurde, wie oft im Leben Dinge passierten, die ihren Platz in einem Drehbuch finden könnten. Und wie eigentlich immer war Michi daran beteiligt. Rabes Freund hatte in seiner Schullaufbahn schon früh ein ungewolltes Gespür für Slapstick entwickelt und sich seinen oftmals giftigen Tonfall zugelegt – wahrscheinlich, weil ihm seine komischen Einlagen peinlicher waren, als er es zugeben wollte. In der sechsten Klasse zum Beispiel hatte es während des Kunstunterrichts für die Schüler nichts Lustigeres gegeben, als andere, meist Schwächere, in den hohen Schrank zu sperren, in dem Pinsel, Wassergläser und Farbkästen aufbewahrt wurden. Der untere Teil des Schrankes war hoch genug, um darin Staffeleien aufzubewahren – oder einen Sechstklässler. Als nun Michi einmal der unfreiwillig Ausgewählte gewesen war, hatte er sich nicht damit begnügt, gegen die verschlossene Tür zu klopfen, bis ihn ein Lehrer unter Applaus und Gejohle der Mitschüler freiließ. Stattdessen hatte Michi, damals schon kräftiger als die anderen, mit zwei gezielten Faustschlägen die Rückwand herausgebrochen und den Schrank allein mit seiner Muskelkraft so weit von der Wand weggeschoben, dass er hinter ihm hervorklettern konnte. Nicht bedacht hatte er, wie instabil der Schrank, der schon seit einigen Schülergenerationen im Raum stand, war – weswegen durch das Verschieben auch die Zapfen der Regalbretter nachgaben. Michi entkam zwar seinem hölzernen Gefängnis. Als er hinaustrat, stürzte der Schrank allerdings in sich zusammen und mit ihm alles, was er an Gläsern und Malutensilien geborgen hatte. In den folgenden Jahren hatte die Schule dank Michis Kraft noch zwei Stühle, eine Türklinke und eine mannshohe Europakarte verloren.

Dieses Mal zeigte sich Michis ungewollt komisches Talent in dem Moment, als Frau Schönfeldt die Montagetechnik in Alfred Döblins *Berlin Alexanderplatz* erklärte. Wie sie es verlangt hatte, unterstrich er die Beispiele, die er im Text erkannte. Er suchte den komplexen Text so intensiv nach szenischen Brüchen und Einschüben ab, dass es ihm vorkam, als würde sein Kopf vor Anstrengung brummen. Und es schien nicht nur ihm so zu gehen:

»Leute, geht das nicht leiser? Wer summt denn da die ganze Zeit?«, raunte Frau Schönfeldt in die Klasse.

Michi sah kurz von seinem Buch auf, stürzte sich aber dann sogleich wieder auf die Zeilen Alfred Döblins. Das Brummen in seinem Kopf wurde augenblicklich wieder lauter, und er hielt erneut inne. Wenn er sich ganz genau konzentrierte, konnte er das Geräusch nicht *in*, sondern *hinter* seinem Kopf verorten. Er drehte sich langsam um und erblickte eine Wespe, die in seiner Überraschung fast daumengroß erschien. Dass sie so spät im Jahr eigentlich längst nicht mehr leben oder zumindest nicht in Zimmern herumschwirren sollte, verwirrte offenbar nicht nur ihn, sondern auch das hektisch in der Luft treibende Tier. Aufgeregt scheuchte Michi die Wespe von sich.

»Michi, hör jetzt endlich auf rumzuhampeln!«, kommentierte Frau Schönfeldt Michis augenblickliches Zusammenzucken.

»Ähm, Frau Schönfeldt …«, versuchte er anzusetzen.

»Es ist gleich Pause. So lange wirst du ja noch warten können.« Frau Schönfeldt widmete sich wieder Irina, die aufgezeigt hatte, um sich ein Wort erklären zu lassen, und Michi erkannte, er war auf sich allein gestellt.

Ich gegen die Natur.

Als das Tier endlich auf dem fast zwei Meter breiten und hohen Fenster hinter Michi für eine Verschnaufpause Platz nahm, witterte Letzterer seine Chance. Er murmelte eine Drohung und nahm seinen Rucksack zur Hand, um diesen im nächsten Moment mit Wucht auf die Wespe zu schmettern.

Zu Michis Unglück war der Rucksack an der Stelle, mit der er die Wespe traf, zu weich, um sie zu zerquetschen, insgesamt aber fest genug, um mit einem mächtig knirschenden Geräusch die Scheibe bersten zu lassen. Ein sich fast durch das gesamte Glas ziehender Riss war die Folge.

Immerhin, die Wespe hatte genug von Michi und verzog sich auf die andere Seite des Klassenzimmers, wo sie zur Erholung an einem Regal knabberte. Zumindest sie loszuwerden war Michi also gelungen.

Die Schüler drehten nach und nach den Kopf zum Tatort und begannen zu lachen, einige lauter, einige leiser. Manche hielten sich die Faust vor den Mund, um nicht aufzufallen, anderen gelang es nicht, sich zurückzuhalten, und sie brüllten laut los. Und irgendeiner in Michis Nähe rief: »Das nenne ich mal 'nen männermäßigen Wumms!«

Frau Schönfeldt hingegen brauchte einen Moment, um den Schock zu überwinden. Erst als sie das Gelächter der Klasse an ihre Pflichten erinnerte, brachte sie ein strenges »Michi!« zustande. Dann tadelte sie erst einmal die besonders laut lachenden Mitschüler, darunter auch Nina, die neben dem Wort *Vollidiot* weitere, noch schlimmere Beleidigungen aussprach. Und mehr als das Demolieren von Fenstern verabscheute Frau Schönfeldt den Gebrauch beleidigender Wörter.

Sie trat zu dem Fenster, stand lange davor, als würde sie jeden Zentimeter des Risses mit ihren Augen abmessen wollen. Auch Michi drehte sich noch einmal zu dem gesprungenen Glas um. Vom Schreck erholt fiel ihm nichts Besseres ein, als bewundernd zu nicken.

Frau Schönfeldt war von der ästhetischen Kraft des Risses offenbar nicht zu überzeugen: »Michi, ab zum Direktor!«

Er jedoch fand das völlig überflüssig: »Setzen Sie es doch einfach auf die Rechnung!«

8

»Nina ist einfach doof.«

Rabe hatte mitbekommen, dass sie Michi als *Spasten* tituliert hatte. Dabei war dieses heftige Schimpfwort nach seiner und Michis Ansicht Jungs vorbehalten, die die Schule abgeschlossen hatten, aber immer noch mit Schulmädchen wie Nina verkehrten. Waren die Jungs dazu noch leicht gegelt, variierte die Beleidigung auch schon mal zu *Spacken*.

Die Zigarette versank in hohem Schnee, verzischte sanft im Weiß und hinterließ ein Brandloch. Während Rabe auf den See starrte, damit Michi sein breites Grinsen nicht sehen konnte, während er Fete von seinem Kampf mit der letzten Wespe des Jahres erzählte, begann Michi, einen weiteren Schneeball zu formen, den er mit Steinen spickte und mit Seewasser beträufelte.

Fete bereute bereits, die Idee zu Kurtz' Wetterhahn je geäußert zu haben. »Ganz im Ernst, Michi, lass das mit den Schneebällen!«, sagte er. »Wenn du Kurtz ärgern willst, fällt uns sicher was Besseres ein. Wir könnten in den Lüftungsschacht seines Autos kotzen.«

»Nein, ich zieh das jetzt durch. Wenn es nicht klappt,

habe ich zumindest Material für eine epische Schneeballschlacht.« Lachend entfernte Michi sich einige Meter vom Steg und ging zur Baumreihe.

Rabe folgte ihm. »Was machst du eigentlich mit den ganzen Bällen, die du in den Pausen formst?«

»Könnt ihr sehen!« Michi winkte seine Freunde zu sich. In einem der Bäume, die etwas abseits vom Eingang zum Rudergelände standen, hatte er ein Lager eingerichtet. Am Fuße des Baumes klaffte zwischen dem Boden und den herausgreifenden Wurzeln ein Loch wie eine riesige Wunde. Es war vermutlich einmal das Zuhause eines Tieres gewesen, jetzt war es verlassen und angefüllt mit zehn oder mehr Eisbällen, die Michi mit Wasser gehärtet und in eine perfekt runde Form gebracht hatte. Manche waren erkennbar mit Steinen versehen, in andere waren Holzstücke eingearbeitet. Wieder andere glänzten, weil sie fast nur aus Eis zu bestehen schienen.

Rabe nickte anerkennend. Man konnte Michi eine gewisse Fachkunde im Bereich der Schneeballherstellung nicht absprechen.

Stolz erklärte Michi, wie perfekt das Baumloch geeignet war, um Bälle zu sammeln: »In Bodennähe ist es noch kälter, und über Nacht frieren die Kugeln zu ganz festem Eis. Ich hab das getestet. Jeden Tag mache ich etwas Wasser und Schnee auf sie und packe sie wieder rein.«

»Wann willst du das Ganze überhaupt machen?«

»Keine Ahnung. Darüber habe ich mir noch keine Gedanken gemacht. Im Moment trainiere ich noch.« Er war sicher, das Schild, das fast sechs Meter von ihnen entfernt stand und den Eingang zum Ruderbereich markierte, inzwischen locker zu erwischen.

Fete und Rabe bewunderten Michis Selbstsicherheit, waren aber beide der Meinung, es sei aus dieser Entfernung niemals zu treffen, obgleich es fast fünfundvierzig Zentimeter im Quadrat maß.

»Vierzig«, korrigierte Michi. »Ich habe es abgemessen.« Er fühlte sich offenbar herausgefordert, denn er sortierte im Baumloch die Bälle, wohl auf der Suche nach demjenigen, der für eine Demonstration am ehesten entbehrlich erschien.

Unterdessen erzählten Rabe und Fete von ihrem Wochenende. Rabe hatte im Dritten Programm die lange Horrornacht mit Boris Masurke ganz durchgesehen: drei Filme inklusive Moderation. Er hatte selbst nicht erwartet, bis vier Uhr früh durchzuhalten, aber die Auswahl des Moderators und Kurators, der in Monstermaske durch den Abend geführt und die Filme zusammen mit einem sprechenden Totenschädel namens Sammy kommentiert hatte, war außerordentlich gewesen.

»Ich bin so durch. Ich glaube, ich mache heute zum ersten Mal seit dem Kindergarten Mittagsschlaf. Und was viel schlimmer ist: Dieses Mal mache ich ihn freiwillig.«

»Du wirst alt, Rabe!«, lachte Michi vom Baum herüber.

»Hoffentlich!«, lachte er zurück.

»Beschwer dich nicht! Ich hab den ganzen Samstag mit meinem Vater den Keller ausgeräumt und den Schrott zum Wertstoffhof gefahren. Wir haben vor dem

Frühstück angefangen. Um neun!«, stieg Fete ins Weh-klagen ein.

»Wieso hattest du um neun noch nicht gefrühstückt?«, fragte Rabe.

»Na ja, ich war ja erst um sechs zu Hause. Ich brauche auch meinen Schlaf.«

»Warst du unterwegs?« fragte Rabe.

»Im *Kenny's*.«

Rabe nickte wissend. *Kenny's* war der Pub in der Innenstadt, der einzige Ort, den Jugendliche und Er-wachsene am Wochenende hatten, um ihre Jugend zu genießen oder sich an sie zu erinnern. Verteilten sich sonst Generationen und Schichten auf unterschiedliche Orte, die sie am Wochenende zum Feiern aufsuchten, traf man im *Kenny's* irgendwann alle an. Hier spielten Hauptschüler mit Gymnasiasten Darts und Väter mit den Söhnen anderer Väter an den zwei großen Tischen im Nebenraum Billard. Ohne miteinander verabredet zu sein, lernte man sich hier kennen, ganz wie es Kenny, der Besitzer, geplant hatte, als er seine Kneipe nach irischem Vorbild eröffnet hatte. In Wahrheit hieß Kenny Walde-mar und kannte Irland nur aus dem Fernsehen und aus Filmen. Dennoch hatte er aus diesen Inspirationen den beliebtesten Treffpunkt der Stadt gemacht.

»Ich war mit ein paar Kumpels aus meiner alten Klasse da. Wir wollten die Skifreizeit im Januar planen. Ein bisschen quatschen, Bier trinken. Es war brechend voll, deshalb war nur noch was an den riesigen runden Ecktischen frei. Weißt du, welche?«

»Ja, am Fenster.«

»Genau. Da saßen aber auch schon Leute. Hauptschüler. Ich kenne die nur aus dem Pub, aber die sind okay. Wir haben uns dazugesetzt. Mir gegenüber saß eine, die kannte ich nicht. Die habe ich noch nie bei *Kenny's* gesehen.«

»Ja, und?«, fragte Michi abgelenkt, während er eine Hand tief im Baum verschwinden ließ, um einen weiteren Schneeball herauszuholen.

»Wir haben irgendwann angefangen zu quatschen. Und die ist echt cool. Sie ist die Tochter des Hausmeisters an der Gesamtschule, oben beim Sportplatz, ihr wisst schon!«

Rabe nickte, obwohl er nur den Sportplatz kannte. Das Gebäude daneben hatte er bis jetzt ignoriert. Tatsächlich, so erinnerte er sich jetzt, war keiner seiner Freunde aus dem Kindergarten oder der Grundschule auf diese Schule gewechselt. Ihr Ruf war ein denkbar schlechter – schlechter als der der Hauptschule im Nachbarort, und Eltern vermieden es, ihre Kinder dort hinzuschicken, wenn sie an deren Wohl interessiert waren. Wobei all dies letztlich nur Gerüchte waren, die Rabe von seinen Eltern und denen der anderen Gymnasiasten aufgeschnappt hatte.

»Sie heißt Dani. Wir gehen am Mittwoch zusammen Eislaufen. Hat einer von euch Lust mitzukommen?«

Rabe winkte ab, meinte noch, er habe zwar grundsätzlich Lust, erinnere sich aber noch sehr gut an die letzte Saison, bei der er mit etwas zu viel Glühwein die Bandenbegrenzung des Eisfeldes verfehlt hatte. »Ich glaube, die Vierjährige, die ich umgenietet habe, ist im-

69

mer noch traumatisiert. Vor ihrer Pubertät stellt die sich nicht mehr aufs Eis.«

Fete nickte. »Stimmt, das war fast so legendär wie Michis Flucht aus dem Schrank.«

Rabe war für einen Moment peinlich berührt, der Protagonist einer Geschichte gewesen zu sein, die ebenso gut auf Michi gepasst hätte.

»Ich kann Hauptschüler nicht ausstehen«, brummte Michi. »Und das nicht erst seit *der Sache*.«

Fete wollte spitzfindig einwerfen, es handle sich bei Dani ja nur mehr oder weniger und wenn dann um eine Hauptschüler*in*. Auch hätte er versprochen, nur sie mitzubringen und keinen ihrer Freunde oder Mitschüler, aber da Michi *die Sache* angesprochen hatte, war klar, dass er das letzte Wort hierzu gesprochen hatte.

»Die Dani ist echt nett«, versuchte Fete daher, seine neue Bekanntschaft in Schutz zu nehmen, ohne Michi noch mehr zu verärgern. Es drängte ihn, von ihrer lustigen Art zu berichten, ihrer Unsicherheit ihm gegenüber, von ihren dunkelbraunen Augen und dem ungewöhnlichen rotbraunen Haar. »Sie tönt das selbst. Ganz interessant, sieht richtig professionell aus«, schwärmte er.

»Seit wann interessierst du dich für Haartönungen?«, fragte Michi spitz, offenbar in der Hoffnung, Fete von seiner Begeisterung für eine sechzehnjährige Hauptschülerin abzubringen.

»Bislang wusste ich nicht mal, dass ich auf rote Haare stehe.«

Rabe starrte ihn überrascht an. Das war für seinen Geschmack ein Hauch zu hingerissen. Einen solchen

Tonfall hatte Fete in den letzten Jahren immer nur dann angeschlagen, wenn er zwischen zwei Partyknutschereien plötzlich die *ganz große Liebe* getroffen hatte, was in seinem Fall hieß, dass er die Beziehung zumindest über ein paar Wochen aufrechterhielt. Die Erwartungshaltung seiner Freunde war nach den Erfahrungen der letzten Male allerdings eher im unteren Bereich.

Dennoch freute sich offenbar auch Michi über einen Anflug von Verliebtheit bei seinem Freund. »Geh mit ihr allein!«, riet er. »Sie wird es dir danken, wenn nicht noch wir zwei Deppen dabei sind. Wir können uns ja am Abend treffen, und dann berichtest du, wie toll sie wirklich ist, nachdem du sie mal länger als eine Stunde gesprochen hast. Ah, der ist gut!« Er hatte einen nicht ganz so perfekt geformten Schneeball gefunden und zielte nur kurz, bevor er diesen auf das Schild warf, das sofort mit lautem Knall von seinem Pfahl gehauen wurde. Es hing nur noch an einer rostigen Schraube, die der Ruderlehrer seit Jahren austauschen sollte. Dennoch überraschte die Schlagkraft des Eisballes selbst Michi.

Auch Rabe und Fete nickten tief beeindruckt. Beide waren nicht der Meinung, einen Glückstreffer gesehen zu haben.

Michi zeigte, seine Finger einer Pistole gleich, auf Rabe. »Nachmachen!«

9

Die Sache zog Michi immer wieder dazu heran, Gründe für die Zurückweisung von etwas zu finden, zu dem er keine Lust hatte, völlig gleich, ob diese Unlust für Dritte nachvollziehbar sein mochte oder nicht. Er musste dazu auch nicht mehr viel sagen. Die Formulierung der *Sache* war selbst für diejenigen zu einer verbal nicht zu überschreitenden Grenze geworden, die noch nicht einmal wussten, wovon die Rede war. Michis Nachdruck in der Stimme und Fetes und Rabes Zurückhaltung reichten aus, um klarzustellen, wie unklug jegliche Nachfrage wäre.

Die *Sache* selbst hatte sich vor sechs Jahren auf dem Stadtfest ereignet. Zu diesem Anlass wurde jeden Sommer die Seepromenade über mehrere Kilometer geschmückt, und aus Buden heraus wurden Getränke und Essen verkauft. Lokale Bands und Kapellen, die in der Region nur etwas Bedeutung besaßen, rissen sich um einen Platz auf der Livemusik-Bühne. Morgens spielten Blaskapellen zum Frühschoppen, abends Coverbands, die sämtliche Hits der Saison und aller vergangenen Jahrgänge draufhatten. Die Highlights wechselten von

Jahr zu Jahr. Oft war es eine Schießbude, an der mit krummen Gewehren verhindert werden sollte, dass der Schausteller zu viele Rosen und Teddybären als Gewinn herausgeben musste. Der Schausteller schien aber vergessen zu haben, wie groß der Anteil an erfahrenen Jägern in der nicht nur wasser-, sondern auch waldreichen Region war. Die gewieften Schützen waren dadurch in der Lage, die Zentimeter auszugleichen, um die die Gewehre verzogen waren. So fanden viele Rosen in die Hände geschmeichelter Frauen und mehr Teddybären ein neues Kinderzimmerzuhause, als es dem Veranstalter recht war. Manchmal fanden auch neue Leckereien, die jeder ausprobieren musste, ihren Weg auf das Fest; von den ersten Crêpes über zu auf Stäben aufgerollten Kartoffelscheiben bis hin zu den ersten orientalischen Süßigkeiten, die Zuwanderer aus der Türkei erst in die Stadt und dann auf das Sommerfest mitbrachten. Meist hielt die Begeisterung über die neuen, ungewöhnlichen Köstlichkeiten nur eine Saison, danach labten die Bürger sich wieder an den althergebrachten Eintöpfen, an Chili und Fleischkäse oder Kartoffeln mit Quark, Schnittlauch und Zwiebeln.

Während des Sommerfests des Jahres 1990 waren die hauchdünnen französischen Pfannkuchen der Renner gewesen, vor allem in herzhaften Varianten mit Käse, Schinken und Kräutern. Auch eine kleine Bude, in der ein älterer Herr mit langem weißen Bart und laxem Verhältnis zu Prozentzahlen diverse, teils auch selbstgebrannte Schnäpse anbot, war stark frequentiert. Vor allem die Jugendlichen wussten den Stand zu schätzen und schauten dort häufiger vorbei, da es der bärtige

Mann nicht nur mit dem Alkoholgehalt seiner Waren, sondern auch mit der Klärung des Alters seiner Konsumenten nicht so genau nahm.

Fete, der zumindest etwas älter aussah als die anderen, brachte unter dem Vorwand, den Tisch seiner Eltern versorgen zu müssen, eifrig Kümmel-, Birnen- und sonstigen Schnaps in die Runde seiner Freunde und später, als es sich herumgesprochen hatte, auch entfernten Bekannten. Dadurch fand sich nahezu jeder Jugendliche unter siebzehn, der seine Grenzen überschätzt hatte, spätestens gegen drei Uhr früh am Ufer des Bodensees ein, um in einer möglichst dunklen Ecke ins Wasser zu speien. Was sie dabei an Geräuschen von sich gaben, wirkte wie eine expressionistische Kantate, von einem belustigten Komponisten erdacht, von Jugendlichen als Initiationsritus zu singen, irgendwann zwischen zwölf und dem Erreichen der Volljährigkeit.

Am zweiten, traditionell noch überlaufeneren Abend hielt sich Michi aufgrund der Erfahrung aus der Nacht zuvor zurück. Nur einen Anisschnaps wollte er unbedingt noch probieren, und damit dessen Folgen möglichst gering blieben, sorgte er mit zwei statt einem Brötchen und doppeltem Fleischkäsebelag für eine vermeintlich widerstandsfähige Grundlage.

Der starke Alkohol aus dem winzigen Pappbecher sorgte tatsächlich nicht für Übelkeit. Höchstens verspürte Michi an diesem Abend die leicht entflammende Wirkung, die den eigentlichen Grund des Genusses darstellen sollte. Michi, der sonst ungern auf Menschen zuging, eilte zu fast jedem anlegenden Boot und half vor allem den Damen galant an Land, wobei er Sätze zitierte, die er aus amerikanischen oder britischen Fernsehserien gelernt hatte. »Kommen Sie mal ran! Ich bin staatlich geprüfter Ranholer«, sagte er. Oder: »Da steigt die Dame aus dem Boot und die Freude gleich mit.« Manchmal rutschte ihm aber auch etwas heraus wie: »Ein Seesack ist eine Feder dagegen.«

Dann aber geriet er an einen jungen Mann, der aus unerfindlichen Gründen ein Problem damit hatte, dass ein offensichtlich angetrunkener Zwölfjähriger seiner hübschen Freundin an Land helfen wollte. Der junge Mann begann zu pöbeln, und nun kippte auch Michis überdreht gelöste Stimmung. Er versetzte dem eifersüchtigen Pöbler einen Stoß, sodass dieser ins Wasser flog. Obwohl Fete der Meinung war, er habe kurz vor der Flucht die schöne junge Frau über das ungewollte Vollbad ihres Liebhabers lachen hören, suchten er und seine umstehenden Freunde umgehend das Weite.

Später an diesem Abend, es wird kurz nach Mitternacht gewesen sein, machte Michi einen weiteren Fehler: Er legte sich mit Steiner an, Markus Steiner, der damals schon aus der Schule raus war und eine Lehre in einer Schreinerei machte. Ihm eilte sein Ruf als Schläger voraus, und mit seiner ihn ständig umgebenden Gang aus ebenso kräftigen wie böswilligen Jungs auf eher lächerlich als bedrohlich wirkenden Mofas war er dauerhaft darauf aus, Streit zu suchen, am besten mit Jüngeren und bedeutend Schwächeren.

Michi hatte sich zu diesem Zeitpunkt von seiner Gruppe getrennt und war zu den Toiletten im Keller der Turnhalle gegangen, die während der Sommerfeste allen offenstanden. Als er gerade die Treppe wieder hinaufschlenderte, sah Michi, dass Steiner und zwei seiner Kumpel die Seitenwand des Gebäudes mit Spraydosen verunstalteten. Wie zu erwarten gewesen war, gelang ihnen keine Zeichnung und auch kein erkennbares Graffito, sie sprayten einfach wild durcheinander Kreise und Striche sowie grüne, blaue und gelbe Flecken auf die vormals weiße Wand.

Michi, noch leicht übermütig von den in seinem Körper verbliebenen Promille, besah sich das infantile Geschmiere erst aus wenigen Metern Entfernung und lauschte dem nicht besonders klug klingenden Gackern und Kichern der Schmalspur-Picassos. Er legte den Kopf schief und versuchte, einen Sinn aus dem Bild herauszulesen. Als er nach mehreren Augenblicken und angestrengtem Augenkneifen immer noch nichts erkennen konnte, hielt Michi es für eine gute Idee, einfach nachzufragen: »Seid ihr nur unbegabt, oder ist es Absicht, dass es so behindert aussieht?«

Steiner, der bekanntermaßen Genugtuung darin fand, Jüngere zu quälen, sah ihn erstaunt an. Dass sich ein Opfer freiwillig anbot, war selten.

Die Erzählung darüber, was anschließend passierte, variierte von Jahr zu Jahr und von Mund zu Mund, je nachdem, wie sehr man sie ausschmücken wollte. Nur Michi und Steiner kannten die Wahrheit über das, was zwischen Michis Spruch und dem Moment passierte, an dem die ersten Feiergäste Michi nackt an einen Laternenpfahl gebunden fanden.

Verprügelt hatten sie Michi wohl nicht, fanden sich doch keinerlei Wunden an ihm. Stattdessen hatten Steiner und seine Jungs den damals zwar schon nicht mehr schmächtigen, aber noch schwächlichen Michi rasch überwältigt, ihm die gesamte Kleidung ausgezogen, diese ins Wasser geworfen und ihn mit einem Fahrradschloss an eine Laterne gefesselt, die unweit des Festgeländes und auf dem Heimweg vieler Bürger lag.

Zu Beginn hatte Michi noch versucht, sich durch das Zusammenziehen und Strecken seines Körpers, durch Baucheinziehen und Zerren an dem Schloss zu befreien, doch es war zu eng um seinen Brustkorb gezurrt, und griff er nach hinten, stellte er nur fest, dass seine Finger kein Zahlenschloss oder Ähnliches ertasteten, sondern ein simples, mit einem Schlüssel zu öffnendes Schloss.

Lange musste er nicht warten, bis das erste Pärchen auf dem Heimweg vorbeigetorkelt kam. Die älteren Herrschaften erschraken angesichts des nackten Jungen und vermuteten sofort ein schlimmeres Verbrechen als die Demütigung eines Schülers durch ein paar Halbstarke. Michi blieb dennoch relativ höflich und bat das Paar, Hilfe zu holen, bestenfalls einen Seitenschneider. Doch die anfängliche Hilfsbereitschaft der Rentner schlug in ihren aufgeregten Worten in die Ankündigung einer Sensation um, die es unbedingt zu bestaunen galt. Anstatt diskret einen der Schießbudenbesitzer nach einer größeren Zange zu fragen oder gar einen stadtbekannten Feuerwehrmann oder Polizisten anzusprechen (Rabes Vater zum Beispiel), brüllten sie durch die feiernde Menge: »Da hängt ein Nackter an der Laterne! Oh Gott, oh Gott, jemand muss ihm helfen! Kommt alle mit, wir müssen ihn befreien!«

So setzten sich immer mehr Leute in Bewegung, einige vom Hilferuf angeregt; andere, weil sie in ihrer Angetrunkenheit eine neue Attraktion witterten, die man feiern konnte.

Glücklicherweise standen auch Rabe und Fete in der Nähe, als das Entdeckerpärchen der Menge die Nachricht über den gefesselten nackten Jungen verkündete, und sie eilten so schnell wie möglich zum beschriebenen Fundort. Dort versuchten bereits einige Festbesucher, Michis Fessel mit Muskelkraft zu lösen. Andere Schaulustige prosteten dem Nackten nur lachend zu und meinten, er würde es wenigstens richtig krachen lassen. Ein weiteres Grüppchen starrte ihn wie einen Außerirdischen an und war offensichtlich dankbar für etwas Abwechslung von den schon seit dem Vortag bekannten Unterhaltungsmöglichkeiten.

Rabe stellte sich vor seinen Freund. Michi nicht nur so hilflos, sondern auch erstmals nackt zu sehen ließ eine Mischung aus Scham und Wut in ihm aufsteigen. Rabes Stimme wurde fester und lauter als je zuvor, als er versuchte, die Anwesenden fortzuschicken.

»Aus dem Weg da! Du stehst im Bild!« Ein Betrunkener bewarf Rabe mit einem restvollen Becher Bier.

Ungerührt blieb Rabe stehen. Er hätte dem Fremden gern die Faust ins Gesicht geschlagen, aber erstens war dieser zu kräftig, und zweitens glaubte Rabe, als Schutzschild seines nackten Freundes der Situation besser dienen zu können. Zum Glück hatte Fete unterdessen eine größere Beißzange und ein Wachstuch ergattern können. Er kam Rabe nun bei der Rettung ihres Freundes zu Hilfe und faltete das starre und unpassenderweise mit großen Herzen bedruckte Plastiktuch um den noch immer nackten Michi. Dass einige Zuschauer die Aktion mit Buhrufen quittierten, machte wiederum Rabes Vater Henning auf das Geschehen aufmerksam, und er beschloss, sich einmal anzusehen, was am See vor sich ging.

Während Fete eine gefühlte Ewigkeit damit beschäftigt war, das mit Plastik ummantelte Drahtseil durchzukneifen, versuchte Michi, so gut wie möglich Witze auf seine eigenen Kosten zu machen, um nicht vor Scham loszuheulen. Die Rufe der johlenden oder bedauernden Menge waren dennoch nicht zu überhören:

»Ei, so helft dem armen Jungen doch!«

»Wahrscheinlich hat er was ausgefressen.«

»Wer ist das denn?«

»Ich kenne den, der hat das sicher verdient.«

Und mitten in dieser Flut aus unterschiedlich gut oder böse gemeinten, jedenfalls gleichermaßen nutzlosen Gesprächsbeiträgen sah Michi plötzlich das Gesicht der kleinen Marnie, gerade zehn Jahre alt und mit Sicherheit noch nie mit einem nackten Jungen konfrontiert, maximal mit ihrem Bruder, und selbst das hielt Michi für unwahrscheinlich.

Marnie beteiligte sich nicht an den aufgestachelten Spekulationen der Taktlosen, sie lachte auch nicht oder hielt sich die Augen zu. Sie sah einfach nur auf den hilflosen Nachbarsjungen, und ihr Gesicht war voller Mitleid, was Michi erst recht das Gefühl vermittelte, von hier wegzuwollen und niemals wieder sein Zimmer zu verlassen.

Schließlich kam Henning seinem Sohn und Fete zu Hilfe, bahnte sich einen Weg durch die Schaulustigen und knackte in einer letzten Kraftanstrengung gemeinsam mit Fete das Fahrradschloss.

Henning delegierte Rabe zu seinem Einsatzwagen, gab seinem Sohn die Schlüssel, was er davor und auch danach nie wieder tat, und verscheuchte die Umstehenden mit der klaren Ansage, die Show sei nun endgültig beendet und es habe im Übrigen auch nie eine gegeben. Michi – und eigentlich jeder andere auch – wusste jedoch, wie schwer solche Begebenheiten aus dem Gedächtnis der Leute zu radieren waren, selbst auf polizeiliche Anweisung. In einer Kleinstadt wie ihrer wurde der Bruch einer Norm schneller zur Legende, als der Lauf der Zeit sie wieder verwaschen konnte.

Kurz darauf fuhr Henning Michi nach Hause. Fete saß auf dem Rücksitz neben seinem weiterhin in starres Plastik gehüllten Freund, Rabe auf dem Beifahrersitz. Im Rückspiegel sah Rabe, dass Michis Blick ihnen befahl, ebenso zu schweigen, wie er es tat. Auch nach mehrfachem Nachfragen von Henning, wer ihm dies angetan habe, auch nach der Beteuerung, Michi könne Anzeige erstatten und die Täter damit zur Rechenschaft ziehen, wollte Michi nichts sagen. Zu sehr fürchtete er die Rache Steiners, zu sehr ärgerte er sich darüber, so dumm in diese *Sache* hineingestolpert zu sein.

Fete und Rabe verstanden ihren Freund. Sie ahnten zwar, wer Michi an die Laterne gekettet hatte, doch auch sie blieben stumm, als Rabes Vater fragte, ob sie nicht doch etwas gesehen hätten.

Irgendwann beendete Michi Hennings ebenso professionelles wie ehrlich besorgtes Nachfragen mit der Behauptung, er habe die Jungs nie zuvor gesehen, die ihn zuerst in einen Streit verwickelt, dann seine Sachen ins Wasser geworfen und ihn schließlich festgekettet hätten.

Henning hatte keine andere Wahl, als Michi seine Aussage zu glauben. Dennoch wusste zwei Tage später jeder in der Stadt, was passiert und wer derjenige gewesen war, der Michi so öffentlich erniedrigt hatte. Viele hatten einfach nur richtig geraten, andere übernahmen die Interpretationen Dritter. Und so wurde aus einer für Michi kurzen, aber demütigenden Nacht die *Sache*, von der die Leute einander Sommer für Sommer auf dem Stadtfest erzählten.

Es hatte gedauert, bis die Erzählungen und auch das Interesse an der *Sache* verblasst waren und neue Geschichten diese ablösten. Michi, Fete und Rabe aber hatten sie nicht vergessen. Michi war seit jener Nacht an den sommerlichen Festtagen immer zu Hause geblieben und mied auch sonst sämtliche Orte, an denen sich Steiner und seine Truppe aufhielten. Auch wenn ihm dies bisher gelungen war, konnte er vor allem eines nicht verdrängen: den Anblick von Marnies Gesicht in der Menge, beschienen vom Licht der Laterne, an der er, ausgeliefert und nackt, daran dachte, nie wieder einen Schnaps zu probieren.

10

Auf einmal hatte Fete keine Zeit mehr für seine Freunde, denn er war jeden Tag nach der Schule mit Dani zusammen. Am darauffolgenden Tag berichtete er seinen Kumpels dann, was am Abend zuvor passiert war, obwohl diese das gar nicht hören wollten und auch nie nachfragten. Schon nach zwei Tagen, vermeldete Fete etwa, hatten sie miteinander geknutscht und die Hände unter dem Shirt des jeweils anderen gehabt. Er hatte sogar den Übergang ihres Rückens zu ihrem Po berührt und verkündete dies mit dem heiligen Ernst eines Erleuchteten, der gerade eine Marienerscheinung erlebt hatte.

Michi war inzwischen nicht mehr nur desinteressiert, sondern schon genervt. »Mann, Alter!«, schimpfte er. »Du packst einem Mädchen an die Kimme, und wir sollen uns dafür interessieren?«

Rabe musste so lachen, dass ihm dabei seine Zigarette in den Schnee fiel. Als Fete Michis Einwurf zwar als berechtigt zur Kenntnis nahm, aber dennoch ohne Unterbrechung weiterschwärmte, fragte er: »Wann willst du sie uns denn mal vorstellen? Dieses Wochenende?«

Fete schüttelte den Kopf. »Nein, dieses Wochenende geht nicht. Da lerne ich ihre Eltern kennen.«

»So weit ist es schon?« Michi nickte mit der wissenden Miene eines Arztes. Fete zog an der Zigarette, die er aufgehoben hatte, die aber erloschen war.

»Sie meinte sogar, ich könnte bei ihr übernachten. Ihr Vater hat das wohl angeboten. Könnt ihr euch das vorstellen? Wie cool ist der denn drauf?«

»Wollen sie Geld dafür?«

Fete strafte Michis Kommentar mit Schweigen. Rabe hingegen ging zum Angriff auf ihn über. »Aha, dann ist die Sache offensichtlich völlig klar«, befand er. »Niemandes Eltern sind so cool drauf. Außer vielleicht Michis Mutter, weil sie weiß, dass bei ihm sowieso kein Mädchen übernachten wollen würde.«

Rabe nahm Michis Blick wahr, wurde durch ihn aber nur noch mehr angestachelt, sodass er in sein ureigenes Element zurückfand, den Film. »Das bedeutet, Dani und ihre Eltern sind Teil einer Sekte. Dani ist der Köder, der junge Männer in die Gesamtschule locken soll, wo ihr Vater, ein Hohepriester, der sich als harmloser Hausmeister tarnt, im undurchdringlichen Keller der Schule einem Dämon namens Kurtz Blutopfer in Form von Jugendlichen darbringt. Wahrscheinlich denkt deine Dani, du wärest noch Jungfrau, so gierig, wie du auf sie reagierst. Da wird der Dämon aber Augen machen, wenn ihm dein Blut nicht schmeckt!«

»Moment!«, ging Fete dazwischen. »Warum sollte man so was in einer Gesamtschule machen? Da gehen doch ständig Leute rein und raus.«

»Na ja, es würde zumindest den schlechten Ruf der Schule erklären«, warf Michi ein.

»Überleg mal, Fete! Hast du an unserer Schule jemals irgendjemanden in den Keller gehen sehen, abgesehen vom Hausmeister?«

Fete überlegte nicht lange. »Niemanden. Da ist was dran.«

»Doch«, widersprach Michi, »die Typen von der Computer-AG treffen sich auch immer im Keller.«

»Ein Beweis mehr dafür, dass in den Kellern der Schule dämonische Rituale abgehalten werden müssen«, befand Rabe. »Wer ist schon freiwillig in einer Computer-AG?«

Die Schlussfolgerung war bestechend, und nur weil die Glocke zum Ende der großen Pause läutete, fügte Fete noch an: »Ich find's trotzdem cool.«

11

Rabe fiel die Aufgabe zu, für das Wochenende einzukaufen, für das Onkel Johnny seinen Besuch angekündigt hatte. Die Liste seiner Mutter war lang, wollte sie doch alles zur Verfügung Stehende auffahren, um ihre perfekte Familie zu präsentieren und Johnny klarzumachen, wie schlecht er da hineinpasste.

Wie jedes Mal, wenn Rabe allein in der Stadt unterwegs war, machte er in der kleinen Buchhandlung Halt. Sie war verwinkelt und eng, jeder Zentimeter angefüllt mit Neuerscheinungen und Geheimtipps, die zwar manchmal lange auf einen Käufer warteten, aber vom Geschmack des Inhabers zeugten, der nicht nur die Titel von Bestsellerlisten auf seinen Tischen ausbreiten wollte, sondern auch immer wieder die Werke unbekannter, sogar lokaler Autoren prominent in sein Fenster stellte. Auch pries er den Kunden im Gespräch Ungewöhnliches an, weil er die Vielfalt liebte und sein Sortiment entsprechend bestückte, statt allein nach Verkaufszahlen und Interviews, in dem irgendeine irgendwie bekannte Fernsehpersönlichkeit ihr neues Lebenshilfebuch oder die von einem Ghostwriter getippte

Biografie vorstellte. Rabe hatte ihn sogar einmal dabei ertappt, wie er einem Kunden, der ein solches Machwerk bei ihm hatte bestellen wollen, abriet und ihm stattdessen ein anspruchsvolleres Buch andrehte. Es hieß, dass sich manche Kunden deshalb ungern vom Chef bedienen lassen wollten und sich lieber an einen der Angestellten wandten.

Seine Stammkundschaft liebte ihn hingegen für seinen offen zur Schau gestellten literarischen Snobismus und seinen Geschmack und blieben ihm treu, statt in die wesentlich größere, nur zwei Straßen entfernt liegende neue Filiale einer großen Buchhandelskette zu gehen, die neben Büchern vor allem Schulmaterialien und Spielzeug anbot.

Rabe liebte vor allem das kleine Regal neben der Kasse, vor dem man in die Knie gehen musste, wollte man die Schätze darin durchstöbern. In dieser kleinen, aber feinen Abteilung befanden sich Bücher aus dem Bereich Film und Theater, und zwar nicht nur die üblichen Schauspielerbiografien, sondern auch Werkanalysen von Regisseuren und Lehrbücher. Zu jedem Geburtstag oder Weihnachten suchte Rabe mindestens ein Buch heraus, das er auf seine Wunschliste schrieb. Auch jetzt nahm er den ein oder anderen ihm noch unbekannten Band aus dem Regal und las hinein, die vollen Einkaufstüten neben sich abgestellt. Und obwohl er damit den Zugang zur Kasse blockierte, versuchte keiner der Angestellten, ihn wegzuscheuchen. Zu groß war ihre Freude über Rabe, den sie seit seiner frühesten Kindheit kannten und der im Gegensatz zu vielen anderen Kindern, die im Jugendalter das Interesse an Büchern verloren, immer noch regelmäßig vorbeikam.

Einige grüßten ihn auch mit einem vertrauten »Hallo, Raphael!«, was ihn manchmal einen Moment stutzen ließ, nannten ihn so doch nur noch seine Eltern und Lehrer.

Ebenso wie die wundervolle Auswahl an Büchern liebte er die Möglichkeit, sich durch sie wegzudenken und, selbst unbeobachtet, die anderen Kunden zu beobachten. Wie ein Kobold, der aus seiner Höhle herauslinst, betrachtete er die Frauen, denen beim Lesen der Klappentexte die Lesebrillen von den Nasen fielen und erst von den Stoffkordeln aufgefangen wurden, mit denen die Brillen befestigt waren. Und er sah Männern zu, die angesichts der Frage verzweifelten, ob es sich bei dem herausgesuchten Roman um den zweiten oder dritten Teil einer Reihe handelte und ob die Ehefrau, für die das Geschenk bestimmt war, nicht schon den zweiten Teil hier gekauft hatte.

Auch heute hielt Rabe den Band über François Truffaut, um den er schon sehr lange herumschlich, irgendwann vor allem als Tarnung in der Hand, um die anderen Kunden ungestört beobachten zu können. Heute aber musste er lernen, um wie viel besser sich andere aufs koboldhafte Kundschaften verstanden. In diesem Fall war es Viola, der es trotz der Enge gelungen war, sich an Rabe heranzuschleichen und ihn mit einem etwas zu lauten »Na!« zu erschrecken.

Rabe ließ nicht nur das Truffaut-Buch fallen, sondern gab auch einen lauten Schrei von sich, weswegen sich fast alle im Buchladen zu ihm umdrehten. Sobald sie den auf dem Boden kauernden Jungen neben einem lachenden Mädchen sahen, waren die meisten aber offensichtlich beruhigt, einige wenige nur schüttelten den Kopf über die laut giggelnden Jugendlichen. Hektisch kontrollierte Rabe, ob die Ecken des Buchs durch den Fall angestoßen waren – falls ja, müsste er es sofort erwerben, da kannte der Chef keine Kompromisse.

»Hast du was gefunden? Bei mir lief der Raubzug super.« Viola zeigte ihm ihre Ausbeute. »Weihnachten ist geritzt. Weißt du, ich verschenke grundsätzlich nur Bücher zu Weihnachten. Für etwas anderes lohnt es nicht, Geld auszugeben. Rechne doch mal hoch, wie viel Zeit man mit einem Buch verbringt: drei Tage, vier, bei dickeren Büchern sogar zwei Wochen. Und das für nur zwanzig Mark«, erklärte sie wie immer im Brustton der Überzeugung, der keinerlei Widerspruch zuließ.

»Du klingst wie ein Werbeprospekt. Vielleicht sollten sie dich hier einstellen.«

Sie nickte. »Vielleicht sollten sie das. Zeig mal, was du hast.« Sie nahm die Truffaut-Biografie in die Hand und händigte ihm ihren Stapel aus.

»Das sind ja fast alles Theaterstücke.« Er sah sie erstaunt an.

»Ja, die sind für mich«, sagte sie. »Ich denke mir meine eigenen Inszenierungen aus. Ich hab dir doch erzählt, dass ich Schauspielerin werde. Dafür muss ich wissen, was gerade gespielt wird. Wie stehe ich denn sonst da, wenn ich irgendwo vorspreche und keine Ahnung habe, wer das hier ist? Oder das hier?«

Sie zeigte auf die Bände in seiner Hand, von deren Autoren er noch nie etwas gehört hatte. Andererseits fand er die Namen interessant, die seltsamerweise fast durchgehend Akzentzeichen aufwiesen und dadurch fremd wirkten: Koltès, Mrożek …

»Meine Eltern sind ja dagegen«, sprach sie bereits weiter. »Sie meinen, man würde nichts verdienen. Die Arbeitsbedingungen an den Theatern seien schlecht, behaupten sie. Ich sag mal so: Meine Eltern waren, glaube ich, nur zweimal in ihrem Leben im Theater. Ich glaube, sie machen sich nur Sorgen, dass ich da mit komischen Vögeln abhängen könnte. Autoren und so.« Sie zwinkerte Rabe zu. »Ich bin mir sicher, die Sache sähe anders aus, wenn du mich zum Filmstar machen würdest. Filmstars werden sicher auch am Theater gut behandelt.«

»Ich denke auch, aber bis ich dich zum Star machen kann, muss ich erst mal selbst einer werden. Ich fürchte, das kann noch eine Weile dauern.«

Sie winkte lachend ab. »Ich hab Zeit! Und bis dahin kann ich ja erst mal in der Theater-AG mein Glück versuchen.« Sie gab ihm das Buch zurück. »Bist du fertig mit deinen Einkäufen? Sollen wir noch ein Eis essen?«

»Eis? Es hat zehn Grad minus draußen?«

»Ist das ein Ja?« Sie sah ihn aufgekratzt an.

Rabe zeigte auf die vollen Einkaufstüten neben sich. »Erst einmal nur Einkäufe für meine Mutter«, erklärte er. »Bevor ich an Besorgungen für Weihnachten denken kann, muss ich noch den Besuch meines Onkels überstehen.« Er zuckte mit den Schultern. »Aber ich denke, für heute soll es das gewesen sein. Also gut, wenn du meinst. Gehen wir ins Café.«

Das Eiscafé war riesengroß und bot auf zwei Etagen Plastikmarmor und Fotos von italienischen Sehnsuchts-orten an den Wänden. Dass es als einziges Eiscafé der Stadt auch im Winter geöffnet bleiben konnte, ver-dankte es der Tatsache, dass es direkt am Marktplatz und damit gegenüber der jährlich installierten Eisbahn und in unmittelbarer Nähe der Weihnachtsmarktbuden lag. Dadurch kamen noch mehr als genug Gäste, um zwi-schen Einkäufen und Schlittschuhfahrt, zwischen Bum-mel und Gottesdienst einen Cappuccino oder eine völlig übersteuerte Waffel zu bestellen. Allein die Eispreise, die zu Touristenzeiten ins Exorbitante stiegen, waren im Winter annehmbar. Im Sommer verdiente man also an Eis, im Winter an Teiggittern.

Als sie sich an einen der letzten Fensterplätze setzten, musste Viola laut lachen. Abwechselnd sah sie dabei zu Rabe und auf das bunt gelichterte Treiben der Menschen auf dem langsam dunkel werdenden Marktplatz.

»Was ist?«, fragte Rabe.

»Ist das nicht herrlich klischeehaft?« Sie zeigte nach draußen.

Alles, was Rabe sah, waren Menschen, die zwar schnell und vollgepackt durch die Reihen der Holzbu-den gingen, dabei aber trotz des Gedränges ein wenig glücklicher aussahen als gewöhnlich. Stießen sie gegen-einander, sahen sie nicht weg oder maulten einander an, sondern lächelten, begrüßten einander und wünschten einander schöne Feiertage. Selbst die alkoholisierten Leute am Glühweinstand wirkten nach dem fünften Lumumba eher beseelt als betrunken. Die Farben der Bretterbuden und Laternen verwandelten die Stadt fast in eine Spielzeuglandschaft, sah man von den kleinen Müllbergen aus Wegwerfgeschirr ab, die sich hier und da neben statt in den Mülleimern stapelten.

Viola bestellte trotz der winterlichen Temperaturen vier Kugeln Eis, bunt gemischt und als Zugeständnis an die Jahreszeit mit heißer Schokolade übergossen. Rabe entschied sich für eine Kugel Vanille. Er wollte nicht das Gefühl haben, seine Jacke direkt wieder anziehen zu müssen.

Viola grinste weiterhin von einem Ohr zum anderen. »Ein kitschig eingerichtetes Café, Weihnachtskulisse … Ist das nicht wie in einem dieser Weihnachtsfilme? Diese alten, die musst du doch kennen. Mit James Stewart und so.«

Rabe wusste natürlich, auf welchen Film und welche Art von Weihnachtsgeschichten sie anspielte. Viel mehr als ihr guter Blick für kitschige Szenerien in Weihnachtsfilmen beeindruckte ihn allerdings, dass eine Mitschülerin, zudem noch eine jüngere, den Namen James Stewart schon einmal gehört hatte. Er hatte immer gedacht, er und seine Eltern seien die Letzten, die noch die Namen der Schauspieler kannten, die in der Schwarz-Weiß-Ära berühmt gewesen waren. Allerdings, fiel ihm ein, strahlten die Fernsehsender schon seit Jahren immer dieselben Filme an den Feiertagen aus, vielleicht um den Zuschauern ein Gefühl von Tradition zu vermitteln, und vermutlich jeder, der sich irgendwann einmal ein wenig für Filme interessiert hatte, war schon in den Genuss von *Ist das Leben nicht schön?* gekommen.

Sicher war sich Rabe allerdings darin, der einzige Mensch zu sein, der bewusst noch nie *Dinner for One* eingeschaltet hatte, sondern im Gegenteil sofort auf einen anderen Sender zappte, wenn dieser Sketch auf einem der zahlreichen Dritten Programme ausgestrahlt wurde. Man konnte diese Konsequenz für albern halten, aber Rabe hielt an seiner Vorstellung fest, dass Silvester ohne diese Sendung sein Alleinstellungsmerkmal bleiben sollte.

»Findest du es doof? Sollen wir lieber woandershin?«, fragte er Viola und griff schon, als habe der Regisseur ihm ein Stichwort gegeben, nach den eben erst abgestellten Einkaufstüten.

»Nein, nein. Wir haben doch schon bestellt. Und ich find's auch lustig. Es sei denn, du möchtest lieber eislaufen?«

»Ähm …« Rabe spürte, wie er rote Ohren bekam. »Ich habe da nicht so gute Erfahrungen mit. Also, wenn es nicht unbedingt sein muss …«

»Hast du beim letzten Mal zwei Zähne verloren?«

»Ich nicht.«

Sie lachte wieder, während der Kellner die bestellten Eisbecher auf ihren Tisch stellte.

Rabe nahm einen Löffel Eis und überlegte einen kurzen Moment, ob es nicht doch schön wäre, mit ihr das Eislaufen noch einmal zu probieren. Sie beide auf dem Eis, die Lichter, ein Blick – er hatte direkt die Szene einer romantischen Komödie im Kopf. Doch er wusste, wie eskalationsfreudig Slapstick-Regisseure im Moment waren; daher würde er auch in diesem Film vermutlich nicht unverletzt vom Eis kommen. Oder, schlimmer noch, er würde durch die Bandenabsperrung brechen und eine weitere Vierjährige traumatisieren.

»Ich hatte mal einen kleinen Zusammenprall«, sagte er verlegen. »Deswegen fühle ich mich auf dem Eis nicht so sicher. Das ist vielleicht keine gute Ausgangslage für ein Date.« Ihm fiel zu spät auf, dass er ihr Zusammentreffen als Date bezeichnet hatte, und statt darüber hinwegzugehen, griff er seinen Lapsus noch einmal auf und fragte: »Haben wir gerade eins?«

»Ein was?«

»Ein Date? Ich habe da, ehrlich gesagt, wenig Erfahrung mit.«

Wieder lachte sie, und ihre hellblauen Augen strahlten ihn an, als wäre sie in ihn verliebt. Was natürlich Unsinn war. Warum sollte Viola in ihn verliebt sein, nach den paar Malen, die sie einander begegnet waren? Nur weil er sicher war, längst in sie verliebt zu sein?

»Ja. Das ist ein Date, Mann! Also streng dich an, mich zu beeindrucken.« Lachend bestellte sie noch etwas zu trinken.

»Cool. Womit kann man dich denn beeindrucken? Ich sage gleich, ich kenne mich eigentlich bei gar nichts aus. Außer bei Filmen.«

»Du beeindruckst mich schon dadurch, dass du antwortest, wenn ich etwas sage. Das kriegen nicht viele hin.«

»Oh, okay, das krieg ich hin.«

Vor dem Panoramafenster gingen drei Mädchen vorbei, die Rabe Violas Schulklasse zuordnen konnte. Sie tuschelten und grienten, und als auch Viola sie bemerkte, winkte sie ihnen zu. »Wir sollten uns jetzt küssen. Dann sind wir morgen *das* Thema auf dem Schulhof«, verkündete sie mit einem erneuten Grinsen, bevor sie einen Löffel seines Vanilleeises in ihrem Mund verschwinden ließ.

Rabe brach zum ersten Mal der Schweiß aus. Darauf wusste er tatsächlich nichts zu antworten. Deshalb lobte er den Geschmack der Vanille, was sie offensichtlich noch mehr belustigte.

»Habe ich dich so leicht aus dem Konzept gebracht?«

»Nein. Nein. Nein«, erwiderte Rabe und schüttelte mechanisch den Kopf. Dann sagte er: »Ja. Ja. Ja«, was sie auch genau so verstanden hatte.

»Und du wirst Filmemacher und besorgst mir dann gute Rollen?«

»Auf jeden Fall.«

»Beeindruckend.«

»Was?«

»Dass du dir so sicher bist. Ich glaube ja, ich schaffe das mit der Schauspielerei nicht. Ist alles Spinnerei. Mit sechzehn muss man davon träumen. Irgendwann wacht man dann auf und weiß, dass man in ein Büro gehen muss, und dann denkt man: Hey, wollte ich nicht mit sechzehn was anderes machen?«

»Warum macht man das dann mit dem Büro?«

»Weil man Geld braucht, du Dummi.«

»Ah. Klar.«

»Und weil man tun muss, was richtig und vernünftig ist.«

»Aber dann träumt man ja immer nur die Träume anderer, nie die eigenen.«

Viola nickte. Sie sah einen Moment lang aus dem Fenster und wirkte mit einem Mal traurig.

Eine schöne Traurigkeit, dachte Rabe, *eine Schauspielerinnentraurigkeit.* »Ich finde, du solltest es versuchen«, sagte er. »Ich meine, du siehst super aus, du bist gewitzt und lustig, also nicht lustig im Sinne von blöd, also nicht so slapstickmäßig … ach, verdammt! Aus der Nummer komme ich jetzt nicht mehr raus.« In der Hoffnung auf einen Stichwortgeber oder eine Eingebung sah er sich um.

Sie lachte leiser, ihr schönstes Lachen bisher. »Da musst du auch nicht rauskommen. Das waren doch schon mal Komplimente. Ich hab mich schon gefragt, wann du mir endlich mal eins machst. Ich dachte schon, du würdest deine Zeit nur mit mir verbringen, weil kein anderes Mädchen mit 'nem Typen ausgeht, der immer nur in schwarzen Klamotten rumläuft.«

Rabe war sich nicht sicher, ob das als Witz gemeint gewesen war, zumal Viola gerade zum ersten Mal einen Satz ohne Lächeln zu Ende gebracht hatte. »Oh, vielen Dank! Endlich auch mal ein Kompliment von deiner Seite«, sagte er und ergänzte: »Das war eines, oder?«

Violas Gesicht rutschte langsam, aber dramatisch in ein mächtiges Strahlen. Ihre Augen weiteten sich und gaben noch mehr von ihrem unendlichen Blau frei. So sehr freute sie sich über seine Bemerkung, der sie offenbar entnahm, dass er ihre Ironie verstand.

Tatsächlich hatte er nur das Erste gesagt, was ihm in den Kopf gekommen war, um nicht beleidigt zu wirken. Aber da sie sich nach vorn beugte und ihm vor lauter Freude sogar einen kleinen Kuss auf die Wange drückte, beschloss er, es dabei zu belassen.

»Wenn du Filme machen wirst, schreibst du dann auch mal einen über uns?«, fragte sie.

»Ich weiß nicht, ob ich so was hinkriege. Ich hab's mehr mit Monstern und Aliens und so, fürchte ich.« Er schämte sich ein wenig für die Antwort und hätte sie gern zurückgenommen, hatte er doch in den letzten Jahren mit der Erwähnung von Monstern und Außerirdischen bei Mädchen eher schlechte Erfahrungen gemacht. Im besten Fall hatte er komische Blicke und ein tonloses »Aha!« geerntet, im schlechtesten Fall hatte man ihn schallend ausgelacht.

Viola aber lächelte nur. »Okay, dann sind wir eben die Aliens in der Geschichte. Passt ganz gut, finde ich.« Für einen Augenblick wurde ihre Stimmer weicher. »Du bist dir so sicher, dass du es schaffen wirst! Mit dem Filmemachen. Ich finde das echt cool.«

»Warum sollte ich es denn nicht schaffen?«, meinte er und fragte sich zum ersten Mal, warum er das selbst nie infrage gestellt hatte.

»Ja. Warum eigentlich nicht?«, erwiderte sie und verstummte dann.

Wortlos sahen sie einander an, und zum ersten Mal beschlich Rabe nicht das Gefühl, etwas sagen zu müssen, wenn eine Unterhaltung in Stille mündete.

»Du hast mir doch von diesem Film erzählt. Wie

hieß er? *Flucht aus L. A.*, oder? Läuft der heute Abend? Lass ihn uns anschauen!«, beendete sie schließlich das Schweigen.

»Ich … also …« Er druckste herum. »In der Schule meinen alle, der Film wäre furchtbar. Ich will ihn nur sehen, weil er von meinem Lieblingsregisseur ist.«

Der Gedanke, spontan ins Kino zu gehen, kam Rabe seltsam vor. Ein Kinobesuch war normalerweise ein langfristig geplanter Ausflug mit Fete und Michi, selten mit anderen. Meist wurden sie von ihren Eltern hingefahren und auch wieder abgeholt, es sei denn, Fete bekam das Auto seiner Eltern und durfte selbst fahren. Rabes Blick wanderte zu den Einkäufen, auf die seine Mutter bestimmt schon wartete. Er fragte sich auch, wie sie nach dem Kino nach Hause kommen sollten. Sowohl Viola als auch er wohnten etwas außerhalb, und die Busse fuhren immer unregelmäßiger, je später es wurde.

»Eigentlich sollte ich nach Hause, aber … Ich müsste wenigstens Bescheid sagen«, rang er sich ab.

»Ja, klar.« Viola nickte. Offenbar fand sie das selbstverständlich und nicht so peinlich wie Rabe, der angenommen hatte, er käme fürchterlich uncool rüber, weil er erst seine Eltern über seinen Verbleib informieren musste. »Ruf sie einfach an! Vor dem Kino ist doch eine Telefonzelle.«

Rabe stieß erleichtert die Luft aus. »Einverstanden. Ich zahle dann mal. Du bist natürlich eingeladen.«

Sie strahlte. »Cool. Kannst es mir ja von meiner ersten Millionengage abziehen.«

Er zahlte und half ihr anschließend in ihre dicke

97

blaue Daunenjacke, was sie mit einem ladyhaften »Oh, vielen Dank, Sir!« quittierte.

Vor der Tür nahm sie ihm kurzerhand eine der Einkaufstüten ab, und nebeneinander trotteten sie über den weihnachtlichen Marktplatz. Die kleinen Geschäfte schlossen nach und nach, dafür wurde das Gedränge an den Glühweinständen noch enger und lauter, als es während des Tages ohnehin schon gewesen war.

Zu seiner Verwunderung hatte seine Mutter kein Problem mit Rabes spontanem Kinoausflug, auch wenn sie für seinen Geschmack etwas zu nachdrücklich fragte, wer denn »diese Viola« sei, mit der er auf die plötzliche Idee gekommen war. Auch dass sie gleich mehrfach betonte, wie problemlos sie sie beide anschließend abholen könnte, ging ihm gegen den Strich. Seinen Versuch, den Bus als Alternative ins Spiel zu bringen, akzeptierte sie nicht.

Als er aus der Telefonzelle trat, ließ er sich von all dem nichts anmerken. Stattdessen erwähnte er es Viola gegenüber nur als Möglichkeit, sich von seiner Mutter abholen zu lassen. »Wir können ja nach dem Film schauen, ob was fährt«, sagte er und zeigte dabei auf die Busse am Bahnhof.

Viola zuckte gleichgültig mit den Schultern. »Klar. Allerdings … wenn sie es schon anbietet … Ich fänd's super. Kino und Chauffeur. Es fühlt sich jetzt schon so an, als wärest du ein berühmter Regisseur.«

12

Ja, er musste es zugeben: Es *war* der grauenhafteste Film, den er je gesehen hatte.

War die Eröffnungsszene, die ein Erdbeben zeigte und hübsch in eine zukünftige Welt überleitete, noch ein Versprechen, so rutschte der Film mehr und mehr in eine Art Parodie seines berühmten Vorgängers ab. Nicht nur, weil die Handlung fast deckungsgleich mit der Story des Originalfilms war, den Rabe bereits zu den schwächeren Werken seines Lieblingsregisseurs gezählt hatte, sondern auch wegen der grausigen Effekte, die an einem seelenlosen Computer entstanden anstatt von Hand gebaut waren, wandte Rabe sich immer wieder von der Leinwand ab. Es war, als müsste er sich stellvertretend für den Mann, den er so verehrte, schämen. Als die Hauptfigur, der maulige Held Snake Plissken, nach fünfzig Minuten Spielzeit vom Bösewicht des Films damit gefoltert wurde, dass er auf einem Laufband gehen musste, und kurz darauf zusammen mit Peter Fonda auf einer ebenfalls auf einem Rechner dilettantisch hingeschluderten digitalen Flutwelle in die Freiheit surfte, versuchte Rabe gar nicht mehr, seinen Blick zu heben. Andernfalls, fürchtete er, würde Viola ihn dafür beschimpfen, dass er sie zu solch einem missratenen Streifen überredet hatte. Und sie würde mit jeder Kritik recht haben, egal, wie hart sie ausfallen mochte.

Das einzig Positive, das Rabe an dem Film finden konnte, war die Darstellerin der Talima, deren Gesichtszüge denen Violas beinahe bis ins Detail glichen. Allein die billige, schief sitzende Perücke der Schauspielerin lenkte davon ab. Doch dieser kleine Lichtblick blitzte nur kurz auf, und Rabe vertrieb sich die verbleibenden Minuten bis zum Abspann damit, wenigstens die Schönheit des Kinos selbst in Augenschein zu nehmen. Er hatte ganz vergessen, wie tiefbraun die stoffbezogenen Wände waren und wie seltsam die schmiedeeisernen Schlingpflanzen wirkten, die links und rechts der Leinwand wegrankten und von einer dicken Staubschicht, wahrscheinlich seit dem Bau des Kinos in den Sechzigerjahren angesammelt, belegt waren.

Während des Abspanns überlegte Rabe, mit welcher Bemerkung er die bevorstehende Kritik abfedern könnte. »Ich weiß jetzt, warum meine Kumpels gesagt haben, dass wir lieber in *Twister* gehen sollten«, sagte er schließlich.

Viola lachte laut auf, und die vier Zuschauer, die sich neben ihnen in *Flucht aus L. A.* verlaufen hatten, stimmten mit ein und befreiten sich damit ganz offensichtlich von der Lächerlichkeit, die sie eben gesehen hatten und die aller Peinlichkeit zum Trotz Millionen Dollar Budget verschlungen hatte.

»Vielleicht sollten wir ganz schnell einen anderen

Film sehen, damit wir das hier vergessen«, schlug Viola vor.

Rabe nickte, erleichtert darüber, wie unbeeindruckt sie dieses misslungene Date beiseiteschob.

Sie gingen zum Bahnhof, der ebenso schön geschmückt wie die Innenstadt den liegen gebliebenen Schnee erleuchtete. Während sie darauf warteten, dass Rabes Mutter sie dort abholte, schwiegen sie, wenn sie nicht gerade eine besonders alberne Szene des Films herauspickten und sich gemeinsam darüber lustig machten. Das Schweigen dazwischen empfand Rabe zu seinem eigenen Erstaunen nicht als unangenehm. Er sah Viola an, folgte den orangenen Lichtflecken in ihren Pupillen, die sich bewegten, wenn sie in eine der illuminierten Dekorationen blickte. Sie blinzelte nur selten. Das fiel ihm als Erstes auf. Sie blinzelte nur selten und lächelte viel.

»Hast du *Starman* gesehen?«, fragte er, um die Stille nun doch zu brechen.

Sie schüttelte schnell den Kopf.

»Ich glaube, das ist der beste Film, um Carpenters guten Ruf bei dir wiederherzustellen. Sollen wir den als nächsten anschauen?«

Sie nickte, und ihr Kopf bewegte sich nun noch schneller. Offenbar wollte sie nicht nur ihre Zustimmung ausdrücken, sondern hatte nach zwanzig Minuten Warten auch angefangen, bitterlich zu frieren.

So stürzten sie in den Wagen, sobald Rabes Mutter mit ihrem Mitsubishi Galant vorfuhr, und baten sie, die Heizung aufzudrehen, damit auch etwas von der heißen Luft auf der Rückbank ankam.

Elke fragte zweimal vergeblich nach, wie der Film denn gewesen sei. Keiner von ihnen hätte es sagen können. Viola nicht, weil sie Rabe nicht noch mehr in Verlegenheit bringen wollte; Rabe nicht, weil er nicht einmal Worte für die Gefühle hatte, die ihn durchströmten wie chaotisch umherschwirrende Atome. Gefühle bezüglich des Filmerlebnisses, bezüglich der Fragen, die er seinem Regie-Idol stellen wollte – allen voran ein einfaches »Warum?« –, und Gefühle bezüglich Viola, die er erst so kurz kannte und die ihm trotzdem näher und vertrauter schien als jede von ihm erfundene Figur aus einem seiner Drehbücher.

Viola übernahm die Konversation mit Rabes Mutter und gab bereitwillig Auskunft über ihr Elternhaus, darüber, wie sie und Rabe sich kennengelernt hatten, und über ihren Weihnachtseinkauf.

Als sie viel zu schnell vor dem Haus von Violas Eltern ankamen, überlegte Rabe, wie er sich nach diesem Nachmittag und Abend angemessen verabschieden konnte. War eine Umarmung für Viola in Ordnung?

Sie aber bedankte sich, noch bevor er zu einem Ergebnis gekommen war, bei Elke für die Mitfahrgelegenheit und drückte Rabe kurzerhand einen Kuss auf die Wange.

Überrascht sah er ihr nach. Blieb nur zu hoffen, dass der Kuss für seine Mutter wie eine flüchtige Umarmung ausgesehen hatte. Die Chancen standen nicht schlecht, denn Viola hatte seine linke Seite erwischt, und die war zum Rückfenster hin gelegen und dadurch für Elke über den Spiegel nicht ganz einsichtig. Der Kuss war ihm vor seiner Mutter zwar nicht peinlich, aber er ging davon aus, dass sie ihre elterliche Belustigung über diese Form des jugendlichen Flirtens nicht würde für sich behalten können.

Was sie auch nicht tat. »Eine süße Freundin hast du da. Warum hast du sie mir nicht schon früher vorgestellt?« Dann schob sie noch ein »Gut erzogen!« hinterher. Das war ihr schon immer wichtig gewesen.

Rabe versuchte während der verbleibenden fünfzehn Fahrminuten so diplomatisch wie möglich zu erklären, wie kurz er und Viola sich gerade erst kannten und dass es vielleicht ein wenig verfrüht wäre, von ihr als seiner Freundin zu sprechen.

»Ach was!«, beendete Elke schließlich seine Abwägungen. »Eine Mutter spürt so etwas.«

13

Noch nie war Rabe eine Zigarette aus dem geöffneten Mund gefallen. Erst jetzt, als Fete mit voller Überzeugung und ein klein wenig zu laut hinausposaunte, wie sicher er sei, schon an diesem Wochenende mit Dani zu schlafen, geschah das Undenkbare. Fete allerdings bekam davon nichts mit. Während Rabe sich nach der Zigarette bückte, ließ er sich darüber aus, wie sehr er spürte oder zu spüren glaubte, wie außerordentlich und einzigartig ihre gegenseitige körperliche Anziehung war. Er sprach von Magnetismus, Aura und anderen Vokabeln, deren Bedeutung er entweder kaum kannte oder im Unterricht sonst eher mit Desinteresse strafte.

Michi unterbrach Fetes nicht enden wollende Eloge im kühlen Duktus eines Wissenschaftlers: »Vielleicht solltest du sie uns *doch* endlich mal vorstellen. Außer bei *AKTE X* habe ich noch nie einen Menschen mit einer Aura gesehen. Ich persönlich fände ja die Begegnung mit einem UFO interessanter, aber im Bereich des Parapsychologischen muss man nehmen, was man kriegen kann. Wechselt Dani beim Leuchten eigentlich auch den Aggregatzustand?«

»Du bist ja nur eifersüchtig, du Jungfrau!«, konterte Fete die aus seiner Sicht offensichtlich dummen Kommentare seines Freundes, woraufhin Rabe umgehend zu einem kleinen Vortrag zur Kirlianfotografie ansetzte, bei der man die Aura von Menschen und Objekten angeblich auf Film festhalten konnte.

»Hab ich noch nie in einem Film gesehen. Notiz an mich: *ins nächste Drehbuch schreiben!*«, sagte Rabe und tippte sich mit dem Zeigefinger an die Stirn.

Michi war sofort begeistert von der Idee, einen rot leuchtenden Fete auf einer Fotografie zu verewigen. »Schon allein für die Abizeitung wäre das ein Schmuckstück!«, stellte er fest.

»Ja. Und wer weiß, vielleicht sehen wir auf seinem Bild dann auch, dass seine Dani gar nicht leuchtet, sondern nur kalt blau vor sich hin dämmert«, ergänzte Rabe.

Zur Strafe beschoss Fete ihn mit dem Stummel seiner ausgebrannten Zigarette. »Ihr seid einfach zwei neidische kleine Arschlöcher!« Er sagte es jedoch bewusst humorvoll und beiläufig und mied dadurch eine echte Auseinandersetzung. Andernfalls hätte er schließlich nicht weiter von seiner neuen Flamme und dem anstehenden Wochenende schwärmen können, das er bei ihr und ihren Eltern in deren Dienstwohnung in der Schule verbringen würde. »Und nein!«, nahm er Spekulationen direkt vorweg. »Im Kellergeschoss der Gesamtschule werden keine schwarzen Messen abgehalten. Ich hab nachgefragt. Da sind alle Räume mit Bio und Chemie belegt.«

»Denkst du, die sind so dumm und erzählen dir von

ihrem Menschenopferaltar im Keller?«, fragte Rabe und steckte sich eine weitere Zigarette an, nachdem ihm die Uhr versichert hatte, dass bis zum nächsten Bus genug Zeit blieb.

»Hey, Casanova, tu uns einen Gefallen!« Michi schulterte seine Schultasche. »Wenn ihr es tatsächlich am Wochenende miteinander treibt, dann erzähl es uns nicht!«

»Wieso nicht? Brauchst du keine Tipps für dein erstes Mal?«

»Das hatte ich schon in der Zehnten, Fete. Du kannst mir nichts mehr beibringen.«

Rabe und Fete wussten genau, wann Michi nur einen dummen Spruch machte und wann er die Wahrheit sagte. Und dieses Mal klang es zu verdächtig nach Wahrheit, als dass sie ihn einfach hätten ziehen lassen können.

Rabe blies Rauch aus und verharrte wie ein Kommissar im Film, der davorstand, einen Verdächtigen einer Lüge zu überführen. Michi hingegen wechselte mit seinem Blick zwischen den beiden Freunden hin und her, als wollte er sagen: »Was wollt ihr eigentlich von mir?«

»Erzähl keinen Scheiß, Michi! Wenn es so wäre, müssten wir es doch wissen, oder?«, schlussfolgerte Inspektor Rabe.

»Wieso? Wart ihr dabei, und ich hab's nicht mitbekommen?«

Fete sah seinem Freund in die Augen. »Michi, wir kennen uns seit so vielen Jahren. Du hättest das erzählt. Du kannst doch auch sonst nichts für dich behalten.«

»Wozu, Fete? Damit du dich über mich lustig machst?«

»Hätte ich nie. Und wegen gerade … sorry! Das war doch nur ein Spaß, ich meine …« Fete flehte Rabe mit einem raschen Blick um Hilfe an, doch der spitzte nur die Lippen und wackelte unentschlossen mit dem Kopf.

Es war ohnehin unnötig, etwas zu erklären. Alle drei wussten, dass keiner von ihnen sich ernsthaft über Michi lustig gemacht hätte. Nicht, weil er etwas dicker war als sie, nicht, weil er von Zeit zu Zeit ungeschickt war oder unverschämt. Nicht einmal wegen seines unbändigen Willens, Dinge, die er sich vorgenommen hatte, ohne Kompromisse in die Tat umzusetzen. Dass Michi auch an seinem Plan, den Wetterhahn von Kurtz' Dach zu werfen, festhielt, obgleich sie alle sicher waren, dass dieses Unterfangen unmöglich war, war ebenfalls kein Grund, ihn zu verspotten. Michi war schlicht und ergreifend überzeugt, man könne alles schaffen – selbst einen vergoldeten Blechvogel mit einem Eisball vom Haus zu schießen. »Er müsste nur hart genug sein«, wiederholte er, wann immer die Sprache darauf kam.

Das Thema Sex war ungleich heikler. Man sprach nicht darüber, und wenn, dann in Scherzen. Man vermutete und schwieg, verweilte bei Allgemeinplätzen. Wies Rabe sämtliche Spekulationen von sich und behauptete, erst wenn die Richtige käme, würde er sich darauf einlassen, prahlte Fete ab und zu gern einmal mit seinen Eroberungen. Rabe und Michi wagten gelegentlich, diese anzuzweifeln, waren ihnen doch die Namen der Mädchen oft unbekannt, und nicht jedes konnte die Tochter eines Bodenseetouristen sein.

Michi schließlich hüllte sich in Schweigen, sobald

es um Sex ging – vielleicht wegen seiner Schwäche für Marnie, vielleicht weil er eben nicht wie Fete aussah. »Ich muss dann«, schickte er sich an, sich zu verabschieden. »Ich hab keine Lust, hier ewig rumzuhängen. Den einen Bus haben wir auch schon verpasst.«

»Michi! Du kannst uns jetzt doch nicht einfach stehen lassen!«, protestierte Rabe. »Wenigstens den Namen solltest du uns nennen. Außerdem hab ich noch nicht aufgeraucht.« Im nächsten Moment stutzte er, und sein Gesicht verzerrte sich zu einem Ausdruck, wie ihn sonst nur erleuchtete Wanderprediger an den Tag legten. Beinahe wäre ihm die Zigarette zum zweiten Mal an diesem Tag aus dem Mund gefallen; er hielt sie allein dadurch auf, dass er sie mit der flachen Hand auffing. Den angesengten Handteller löschte er sofort im Schnee. Gleichzeitig brachte er lautstark seine plötzliche Eingebung zur Sprache: »Leck mich, Michi! Hast du ›zehnte Klasse‹ gesagt? Da warst du gar nicht hier.«

»Richtig.«

Plötzlich sah auch Fete klar: Ihr Freund hatte das zehnte Schuljahr als Austauschschüler in Virginia verbracht. »Stimmt, du warst bei dieser Claire und ihrer Mutter!«

Michi nickte. »Alleinerziehend. Wie meine. Wir hatten uns viel zu erzählen.«

»Aber hast du nicht immer gesagt, Claire sei so eine untersetzte Picklige gewesen, die den ganzen Tag nur Süßigkeiten gefuttert hat?«

»Ja, das trifft es ganz gut. Außer beim Mittagessen, da gab es für sie Burger.«

»Eklig.«

»Ja.« Michi nickte erneut. »Claire war ein bisschen eklig.«

»Aber wieso hast du dann mit ihr geschlafen?«

»Hab ich ja nicht, sondern mit ihrer Mutter.«

Rabe platzte fast vor Lachen, wohingegen Fete mit offenem Mund dastand. Das Einzige, was sich an ihm noch regte, war sein Atem, der in der kalten Luft gefror.

»So, können wir jetzt endlich?«, fragte Michi und rieb die Hände aneinander, um sie aufzuwärmen.

Die anderen beiden wandten sich mit ihm zum Bus. Und während Fete nur kopfschüttelnd neben den anderen beiden hertrottete, fragte Rabe: »Und? Wie war Claires Mutter denn so? Habt ihr noch Kontakt?«

Jetzt schüttelte Michi den Kopf. »Claire und ich haben uns noch eine Zeit lang geschrieben. Ihre Mutter hat mich immer lieb grüßen lassen, aber mehr war da nicht. Du weißt ja, ich bin kein großer Briefeschreiber. Keine Ahnung, was die heute machen.«

Fete blieb stehen. »Aber, Michi! Jetzt mal im Ernst! Du verarschst uns gerade?«

Michi zuckte mit den Schultern: »Weiß man's?«

Kurz darauf kamen sie an Kurtz' Haus vorbei. Rabe sah zum Wetterhahn. »Und dein Plan? Steht er noch?«

»Ich übe jeden Tag. Spätestens an Heiligabend ist der Vogel fällig.«

14

So fleißig Michi war, wenn er sich etwas ernsthaft vorgenommen hatte, so leicht ließ sich Rabe von Dingen und Vorhaben abbringen. Michi gelang es sogar, dem Unterricht zu folgen, wenn ihn das Thema nicht interessierte und er unter der Bank noch ein Buch las, meist technische Handbücher von Geräten, die er neu angeschafft hatte und so schnell wie möglich verstehen wollte. Rabes Gedanken hingegen flohen jedes Unterrichtsthema, und statt den Ausführungen seiner Lehrer zu folgen, versank er in Notizen zu seinen Drehbüchern.

Seit Kurzem war er mit Szenen zu einem Theaterstück beschäftigt. Er hatte nicht vergessen, dass Viola in die Theater-AG einsteigen wollte, und hatte daraufhin beschlossen, ihr ein Stück dafür zu schreiben. Nicht offiziell natürlich. Er hatte vielmehr vor, es dem Leiter der Theater-AG, einem jungen, erst vor Kurzem an die Schule gewechselten Lehrer namens Veit, als Vorschlag für die diesjährige Inszenierung vorzulegen. Es musste ja nicht immer Goethe, Dürrenmatt oder Brecht sein. Und welche Schule wäre nicht stolz auf einen Schüler, dessen

Erstlingswerk in ihren Räumen uraufgeführt wurde, bevor es zum gewaltigen Theatererfolg wurde?

Rabe hatte gelesen, dass berühmte Dramatiker den Proben zu den Inszenierungen beiwohnten und dadurch immer wieder an ihren Texten feilen konnten. Auch er sah sich bereits im hinteren Teil des Theatersaales sitzen und intervenieren, wenn die kleinlichen Regieanweisungen des Lehrers nicht zur Größe seines Stückes passten. Ein kleines Räuspern würde genügen, damit Veit seine Idee zurückzöge, malte er sich aus. Auch war Rabe sicher, als Autor hinreichenden Einfluss auf die Produktion nehmen zu können, um die Besetzung nach seinen Wünschen zu gestalten. Dennoch beschrieb er die Hauptfigur auch optisch so nah an Violas Erscheinungsbild, wie es gerade noch als zufällig betrachtet werden konnte. Wobei Viola auch ohne seinen Einsatz, allein wegen ihres Talents die weibliche Hauptrolle zukäme. Nur ein Dummkopf würde sie nicht in dieser Rolle sehen wollen.

Überraschenderweise fiel es Rabe schwerer, ein Theaterstück zu schreiben als ein Drehbuch, wohl auch da ihm hier keine schnellen Schnitte und Kamerawechsel zur Verfügung standen. Um auch im Unterricht an seinem Text arbeiten zu können, hatte er sogar eine neue Registerkarte in seinen Schulordner eingesetzt, die er jeweils direkt hinter die Materialien des betreffendem Fachs klemmte. So konnte er jederzeit zwischen dem Thema der Stunde und den Notizen für sein Stück wechseln, ohne sich verdächtig zu machen. Gerade bei Kurtz kamen Rabe die besten Ideen.

Im Laufe der Woche formten sich seine Notizen

langsam zu einem Stück. In diesem kehrte der Held der Geschichte als erfolgreicher Filmregisseur zurück in seine Heimatstadt – zufälligerweise identisch mit Rabes Wohnort – und stößt dort bereits am Bahnhof auf seine alte Schulliebe. Auch nach zwanzig Jahren in der Fremde erkennt er sie sofort an ihren strahlend blauen Augen, und in den darauf folgenden langen Gesprächen stellen sie fest, wie unterschiedlich ihre Leben verlaufen sind. Sie, die Daheimgebliebene, hat Kinder bekommen und lebt ein Leben in geregelten Bahnen; er, der Weitgereiste, lebt das Glamourleben Hollywoods und vermisst nichts außer dem Gefühl der Verbundenheit, das sie in ihren Erzählungen liebevoll und glücklich beschreibt.

Der Held, der sich am Anfang nicht vorstellen kann, sein Leben an nur einem Ort zu verbringen oder gar in seiner Heimatstadt zu bleiben, erkennt im Laufe des Stücks, welche Vorteile auch Vertrautheit bietet. Am Ende trennen sich Held und Heldin wieder, haben aber erkannt, was sie an der Welt des jeweils anderen bewundern und was sie für ihr eigenes Leben mitnehmen können.

Rabe wusste, dass Veit es liebte, wenn Geschichten versöhnlich endeten. Vorsichtshalber schrieb er auch noch ein paar Nebenfiguren ins Konzept, gemeinsame Freunde der Hauptpersonen, die im Gegensatz zu den Protagonisten unzufrieden mit ihren Lebensentwürfen sind, weil sie nichts gefunden haben, was sie als sinnvoll erachten, weder beruflich noch privat. Lieber hätte Rabe auf diese Nebenfiguren verzichtet, um nur Viola und einen Mitschüler auf der Bühne zu sehen. Letzteren hätte er ebenfalls selbst ausgewählt und dabei darauf geachtet, dass Viola ihn nicht ausstehen konnte. So hätte sie ihre Schauspielkunst schon einmal im Härtefall erproben können. Tief in seinem Inneren wusste er aber natürlich, wie eifersüchtig er gewesen wäre, wäre sie gut mit ihrem Spielpartner ausgekommen.

Gerade hatte Rabe den Monolog einer der vielen Nebenfiguren fertiggestellt, die nur für den Fall angelegt waren, dass sich in diesem Jahr zu viele Schüler für die Theater-AG meldeten. Zufrieden wollte er sich auf seinem Stuhl zurücklehnen, doch da stand auf einmal Kurtz vor dem Tisch und klopfte mit einem Kugelschreiber auf seinen Ordner.

»Wir rechnen zwar mit Buchstabenvariablen, Raphael, aber dein Blatt sieht mir doch eher nach Deutsch als nach Mathematik aus«, ätzte er. »Haben wir da etwa die Hausaufgaben nicht gemacht?«

Erleichtert nickte Rabe. In der Regel sammelte Kurtz Zettel, die eindeutig nicht in seinen Unterricht gehörten, kommentarlos ein und las sie am Ende der Stunde. Nicht wenige Schüler hatten deshalb begonnen, Geheimschriften zu lernen.

15

Als Rabe am Nikolaustag von der Schule nach Hause kam, fühlte er sofort, wie angespannt seine Eltern waren. Anders als sonst hatte Johnny sich von ihnen nicht von einem Besuch abhalten lassen, und nun kündigten quietschende Bremsen an, dass er vorgefahren war. Rabe hängte seine Jacke an die Garderobe und trat zu seinen Eltern ans Fenster.

Eine unbekannte, mit einem arg kurzen Lederrock bekleidete Blondine stieg gleichzeitig mit Johnny aus dem BMW und ging zusammen mit ihm aufs Haus zu.

Elke verdrehte gequält die Augen. »Auch das noch!« Dann öffnete sie die Tür. »Da seid ihr ja.«

Johnny strahlte sie freudig an. »Elke, Henning! Und das ist Sina.«

Höflich gaben alle erst ihr, dann ihm die Hand. Rabe bemerkte, wie weich und angenehm sowohl Sinas Händedruck als auch ihr freundliches Lächeln wirkten. Auch entging ihm, als Henning Johnny und Sina ins Esszimmer begleitete, nicht, dass seine Mutter in der Küche verschwand und sich ausgiebig die Hände wusch, was sie eigentlich schon nach der Essensvorbereitung erledigt hatte.

Rabe schüttelte den Kopf. Die Beziehung zwischen seinen Eltern und seinem Onkel war kompliziert und ein wenig verworren. Johnny hieß eigentlich Joachim, hatte aber schon in jungen Jahren seinen heutigen Spitznamen erhalten – vermutlich wegen seiner vagen Ähnlichkeit mit dem Schauspieler Johnny Weissmüller, die sich allerdings mit zunehmendem Alter herausgewachsen hatte. Seine Karriere im Schmuddelgewerbe hatte Johnny bereits im zarten Alter von zwölf Jahren gestartet. Da verkaufte er die *Playboy*-Heftchen seines Vaters auf dem Schulhof – damals eine Rarität, die sich sein Vater von einem Geschäftspartner aus den USA schicken ließ, weil es noch keine deutsche Ausgabe gab. Mit dem Erlös finanzierte Johnny sich ein nagelneues Rennrad, und das unbemerkt von seinem Vater, der den zwei Jahre älteren Henning verdächtigte, wann immer eine Ausgabe nicht mehr aufzufinden war. Besondere Aufregung hatte geherrscht, als die Ausgabe mit Angela Dorian verschwunden war, die Hennings und Johnnys Vater als Idealbild einer Frau betrachtete, bis sie 1978 von Farrah Fawcett abgelöst wurde. Als auch nach mehrmaligem Nachhaken des Vaters keiner der Söhne mit der Wahrheit rausrückte, gab es eine Woche Hausarrest für beide. Dieses Mal nämlich war der Vater vollkommen sicher, das Heft nicht verlegt zu haben; selten hatte er eine Zeitschrift so gut gehütet wie diese, und noch seltener hatte er eine so oft auf derselben Seite aufgeschlagen.

Selbst Johnnys Schachzug, beim amerikanischen Originalverlag ein neues Exemplar der Angela-Dorian-Ausgabe zu besorgen, es angemessen zu zerknittern und es zwischen zwei Tageszeitungen wieder auftauchen zu lassen, ließ das Misstrauen des Vaters nicht schwinden. In der Folge verschob sich der Nachschub von amerikanischen *Playboy*-Magazinen auf dem Schulhof immer weiter nach hinten, und die Preise sanken rapide. Johnny hatte daher irgendwann beschlossen, selbst zu fotografieren, und darauf gehofft, eines Tages als Aktfotograf für den *Playboy* zu arbeiten.

All das hatte Rabe sich aus Andeutungen und belauschten Gesprächen seiner Eltern über die Jahre zusammengereimt. Auch wusste Rabe, dass sein Onkel nach dem Abitur die Möglichkeit gehabt hatte, für eine große Bildagentur zu arbeiten. Er hatte allerdings hauptsächlich Fotografien von Lebensmitteln für Speisekarten und Produktbilder für Werbung anfertigen dürfen, weshalb er nach zwei Jahren kündigte und stattdessen bei einem erfolgreichen, wenn auch berüchtigten Unternehmen namens *Cock around the Clock* in Wuppertal anheuerte, um dort das Handwerk der Bewegtkameraführung zu erlernen. Im andauernden Boom der Videotheken hatte Johnny, der innerhalb von wenigen Jahren vom Kameraassistenten zum stellvertretenden Geschäftsleiter aufgestiegen war, dann auf Reihen mit etablierten Sexfilmsternchen gesetzt, deren Namen in großen Lettern auf den VHS-Covern prangten. Zu diesem Zeitpunkt arbeitete jeder große Name unter den Nacktstarlets für Johnnys Firma; selbst weltweit begehrte Darstellerinnen aus den USA traten in seinen Produktionen auf, häufig pornografische Parodien bekannter Spielfilme. Seine größte Produktion, der Monumentalporno *Ben Hurt*, war

nach Rabes Recherchen mit einem Budget von fünfzig-
tausend Mark der teuerste europäische Porno der Ach-
zigerjahre, gedreht in aufwendig gestalteten Papp- und
Pressspankulissen, die das alte Rom zwar nicht besonders glaubwürdig, aber dafür fantasievoll zum Leben er-
weckten. Auf diesen Höhepunkt war allerdings der Sink-
flug des inzwischen von Johnny gänzlich übernommenen
Unternehmens gefolgt.

Amerikanische Hochglanzproduktionen, die Johnnys
Idee der Parodie geklaut hatten – so seine stetig wiederholte Klage –, und osteuropäische Amateurproduktionen
überschwemmten den ohnehin schon umkämpften deutschen Markt. Johnny verlegte sich, allem künstlerischen
Anspruch zum Trotz, auf das Drehen billiger Schnell-
schussware, die auf Handlung verzichtete und stattdessen fast nur Geschlechtsakte zu bieten hatte. Seine letzte
Großproduktion war eine Version von Federico Felli-
nis berühmtem Kunstfilm *8½*. Wie sein Vorbild Fellini
drehte auch Johnny seine letzte künstlerische Anstrengung in Schwarz-Weiß und mit verwirrenden Schnitten.
Wenig überraschend war einem Pornofilm ohne Farben
und mit kryptischer Handlung allerdings kein Erfolg be-
schieden, und von da an hatte Johnny nur noch geliefert,
was die Videotheken orderten und das Geschäft zumindest absicherte.

Johnnys Familie, sowohl die Eltern als auch sein Bruder Henning, hatte den Kontakt zum »schwarzen Schaf«
schon früh gekappt. Zwar sprachen entferntere Verwandte mit einer gewissen Belustigung über das aus der
Art geschlagene Familienmitglied, doch davon abgese-

hen war sein Name tabu. Seine Eltern schickten Johnny zwar zu Geburtstagen und Weihnachten immer eine Karte mit den besten Wünschen, eine Einladung sprachen sie jedoch nie aus, und auch Henning pflegte nur heimlich Kontakt mit seinem Bruder. Eigentlich war es ihm verboten, denn die Eltern fürchteten offenbar, Henning könnte allein durch ein Telefonat mit Johnny zu Dummheiten verleitet werden oder – schlimmer noch – herausfinden, dass Johnny in etwas Illegales verstrickt war, und dadurch eines Tages seinen eigenen Bruder verhaften müssen.

In späteren Jahren hatte die Mutter der beiden schwere Vorwürfe gegen den Vater erhoben, der ihrer Meinung nach mit seiner von ihr jahrelang tolerierten *Playboy*-Sammelleidenschaft zum moralischen Verfall des Sohnes beigetragen hatte. Die Ehe war geschieden worden.

Der Kontakt zu Henning hatte sich weder danach noch nach dessen eigener Hochzeit verbessert. Auch bei Elke war der pornöse Bruder kein gern gesehener Gast, erst recht nicht, seit Rabe in einem Alter war, in dem er verstand, wovon Hennings Bruder sprach, wenn er von »seiner Arbeit« berichtete.

»So, dann wollen wir unser Zusammensein aber mal kräftig feiern.« Johnny stellte mit großer Geste eine riesige Flasche Sekt auf den gedeckten Tisch und stieß dabei eine der bereits brennenden Kerzen um.

Rabe war sich nicht sicher, was seine Mutter mehr echauffierte: die plumpe und viel zu viel Platz einnehmende Flasche, die ihre fein austarierte, filigrane Tischdekoration zerstörte, oder das auf ihr Kleid gespritzte Wachs. Vermutlich war es vor allem die gelbe Plastiktüte, der Johnny das Monstrum aus Grünglas entnommen hatte und die er, vermutlich mit weiteren unangenehmen Überraschungen gefüllt, kurzerhand unter seinem Sitz deponierte.

Auch Henning fürchtete sichtlich, dass sein Bruder der Tüte weitere Präsente entnehmen könnte, obwohl er sich mit ihm telefonisch darauf geeinigt hatte, auf gegenseitige Geschenke zu verzichten. Immerhin konnte es keiner der Geschenkkörbe sein, die Johnny der Familie in unregelmäßigen Abständen schickte. Die waren zwar qualitativ einwandfrei, aber aus Prinzip abzulehnen. Rabe, der zwischen Sina und Johnny sitzen musste, machte sich diesbezüglich keine Sorgen. Er vermutete in der Tüte lediglich Geschenke für einen anderen Besuch.

Bis zum Ende des Hauptganges gelang es Henning und Elke irgendwie, das Gespräch auf belanglosen Smalltalk oder auf den Werdegang ehemaliger Schulfreunde zu lenken. Als alle Biografien geklärt waren, ging Elke dazu über, ihre Gäste zur Landschaft um Wuppertal zu befragen. Dabei stand fest, dass es für sie kaum weniger interessante Themen gab als die Vegetation des Bergischen Landes. Alles nur, um Johnny nicht das Gesprächsthema bestimmen zu lassen.

»Und du, Raphael?« Johnny haute Rabe laut klatschend die Hand auf den Schenkel. »Hast du schon Pläne für die Zeit nach der Schule? Ist ja nicht mehr so lang hin.«

Rabe war dankbar, endlich auch einmal etwas gefragt

zu werden. Bis jetzt hatte er dem Gespräch der Erwachsenen zumeist schweigend gelauscht und sich gefragt, ob er als Erwachsener auch nur noch in Andeutungen und Nichtigkeiten sprechen würde, um bloß nicht in die Tiefe gehen zu müssen. »Ich will mich in München an der Filmhochschule bewerben. Ich warte aber noch auf die Unterlagen. Vielleicht haben die gerade zu wegen der Feiertage, oder die Post braucht so lange.«

Johnny nickte anerkennend und schob dabei die Unterlippe nach vorn. Er sah wohl in Rabe ein Familienmitglied, das die künstlerische Tradition, die mit ihm begonnen hatte, weiterführen könnte. Elke hingegen lauerte ängstlich auf jedes Wort, das Johnny aussprechen würde, denn er atmete tief ein und wechselte in eine Stimmlage, die allen Onkeln eigen ist: die des Mannes, der schon alles gesehen hat und nun davon erzählen kann.

»Überleg dir das gut, Raphael! Das Filmgeschäft wird gerade komplett umgekrempelt. Nicht mehr lang, und die DVD hat VHS verdrängt. Ich werde meine Kopierstraße verschrotten können. Die hat mich ein Vermögen gekostet. Jetzt wird das Format umgestellt, damit sie alle Filme noch mal verkaufen können.« Johnny seufzte. »Gut, ich kann's verstehen. Hast du mal eine DVD gesehen?«

Rabe schüttelte den Kopf, und auch die fragenden Gesichter der anderen wirkten nicht so, als könnten sie Johnny folgen.

»Müsst ihr mal! Krass scharf. Alles. Da denkst du glatt, die Mädels stünden bei dir im Zimmer. Das ist scharf im doppelten Sinn, wenn du verstehst, was ich meine?« Johnny lachte, und bevor Elke das Thema wechseln konnte, fuhr er ungerührt fort: »Ich weiß allerdings nicht, ob ich es noch einmal schaffe, technisch komplett umzustellen. Was das alles kostet! So viel habe ich nicht auf der hohen Kante. Es läuft ja eh alles viel schlechter als früher. Und jetzt kriegen sie ja alle auch noch dieses Internet. Ich schwöre dir: In zehn, zwanzig Jahren kannst du dir da alle Filme der Welt anschauen. Das war es dann mit Kino und DVD, mit VHS sowieso. Dann bezahlt keiner mehr für eine Kinokarte, weil irgendein Arsch den Film schon ins Internet gestellt hat.«

Rabe konnte sich das nicht vorstellen. Von DVDs und ihrer fantastischen Qualität hatte er viel gelesen. Was das Internet anbelangte, wusste er allerdings so gut wie nichts. Als Einziger in seinem Bekanntenkreis hatte Fetes Vater einen Anschluss, und der tauschte darüber mit Geschäftspartnern Nachrichten aus. Fete selbst hatte wenig Interesse an der ganzen Sache und larmoyant gemeint: »Klar ist dort die ganze Welt vernetzt. Aber das Einzige, was du feststellst, ist, dass auch der Rest der Welt voller Idioten ist.«

Rabe interessierte sich nicht für Computer und hielt Johnnys Horrorvision von einer Welt ohne Kino und Videokassetten für übertrieben. Warum sollten Menschen so dumm sein und sich Filme auf einem Computermonitor anschauen statt auf einer großen Leinwand oder wenigstens auf dem wesentlich größeren Fernseher?

Johnny seufzte erneut. »Du solltest dich mit der Filmkarriere beeilen und einsteigen, solange da noch Geld zu machen ist.«

Zwei Stunden und diverse belanglose Gesprächsthemen weiter – allesamt von Elke in die Runde geworfen – trank Johnny seinen letzten Schluck Kaffee. »Sina, ich glaube, wir sollten langsam mal aufbrechen. Wir haben ja noch eine ordentliche Strecke vor uns.«

Erst jetzt fiel Henning offenbar auf, dass Johnnys Begleitung während des Essens höchstens drei vollständige Sätze gesagt hatte, und Elkes strafenden Blick ignorierend wandte er sich an sie: »Und, Sina, in welcher Beziehung stehen Sie zu meinem Bruder?«

»Ach, das ist eine längere Geschichte«, setzte sie an, und Rabe fiel die sanfte Schönheit ihrer Stimme auf: dunkel, klug und von einem makellosen Hochdeutsch, wie es in seinem Umfeld selten zu hören war. Wie war dieses Auftreten mit ihrem Beruf zusammenzubringen?

»Na ja, wenn das so lange dauert …«, warf Elke ein, die verhindern wollte, dass die Aufbruchszeremonie unterbrochen wurde.

Doch Johnny lehnte sich noch einmal zurück: »Ach, ein kleiner Kaffee geht noch. So viel Zeit haben wir.«

Während Elke widerwillig Kaffee nachschenkte, erzählte Sina, dass sie zwar als Darstellerin in Johnnys Filmen auftrat, allerdings nur in wenigen ausgesuchten Szenen. »Eigentlich studiere ich Soziologie«, verriet sie. »Irgendwann habe ich angefangen, mir mit Nacktfotos etwas dazuzuverdienen. Und ihr könnt mir glauben: Je billiger das Blatt, desto besser bezahlt ist der Auftrag.«

Rabe starrte sie verdutzt an. Die Frau war verdammt unterhaltsam – und klug! Er ärgerte sich, dass sie nicht früher ins Gespräch eingebunden worden war. Vielleicht hätte das die öden Monologe seiner Eltern etwas auflockern können.

Über die Fotos, berichtete Sina weiter, habe sie Johnny kennen- und lieben gelernt. Trotz der sicherlich zwanzig Jahre Altersunterschied sprach sie zärtlich, fast mütterlich über ihren Freund. Dass dieser an diesem Nikolaustag von allen höflich, aber kalt behandelt worden war, war ihr als Soziologin natürlich nicht verborgen geblieben. Sie sprach es allerdings nicht aus, sondern deutete es nur durch Blicke an. Sie wollte Johnny, der offenbar als Einziger das Gefühl einer heilen Familie gehabt hatte, wohl nicht aus seiner Illusion reißen.

»Ich würde Johnny auch zustimmen: Das Filmgeschäft ist nach hundert Jahren nun ans Ende gekommen. Johnnys Metier ist vom Internet am stärksten betroffen. In spätestens zwei Jahren wollen oder müssen wir uns nach einer Alternative umsehen«, sagte sie schließlich. »Ein neues Betätigungsfeld suchen.«

»Und gibt es da schon Ideen?«, fragte Henning.

»Ibiza!«, entfuhr es Johnny, wobei er den Namen der Insel mit beiden Händen in den Raum stellte. Nachdem er noch einen Schluck Kaffee runtergeschluckt hatte, ergänzte er: »Ich mache da eine Kneipe auf. Mit Videowänden. Da werden entschärfte Versionen meiner Filme und Musik von früher laufen. Und gutes Essen wird es geben. Ich kenne einen fantastischen Koch, der wohnt schon auf der Insel. Also, eigentlich ist er Kameramann, aber auch ein guter Koch. Wir machen das dann. Ein Restaurant. Und wir verdienen so viel, dass Sina nicht mehr arbeiten muss. Dann kann sie ihre Doktorarbeit beginnen.«

»Pornografie und ihr Einfluss auf Liebesbeziehungen im zwanzigsten Jahrhundert«, ergänzte sie.

»Ihre Diplomarbeit zu einem ähnlichen Thema hat sie mit Bestnote abgeschlossen«, sagte Johnny stolz.

Rabe konnte seiner Mutter ansehen, dass sie in ihrem Kopf all die bissigen Sätze Revue passieren ließ, die sie in den letzten Stunden über Johnny und seine Gespielinnen der letzten Jahre fallengelassen hatte. Auch sah sie ihn entschuldigend an; immerhin hatte er mehrmals versucht, Sina anzusprechen, was sie jedes Mal unterbunden hatte.

Als sich Johnny und Sina wenig später wirklich verabschiedeten, nahm Elke Sina beiseite. Offenbar wollte sie ihr Verhalten wiedergutmachen. Doch statt etwas Nettes zu sagen oder sich bei ihr zu entschuldigen, drückte sie Sina ein schmales Bändchen mit selbst geschriebenen Rezepten in die Hand. »Ich weiß, Johnny ist eher so der Imbisstyp«, sagte sie verlegen, »aber in seinem Alter muss man langsam damit anfangen, aufs Cholesterin zu schauen. Ich habe darauf geachtet, dass hier nur gesunde Rezepte drin sind.«

»Vielen Dank, ich freue mich sehr.«

»Oh!« Elke errötete. Sie hatte wohl bemerkt, wie belehrend auch ihre letzten Sätze geklungen haben mussten. »Ich muss mich entschuldigen. Ich habe mich wie eine Idiotin aufgeführt.«

»Alles gut. Vielen Dank für das leckere Essen. Es war nett bei Ihnen.«

Während seine Mutter noch einige höfliche Sätze mit Sina tauschte, ging Rabe zu seinem Vater, der zusammen mit Johnny bereits im Hausflur stand. Henning öffnete die Tür, und sofort strömte eisige Luft herein.

Johnny griff nach seinem Arm: »Ich will ehrlich zu dir sein, Henning. Die Firma ist schon seit Monaten pleite. Ich schaffe den Umstieg auf DVD nicht mehr. DVD, Internet … Das ist nicht mehr meine Welt, verstehst du?«

»Ich verstehe.«

Rabe sah, wie sein Vater Johnny einen Hundertmarkschein in die Hand drückte. Der Beschenkte umarmte seinen Vater innig. »Du warst eben immer der bessere Sohn.« Er wandte sich zu Rabe und drückte ihm die gelbe Plastiktüte in die Hand; Rabe fühlte sofort den rechteckigen Inhalt.

»Was ist das?«, fragte Henning misstrauisch.

Johnny zwinkerte. »Auch ein Onkel und sein Neffe dürfen Geheimnisse haben, Herr Kommissar!«, sagte er in seinem nun wieder gewohnt optimistischen Unternehmersingsang. »Das ist lediglich ein Geschenk für Raphael.« Er sah Rabe an. »Bewahre es gut auf! Das wird alles mal sehr wertvoll sein. Vielleicht hilft es dir sogar bei deinem Studium. Ich bin fest davon überzeugt, dass sie dich nehmen. Du hast Talent für den Film. Das liegt uns im Blut.«

Henning, der seinen Bruder nicht allein zum Auto komplimentieren konnte, war sichtlich erleichtert, als Sina zu ihnen trat, ihren Freund an die Hand nahm und verkündete: »So, lass uns fahren. Wir sind schon spät dran. Immerhin wollten wir vor Mitternacht wieder in Wuppertal sein.«

Rabe riss die Augen auf: Waren Johnny und Sina

wirklich sechs Stunden gefahren, nur um sie zum Mittagessen zu besuchen? Wann waren sie wohl aufgestanden?

Während seine Eltern vor das Haus traten, um dem BMW hinterherzuwinken, ging Rabe in sein Zimmer. Mit einem Blick aus dem Fenster versicherte er sich, dass seine Eltern weiterhin beschäftigt waren, dann barg er die Videokassetten aus der Plastiktüte: Johnnys *Ben Hurt* war ebenso darunter wie seine Fellini-Variante *8½ Frauen* und der epische Pornowestern *12 Frauen mittags (und 12 um Mitternacht)*. Offenbar hatte Johnny ihm seine Meisterwerke vermacht.

Eilig verstaute Rabe die Kassetten unter seinem Bett und schob eine Kiste mit seinen eigenen VHS-Kassetten vor die Schmuddelfilmchen. Er schämte sich nicht für das Geschenk seines Onkels, aber ihn machte der Gedanke verlegen, dass seine Eltern deshalb verlegen sein könnten. Er hoffte, sie sprachen ihn nicht noch einmal auf das Geschenk seines Onkels an. Ihm stand nicht der Sinn danach, mit seinen Eltern über Pornografie zu diskutieren.

Eine Haltung, die seine Eltern teilten.

16

Am Abend versuchte Rabe, sein Theaterstück zu Ende zu bringen. Wie immer, wenn er schrieb, bereiteten ihm die Schlussszenen die meisten Probleme. Wann war der beste Punkt, um aufzuhören? Was war das Schlussbild, der letzte Satz, die entscheidende letzte Handlung? Bei diesem Stück fragte er sich zudem, ob es eine Moral brauche, eine Lehre, die die Zuschauer daraus ziehen konnten. Beim Film genügte es, das Publikum mit einem Knalleffekt oder einem schönen Moment zu entlassen, und er kannte viele Filme, an deren Ende – manchmal bar jeder Logik – noch ein Schockeffekt draufgesetzt wurde, von *Freitag, der 13.* zu *Planet der Affen*, nicht zu vergessen John Carpenters Filme *Halloween* oder *The Fog*. Im Deutschunterricht aber hatte man ihm beigebracht, Theaterstücke bräuchten eine Moral.

Rabe tippte auf seiner elektrischen Schreibmaschine, die seit nunmehr zwei Jahren seine alte *Adler*, eine Hinterlassenschaft seines Großvaters, ersetzte. Allein die Möglichkeit, über einen weißen Klebefilm die Buchstaben direkt zu löschen und zu überschreiben, empfand er als sensationelle Erleichterung. Dafür nahm er auch bereitwillig das Brummen in Kauf, das die Maschine von sich gab, wenn er nicht gerade wie wild Wörter in die Tasten hämmerte. Es drängte ihn, weiterzuschreiben, während die alte *Adler* sich müde und schweigsam mit dem zufriedengegeben hatte, was bereits geschrieben war.

Er hatte schon drei Varianten für den Schluss getippt, als ihm noch eine vierte einfiel. Während er sie skizzierte, flogen seine Finger über die Tasten.

Seine Mutter klopfte an, öffnete die Tür und steckte im nächsten Moment den Kopf in sein Zimmer. »Brauchst du noch lange? Es ist schon spät, und wir wollten eben noch die Nachrichten schauen.«

Berauscht vom Takt des Maschinengeklappers vergaß Rabe regelmäßig, wie laut es in den angrenzenden Zimmern zu hören war. Wenn es ihm wieder bewusst wurde, bewunderte er manchmal, mit welcher Geduld seine Eltern das ständige Tippen ertrugen. Vielleicht war es, weil sie dann wussten, was er in seinem Zimmer tat. Immerhin etwas Produktives. Rabe könnte ja auch nur an die Decke starren, hatte sein Vater einmal über die Arbeitswut seines Sohnes gesagt. Wenn er genauso beflissen seine Hausaufgaben erledigen würde, würde ihn das allerdings noch mehr beruhigen.

Rabe hob den Kopf. »Ich bin gleich fertig. Entschuldige bitte!«

Seine Mutter lächelte. »Du musst dich nicht entschuldigen. Es war nur ein sehr anstrengender Tag, und da ist das Klappern ein wenig anstrengender als sonst.«

»Ich bin auf der letzten Seite«, versicherte Rabe und beeilte sich, auch die letzte Variante zumindest kurz zu formulieren. Neben »Alle sterben«, »Happy End mit Verlobung« und »Der Held wird wegen eines Wunschprojektes zurück in die USA gerufen« hatte Rabe jetzt noch einen offenen Schluss anzubieten. Einen, bei dem sich die beiden Protagonisten nicht sicher waren, wie es mit ihnen weiterginge. Rabe wusste, dass er genau dieses Gefühl auch in Bezug auf sein Stück hatte, aber er dachte auch, gerade dieses Ende würde Viola vielleicht gefallen.

Die vier Ideenskizzen legte er schließlich nebeneinander auf die Fensterbank. Als müssten fremde Gutachter auf die Texte schauen, würde er sie so ein paar Tage liegen lassen und erst dann wieder in sie hineinlesen. Meist fiel es ihm dann leicht zu entscheiden, welche Variante die beste war und welche der vollgeschriebenen Seiten in den Papierkorb wanderten.

Er brachte das Brummen der Schreibmaschine mit dem Kippschalter zum Schweigen; dennoch dröhnte es noch ein paar Sekunden in seinen Ohren weiter. Er blickte aus dem Fenster. Es sah nicht aus, als sei es erst 22 Uhr, eher wie drei Uhr nachts. Die gelben Lichtkegel der Straßenlaternen erhellten im Schnee kleine Inseln, in denen sich am früheren Abend die Männer der Nachbarschaft tummelten, um nach dem Abendessen noch eine oder zwei Zigaretten zu rauchen und sich über den Tag auszutauschen. Nun aber war die Straße verwaist, und nur eine Katze durchmaß im Wechsel von Licht und Dunkel ihr Revier.

Rabe wandte sich ab und holte die Plastiktüte unter seinem Bett hervor. Er betrachtete die hübschen Nackten auf den Umschlaghüllen. Ihre eindeutigen Posen erschienen ihm zu offen, um tatsächlich erotisch zu sein. Wie so oft in letzter Zeit kam ihm Viola in den Sinn, und er dachte daran, wie er jeden Morgen aufs Neue überlegte, was sie wohl anhatte, ob sie das herbe Parfum trug, das sie nur an manchen Tagen nutzte, und ob sie einander noch einen Schritt näherkommen würden.

In der vergangenen Woche hatte er einmal ihr Haar berührt, weil sie ihm über die Schulter gesehen und es ihn im Gesicht gekitzelt hatte. Aber eigentlich hatte er sich schon lange gewünscht, es einmal anfassen zu können. Er war erstaunt gewesen, wie lange ihr Geruch an seinen Fingerspitzen geblieben war, und gleichwohl enttäuscht, dass er den Duft am Abend nicht mehr an seinen Händen hatte finden können.

Er packte die Kassetten wieder in die Tüte und versteckte sie erneut. Sex sah anders aus als auf diesen Videohüllen. Wie genau, wusste er zwar selbst nicht, doch er stellte es sich anders vor. Die Fotos hier ließen die ganze Angelegenheit wie eine unangenehm plumpe Mechanik wirken, wohingegen er der Überzeugung war, alle Leidenschaft erfülle sich erst, wenn sie mit großer Sehnsucht angefüllt war und sich in einem langsamen Entdecken entfalten konnte.

17

Pünktlich um sechs Uhr klingelte Fete an der Hintertür der Gesamtschule. Er kannte das Gebäude nicht besonders gut, war aber dennoch überrascht, an dessen Rückseite Fenster mit Gardinen und hinter einem Lattenzaun einen winzigen Garten mit einem noch winzigeren Teich vorzufinden, bewacht von geschrumpft wirkenden Gartenzwergen, aber vielleicht war ihre Winzigkeit nur dem spärlichen Licht geschuldet, das vom Flutlicht über der Eingangstür abgegeben wurde und alle Schatten vergrößerte, während die Dinge kleiner wurden. Rabes Theorie über satanische Rituale im Keller der Schule zum Trotz freute sich Fete auf Dani und darauf, deren Eltern kennenzulernen, die sie als »total lässig« beschrieben hatte. Auf die in Aussicht gestellte Übernachtung wollte er lieber nicht beharren. Dani war ihm wichtig, da wollte er lieber nichts überstürzen.

Sie öffnete die Haustür. »Hi!«

»Hi!«

Mehr bekam auch er nicht über die Lippen. Sie hatten sich nun zwei Tage nicht gesehen, und er sehnte sich nach ihren Küssen. Überwältigt von ihrem Anblick ließ

Fete sein Gastgeschenk, einen Strauß Blumen für die Mutter – nicht zu groß, um nicht anbiedernd rüberzukommen, und nicht zu klein, um nicht geizig zu wirken –, sinken und schloss Dani fest in die Arme.

Sie küssten einander, doch anders als sonst ließ er die Augen offen, als sei er ein Fluchttier, ständig auf der Hut vor herumhuschenden Schatten. Und tatsächlich entdeckte er im Flur der Wohnung plötzlich einen kleinen, dafür rundlichen Schatten, der auf sie zukam.

»Guck mal, Simone! So wie wir damals!«, rief der Schatten in Richtung der Wohnung und entpuppte sich damit als Danis Vater. »Kommt rein«, sagte er und, an Fete gewandt: »Kannst mich Kurt nennen.«

Fete löste sich von Danis Mund und räusperte sich, verschluckte eine Entschuldigung und dazu noch die Begrüßung und reichte Kurt schließlich die Hand.

Kurt umklammerte sie so fest wie ein Schraubstock. Aus seinem dichten Bart lächelte er Fete an. »Dani hat schon viel von dir erzählt. Ich hoffe, du hast Hunger mitgebracht.« Er führte Fete direkt in die erste Tür auf der rechten Seite des langen Flurs. Dort, im Wohnzimmer, wartete bereits Simone, die ebenso beleibt, fröhlich und mit breitem alemannischen Dialekt bewaffnet war wie ihr Mann. Sie hatte sich offensichtlich für ihren Gast schick gemacht, trug sie doch ein farbenprächtiges, mit blauen und lila Blumen bedrucktes Kleid und hatte, so Fetes Eindruck, mehr Make-up aufgetragen, als man eigentlich in einem Gesicht unterbringen konnte.

Kurt hingegen trug einen mit getrockneten Farbresten gesäumten Pullover und eine Jogginghose. Möglicherweise, das gestand Fete ihm zu, handelte es sich dabei auch um Kurts *gute* Jogginghose. So wie er selbst sein *gutes* T-Shirt unter der leicht geöffneten Sportjacke trug.

Dani schien nichts davon bemerkenswert; sie hängte sich einfach an Fetes Arm und suchte seine Nähe.

Verstohlen sah Fete sich um. Das Wohnzimmer wirkte ebenso liebevoll von Danis Mutter hergerichtet wie sie selbst: Keramikdekorationen, die Engel und kleine Zwerge darstellten, tummelten sich auf zarten Deckchen, besonders auf den Fensterbänken. Auf dem Röhrenfernseher befand sich eine kleine silberne Stereoanlage, selbstverständlich ebenso auf einem weißen Deckchen platziert. Fete fiel nicht nur auf, dass die Anlage bei seinem Eintreten eingeschaltet war, sondern auch, dass der hiesige Lokalsender zu hören war, dessen Moderator die gespielten Lieder mit launigen Ansagen begleitete und nicht einmal davor zurückschreckte, dies zu tun, während der Titel schon lief. Seine eigenen Eltern legten bei Besuch höchstens eine neu erworbene CD auf, meist Klassik, und nicht ohne ein Gespräch darüber zu eröffnen, wie sehr das neue Medium der Schallplatte überlegen sei, wobei Fetes Vater mit technisch versierten Bekannten ab und zu einmal in Streit geriet. Einfach das Radio spielen zu lassen wäre seinen Eltern nie eingefallen.

Auch kulinarisch wurde ihm ein Kontrast zu den Gesellschaftsregeln seiner Eltern geboten: Wurde sein Vater vor Gästen gern zum ungekrönten Sternekoch und präsentierte ungewöhnliche Kreationen wie Lachstartar und Pilzauflauf, stellte Danielas Mutter einfach einen riesigen Teller voller Schnitzel neben eine Schale mit den herrlich duftenden Kartoffeln.

»Ich hoffe, du magst Schnitzel, Thomas?«

»Ich *liebe* Schnitzel.«

»Oder wirst du Tom gerufen?«

»Seine Kumpel nennen ihn Fete«, warf Dani ein.

»Nicht dass Sie jetzt ein falsches Bild von mir kriegen, Frau Thoman«, ergänzte Fete eilig.

»Ach, Quatsch! Ich bin die Simone.«

Danielas Vater griff als Erster zu einem Schnitzel, groß wie ein Klosettdeckel, und lachte laut: »Ich wurde in der Schule immer Dickie genannt, aber nicht, dass *du* da jetzt ein falsches Bild von mir kriegst, Fete!« Er trommelte sich auf den Bauch und hievte sodann ein weiteres Schnitzel auf seinen Teller. Von seiner Frau ermahnt, er müsse erst dem Gast eines anbieten, hielt er Fete das soeben genommene Fleischstück mit den Fingern entgegen und wurde daraufhin erneut von Frau und Tochter gemaßregelt.

Fete nahm es mit Humor und stimmte in den lockeren Tonfall der Familie ein: »Ich nehme mir schon eines, danke!« Hatte er Rabes Idee, im Keller würden möglicherweise Rituale abgehalten, schon vorher für unwahrscheinlich gehalten, verwarf er sie nun vollends, entspannte sich und genoss das Essen an Danis Seite.

Mehr als gesättigt half Fete nach dem Essen beim Abräumen. Dani hatte ihm schon mehrfach mit einem Lächeln zu verstehen gegeben, wie angetan seine Eltern von ihm waren. Dennoch wurde Fete ein wenig unruhig, als er auf die Uhr sah und erkannte, dass sich nun, um

134

23 Uhr, langsam die Frage stellte, ob er den Rucksack mit Kleidung und Zahnbürste, den er bei seiner Vorstellung so unauffällig wie möglich neben sich gehalten und dann an der Garderobe verstaut hatte, noch brauchen würde. Wenn nicht, musste er sehen, wie er noch nach Hause kam. Die Busse fuhren um diese Uhrzeit nur noch zu jeder vollen Stunde.

Bevor Fete den Gedanken zu Ende gedacht hatte, drückte Kurt ihm ein Bündel Bettwäsche in die Hand. »In Danis Zimmer steht nur ihr Einzelbett. Das wollen wir dir nicht zumuten. Ich habe euch deshalb ein Lager in meinem Büro eingerichtet. Ich denke, das ist besser.«

Sprachlos nahm Fete die frisch gewaschen duftenden Laken und Kissenbezüge in Empfang.

Kurt legte noch eine Wolldecke dazu. »Nur zur Sicherheit. Ich habe zwar geheizt, aber wir wollen ja nicht, dass ihr euch aneinander wärmen müsst. Wir gehen dann am besten schon mal vor.«

Er lachte, doch Fete konnte nicht abschätzen, ob es ein vertrauliches, um die verfängliche Situation wissendes Lachen unter Männern war oder der naive Scherz eines Vaters, der seine Tochter für zurückhaltender hielt, als sie war. So oder so gedachte Fete nicht, mehr als ein einverständiges Lächeln zu wagen.

Ein wenig unheimlich war es dann doch. Hatte Fete im ersten Moment gedacht, die Wohnung bestünde aus einem einzigen Flur mit wenigen Türen, führte Kurt ihn nun über eine Treppe ins Untergeschoss und dort durch eine schwere Stahltür, wie Fete sie nur aus Heizungskellern kannte. Auf einmal standen sie mitten im stockdunklen Schulgebäude. Fete vermutete, dass sie als Nächstes die Eingangshalle durchquerten, denn jeder seiner Schritte hallte mehrfach wider wie die Geräusche eines Pingpongspiels. Sehen konnte er allerdings nichts. Wie groß auch immer der Raum sein mochte: Das Dunkel füllte ihn komplett aus, und Fete konnte seine Tiefe zwar spüren, aber nicht bestimmen. Es beruhigte ihn auch nicht, als Kurt mit dem Zeigefinger ins Schwarz deutete und sagte: »Dort an der linken Wand, die zweite Tür, ist das Klo. Falls ihr heute Nacht mal müsst.«

Es war weder eine Tür zu erkennen, noch hatte Fete vor, sich allein durch das bitterkalte Dunkel zu tasten. Zum ersten Mal seit Langem verspürte er so etwas wie Furcht.

Einige Schritte weiter schloss Kurt mit einem seiner gefühlt hundert unterschiedlichen Schlüssel eine weitere Tür auf. Auch sie hatte Fete in dem Dunkel nicht gesehen, höchstens erahnt. Doch sobald Kurt den Lichtschalter betätigt hatte, verwandelte sich die dunkle Kammer in ein hell erleuchtetes, beruhigendes Refugium. Selten zuvor hatte Fete das abweisend kalte Licht von Neonröhren als so Wärme spendend und beruhigend empfunden.

Während Fete sich in dem kleinen Raum umschaute und die Werkbank und den Schreibtisch betrachtete, vor dem eine Matratze, Kissen und eine große Bettdecke lagen, knipste Kurt noch eine auf dem Boden stehende Leselampe an. »So, da habt ihr genug Licht. Mach die Tür zu, sonst kommt die Kälte vom Flur rein! Die Schule kühlt nachts immer stark aus, weil der Direktor versucht, die Heizkosten so weit wie möglich runterzufahren. Ich sag ihm immer, das rächt sich irgendwann an den Rohren, aber bitte …«

Fete entdeckte ein Fenster, dessen Rollladen heruntergelassen war, und eine weitere Tür aus weißem Metall und mit einer Milchglasscheibe. Diese musste eigentlich auf der Seite der Wohnungstür liegen, doch Fete erinnerte sich an keine Tür, nur an den Lattenzaun und den Garten.

Kurt löste einen Schlüssel von seinem Bund und gab ihn Fete. »Da geht es in unseren Garten. Im Zaun ist auch eine Tür, aber das Schloss ist nur Attrappe. Soll nur verhindern, dass mir die Schüler in den Garten latschen. Das ist aber nur für den Notfall. Wenn es keiner ist, geht ihr bitte durch die Schule. Ich schließe gleich wieder ab, aber Dani hat eigene Schlüssel.«

Fete nickte. »Cool!« Ein eigener Schlüssel für die Schule – was man damit alles anstellen könnte! Und wie einfach sie sich an Kurtz rächen könnten, statt Michis eher umständliches Vorhaben umzusetzen!

»Da bin ich!« Freudestrahlend kam Dani herein. »Lass uns schnell die Decke und die Kissen beziehen«, forderte sie Fete auf.

Nachdem ihr Vater mit einem breiten Grinsen den Raum verlassen hatte, verstummte sie. Nur das Rascheln des Stoffes und das Knacken der ineinandergedrückten Plastikknöpfe waren zu hören. Noch im Stehen begannen sie, einander zu küssen, und im nächsten Moment streckte sie die Hand unter seine Kleidung, streichelte seine Haut und zog ihn mit sich auf die Matratze.

Es erregte ihn, ihr so nah zu sein. Er hatte zwar schon ihren Hals geküsst und war dessen Verlängerung bis kurz vor ihre Brust gefolgt. Doch so weit waren sie noch nie gegangen. Als sie sich auf ihn rollte und sich den Pullover über den Kopf streifte, steigerte sich seine Erregung. Zugleich fühlte er sich immer unsicherer. »Ich habe noch nie von einem Mädchen gehört, das in Männerunterhemden schläft«, versuchte er, eine witzige Bemerkung zu machen, um lässiger zu erscheinen, als er war. Außerdem fand er den Anblick von Dani in Feinripp tatsächlich überraschend, wenn auch nicht unsexy.

»Das ist das Bequemste überhaupt!«, erklärte sie. »Warum sollt nur ihr Männer so was anziehen? Andererseits ist es so noch bequemer.« Sie zog nun auch das Hemd aus.

Er spürte, wie ihre Münder beim Küssen rauer wurden. Die zarte Haut um ihren Mund war von der Reibung seiner Bartstoppeln schon ein wenig gerötet, aber sie hielten nicht inne, sondern wurden nur noch inniger. Er berührte ihre Hüften, fuhr mit seinen Händen unter ihren Slip und berührte ihren kalten Po. Er wollte ihr den Slip ausziehen, traute sich aber nicht, und sie übernahm es für ihn.

Kurz darauf saß sie auf ihm, nackt, und er war sicher, noch nie etwas so Vollkommenes gesehen zu haben. Seinen eigenen Körper fand er durchschnittlicher, als es die meisten Mädchen, die für ihn schwärmten, erwarten mochten. Sie sahen sein markantes, oft als schön bezeichnetes Gesicht und zogen daraus Rückschlüsse auf seinen Körper, den keines von ihnen je genau gesehen hatte. Ihm kam der Gedanke, Körper würden erst durch Zärtlichkeit geformt, durch Berührungen und Küsse, als müsste erst ein liebender Bildhauer Hand an sie legen.

So gesehen bin ich schrecklich unbehauen, schoss es ihm durch den Kopf.

Sie legten sich auf die Seite. Er strich Dani durch das Haar und traute sich endlich, sowohl ihren Bauch und die aufgerichteten Brustspitzen zu küssen wie auch die schwarzen Schamhaare, die sich ebenfalls aufrechtgezittert hatten. *Durch Kälte oder Lust?*

»Ich liebe dich.«

Das hatte er noch nie gesagt. Zumindest erinnerte er sich nicht daran, dass er diese drei Worte schon einmal ausgesprochen hatte – wenn doch, dann hatte er sie noch nie so ernst gemeint wie in diesem Moment. Er hielt Dani in den Armen und spürte, wie ihr Atem seinen Hals erwärmte und auf ihm blieb, als würde sie ihn damit bemalen, ihn zu einem beschriebenen Blatt machen.

Sie holte ein Präservativ aus ihren Jeans und gab es ihm. Er zog es über, denn auch er wollte es, aber er wusste nicht, wie es nun weitergehen sollte, und fühlte sich mit einem Mal unbeholfen. Er küsste erneut ihren Körper, berührte sie und versuchte, aus ihrer Reaktion zu lesen, ob sie ihn wirklich wollte. »Könntest du mir helfen?«, fragte er schließlich unsicher.

Sie sah ihn mit halb geöffneten Augen an. »Was meinst du?«

»Ich hab noch nie …«

Ihr Atmen wurde ruhiger, und erstaunt sagte sie:

139

»Das habe ich anders gehört. Sagen die Leute nicht dauernd, du wärst Mister Lover Lover Boombastic?« Sie zog ihre linke Augenbraue hoch. Sie hielt wohl Humor für die beste Möglichkeit, Fete, den Eingefrorenen, wieder aufzutauen.

»Ja, das sagen sie.«

Dani verstand. Sie zog ihn an sich, in sich. Es tat ihm gut, zu spüren, wie sehr sie ihn wollte, und er wollte sie ebenfalls, doch gleichzeitig merkte er, dass es sich falsch anfühlte. Zu früh. Überhastet. Er wusste um seinen Ruf als Frauenheld, hatte mitbekommen, wie die Gerüchte um ihn immer wilder geworden waren, weil er auf Partys stets der Erste war, der mit einem hübschen Mädchen knutschend in der Ecke stand. Und er befeuerte diesen Ruf, indem er darüber witzelte, wie erfahren er sei und in welchem Bett er das Wochenende verbracht habe, auch wenn dies nur sein eigenes war.

Jetzt, wo er zum ersten Mal wirklich mit einer Frau schlief, schämte er sich für die Erzählungen. Er richtete sich auf, und während er sie ansah und dachte, wie sehr er sie liebte – so, wie man es aus Büchern oder Filmen kennt: lichterloh brennend, mit einer seltsamen Reinheit und Zuversicht, wie sie nur Schauspieler behaupten können –, da bemerkte er, wie voll seine Blase war und wie dringend er auf die Toilette musste.

»Tut mir leid, ich … muss aufs Klo«, sagte er.

Dani schüttelte den Kopf, lachte dann aber und behauptete: »Ist okay.«

Fete ahnte, dass es ihr sehr wohl etwas ausmachte. Nichtsdestotrotz, es musste sein.

Anders als erwartet fühlte er in der Dunkelheit der riesigen Schulhalle keine Furcht. Durch die Fensterfront drang vom Schnee reflektiertes Laternenlicht herein, und seine Augen gewöhnten sich schnell an das Dunkel. Er konnte Treppen erkennen, ebenso die weißen Türen, die zu den Toiletten führten. Im Neonlicht pinkelnd, nachdem er das Kondom in mehrere Lagen Klopapier verpackt und besonders tief im Mülleimer versteckt hatte, hatte er nur noch Angst davor, zurück ins Büro zu gehen. Dani musste ihn für einen Versager, für einen Blender und Aufschneider halten. Und selbst wenn sie ihm dieses verunglückte erste Mal verzieh, würden sie sich trotzdem beide immer daran erinnern.

Als Fete zurückkehrte, hatte Dani ihr Feinrippshirt und ihren Slip wieder angezogen. Er blieb einen Moment im Türrahmen stehen, nachdem er die schwere Eisentür wieder zugeschlossen hatte, doch sie streckte lächelnd die Arme nach ihm aus, hob die Decke und nahm ihn zu sich. Er hätte heulen mögen, konzentrierte sich aber lieber auf den Duft ihrer Haut, der ihn beruhigte, und klammerte sich fest an sie; so fest, wie er sich lange nicht an jemandem festgehalten hatte. Wenn überhaupt jemals.

Er erwachte und fand die Matratze neben sich leer. Dani war schon mit Ankleiden beschäftigt und stand an der Tür, die zum Garten hinausführte.

»Gut geschlafen?«, fragte sie, und er suchte in ihrer Stimme nach einer Andeutung, nach einer Spur Enttäuschung, Ablehnung oder Kälte. Doch er fand nichts. Sie war so wunderbar, wie er sie in Erinnerung hatte. Vielleicht noch wunderbarer, in ihrer ungeschminkten, zerzausten Morgengestalt.

Er nickte, und sie sagte: »Ich schaue mal, ob das Frühstück schon fertig ist. Ist ja schon neun, ich sterbe vor Hunger.«

Unwillkürlich fragte er sich, wo sie all das Essen in ihrem Körper unterbrachte. Schon gestern Abend hatte sie zwei Schnitzel mehr als er verdrückt, doch war sie eher schlank, um nicht zu sagen mager.

»Ich lass den Schlüssel stecken«, sagte sie und bat: »Bring du ihn dann bitte gleich mit! Und nicht erschrecken: Das Schloss ist etwas schwergängig. Du musst die Tür beim Aufschließen ein wenig anheben.«

»Dein Vater sagte, wir sollten durch die Schule gehen«, wandte er ein.

»So ist es schneller.«

Fete nickte wieder und sah ihr dabei zu, wie sie den Schlüssel vorsichtig drehte und gleichzeitig mit der anderen Hand den Knauf anhob. Eiskalte Luft strömte aus dem verschneiten Garten herein. »Willst du ohne Schuhe raus?«

»Was dagegen?« Grinsend warf sie ihm einen Kuss zu und stapfte durch den Garten, barfuß und laut lachend. Sie öffnete die Tür im Lattenzaun und winkte ihm kurz zu, als ihre Mutter sie zur Haustür einließ. Auch sie sprach sofort ihre nackten Füße an.

Schnell zog Fete die Tür zum Büro zu und sammelte seine Kleidung zusammen. Die Verpackung des Präservativs fand er zwischen Matratze und Laken. Er steckte sie in seine Jeanstasche. *Die darf ich nachher bloß nicht vergessen,* ermahnte er sich selbst. Auch wenn seine Eltern es sich wahrscheinlich romantischer und wilder vorstellen würden, als es tatsächlich gewesen war, wenn sie die aufgerissene Folie versehentlich entdeckten.

Nachdem er die Bettwäsche und das Laken abgezogen und ordentlicher zusammengefaltet hatte, als er es zu Hause je getan hätte, packte er seinen Rucksack. Sollte er doch den bekannten und vielleicht auch etwas wärmeren Weg durch die Schulhalle nehmen? Aber was, wenn sich trotz Wochenende ein Lehrer zur Vorbereitung in der Schule herumtrieb? Nun, wahrscheinlich war es doch besser, den Weg durch den Garten zu nehmen.

Er griff nach dem kalten Schlüssel und zog an der Tür. Möglicherweise musste man sie erst ein wenig zu sich heranziehen; dieser Trick funktionierte bei vielen verzogenen Türen. Doch der Schlüssel bewegte sich keinen Millimeter. Fete drehte ihn ein weiteres Mal, diesmal etwas kräftiger als zuvor, und nun geschah etwas: Lautlos, aber ruckartig gab das Metall nach, und zu seinem Erstaunen hielt Fete das breite Ende des Schlüssels in den Fingern, während der Bart abgebrochen im Schloss steckte. Hektisch versuchte er, das Stück in seiner Hand noch einmal möglichst tief ins Schloss zu stecken, um vielleicht doch noch eine Drehung hinzubekommen. Doch es war aussichtslos.

Panik überfiel ihn, nicht weil er eingeschlossen war – er hätte noch den Weg durch das Gebäude nehmen können –, sondern weil er jetzt nicht einfach weglaufen konnte. Er würde es Danis Eltern beichten müssen – und ihr. Und das, wo schon die vergangene Nacht nicht so verlaufen war, wie sie es wahrscheinlich erhofft hatte.

Fete musste an seinen Vater denken, der bei Missgeschicken seiner Kinder immer den Satz »Das kann jedem mal passieren« von sich gegeben hatte, um ihn und Marnie zu beruhigen. Er hatte damit erst aufgehört, als Fete, damals acht Jahre alt und durch Boris Becker vom kurzzeitigen Wunsch beseelt, Tennisprofi zu werden, einen Tennisball gegen das Garagentor gedroschen hatte, ohne Schläger, nur mit der flachen Hand. Unglücklicherweise hatte es nicht lange gedauert, bis ein Querschläger das Auto des ohnehin nicht besonders kinderlieben Nachbarn traf und die Seitenscheibe zum Bersten brachte. Fetes Beteuerung, die Scheibe habe ohnehin schon einen deutlichen Riss gehabt, anderenfalls wäre sie niemals allein durch die Kraft eines Tennisballs zersprungen, war Fetes Eltern zwar schlüssig erschienen, dennoch hatten sie ihm die Kosten für die Reparatur von seinem Taschengeld abgezogen. Und die waren immens gewesen, da der Nachbar, wie man später mithilfe von Werkstattprotokollen nachverfolgen konnte, zugleich noch einige andere Arbeiten an seinem fünfzehn Jahre alten Citroën hatte ausführen lassen.

Jahre hatte Fete an die Tennisballgeschichte nicht mehr gedacht, doch nun, als er den abgebrochenen Schlüssel in der Hand hielt, fiel sie ihm wieder ein. War die Scheibe damals wirklich schon angerissen gewesen? Sie musste, befand er. Doch wenn nicht, würde man mit einem Schneeball vielleicht tatsächlich einen Wetterhahn von einem Dach holen können.

144

Fete hatte zwar keine Ahnung, was ein neues Tür-schloss kostete, doch auch so fragte er sich, ob er dafür genug Geld auf dem Konto hatte. Wenn er Pech hatte, würde er seinen ersten Zivildienstsold dafür verwenden müssen, die Schulden bei seinen Eltern zu begleichen.

Was nun? Er beschloss, durch die Schule zu gehen, doch zugleich wurde ihm bewusst, dass der einzige Schlüssel, den er hatte, derjenige war, den er zerbrochen in der Hand hielt. Er suchte Danis Schlüsselbund, fand ihn aber nicht. Nicht unter der Matratze, nicht unter den zusammengefalteten Laken. Nicht in den Regalen. Zunehmend panisch versuchte er sich zu erinnern, wo-hin sie ihn gelegt hatte, nachdem sie gestern Abend ins Büro ihres Vaters gekommen war. Er schüttelte den Kopf. Vielleicht hatte sie ihn auch in ihre Hosentasche gesteckt und ihn eben in die Wohnung ihrer Eltern mitgenom-men. Wo auch immer er war – im Hausmeisterbüro konnte er ihn nicht finden. Noch einmal versuchte Fete, die Tür zum Schulgebäude zu öffnen, doch sie war nach wie vor verschlossen.

Kurzerhand zog er den Rollladen des Fensters hoch. Vielleicht konnte er ja hier durchsteigen. Zu seinem Entsetzen war das Fenster von außen mit einem Flie-gengitter versehen, doch es war noch immer die einzige Ausstiegsmöglichkeit, und so öffnete er es und drückte vorsichtig gegen das Gitter. Er spürte, wie sich die dün-nen Klammern, die das Netz hielten, lösten, und ent-fernte die untere Hälfte und die linke Senkrechte des Gitters, hob ein Bein durch die Öffnung und presste den Rest seines Körpers rücklings hinterher.

Das wird schon funktionieren!, machte er sich Mut, während er sich durch die schmale Öffnung drückte. Doch zu seiner Überraschung war die Wand draußen höher, als es von innen den Anschein hatte, und sein Fuß tastete ins Leere. Sein Körper rutschte nach, das Fliegengitter brach aus seiner Fassung, und er stürzte mit seiner linken Seite voran in den Schnee.

Als er sich aufrichten wollte, sank sein Körper tiefer in den Schnee und traf auf die Matschschicht, die sich unter dem Weiß verborgen hatte. Er drehte sich auf den Bauch und suchte nach festem Boden, wollte sich mit der linken Hand kräftig aus dem Schneematsch drücken, doch er fasste in den neben ihm liegenden Teich, dessen dünne Eisdecke zerbrach, und sank mit seinem linken Arm bis zur Schulter ins Wasser. Augenblicklich sogen sich sein Pullover und sein T-Shirt mit dem eiskalten Nass voll.

Er sah zum Zaun und zu dessen Tür. Nur ein an die Wand gelehntes, wahrscheinlich leckes Schwimmbassin und ein paar eingeschneite und vor sich hin rostende Gartenliegen hatten seinen uneleganten Stunt beobachtet. Immerhin! Er tapste durch den knarzenden tiefen Schnee, hoffend, dass nicht Danis Eltern, sondern sie selbst ihm öffnen würde.

Frierend und triefend und mit zunehmendem Hämmern im Magen, klingelte er an der Haustür. Dabei bemerkte er eine kleine Videokamera, die die Tür im Blick hielt. Hoffentlich war er nicht Teil einer Aufzeichnung geworden! Was er gerade geliefert hatte, wäre sicherlich bestes Material für eine dieser hämischen Entblößungssendungen im Privatfernsehen.

146

Bevor er sich noch mehr Gedanken machen konnte, öffnete Dani die Tür. Bei seinem Anblick riss sie die Augen auf, weiter als jede Stummfilmdarstellerin, die er bisher gesehen hatte. Sie brauchte offenbar ein paar Sekunden, um sich zusammenzureimen, was Fete passiert sein mochte. Dann brach sie in einen Lachanfall aus.

»Ich habe … Der Schlüssel ist abgebrochen, und den zur Schule habe ich nicht gefunden. Da bin ich durchs Fenster. Und … Na ja …«

Sie aber fragte nur grinsend: »Brötchen?«

»Gern.«

Damit er ihren Eltern am Frühstückstisch nicht wie ein begossener Pudel begegnen musste, schob sie ihn rasch ins Badezimmer und holte ihm auf dem anderen Weg durch die Schule seine trockenen Sachen aus dem Hausmeisterbüro. Da er ein Handtuch mit seinem Namen auf einem gelben Zettel fand, entschloss er sich, schnell zu duschen. Erst unter dem heißen Wasser hatte er das Gefühl, endlich aus einem fürchterlichen Traum zu erwachen, in dem er alles falsch gemacht hatte, was man nur falsch machen konnte.

Er kam nicht dazu, sein Ungeschick zu beichten. Noch bevor er etwas sagen konnte, plauderte Dani es laut lachend als erste Nachricht des Tages aus. Fete hatte gerade nach einem Brötchen greifen wollen, traute sich nun aber nicht mehr, denn Kurts Gesicht hatte sich schlagartig verdunkelt. Er sah außerdem, wie Simone ihrem Mann den Blick zuwarf, den Ehefrauen ihren Männern

147

seit Jahrhunderten zuwerfen, wenn sie einen Gefühlsausbruch größter Intensität kommen sehen.

»Welche Tür?«, fragte Kurt langsam und offensichtlich unbeeindruckt von Danis Lachen.

»Die zum Garten, die weiße«, erklärte sich Fete erstmals selbst. »Es tut mir wahnsinnig leid. Ich komme natürlich für den Schaden auf. Ich … bezahle das.« *Auch wenn ich nicht weiß, womit,* dachte er und sah sich schon seinen Vater anpumpen.

Kurt richtete seinen massigen Körper auf, atmete tief ein und laut wieder aus. »Glück gehabt! Die Tür hat ein eigenes Schloss.« Endlich zogen sich auch seine Mundwinkel nach oben. Die andere Tür, die zum Innern der Schule, sei Teil der Schließanlage, erklärte er. Hätte Fete eines dieser Schlösser beschädigt, hätte man sämtliche Schulschlösser austauschen müssen. Dann wären Kosten von etwa zwanzigtausend Mark entstanden. »Ich sag mal: Glück gehabt, Junge.«

Nun fiel Kurt endlich in das Lachen seiner Tochter ein: »Andernfalls hättest du wahrscheinlich siebzig Jahre lang für mich die Schulklos putzen dürfen, um deine Schulden abzubezahlen.« Er reichte Fete ein Brötchen und goss ihm den schwärzesten Kaffee ein, den Fete je gesehen hatte. Es schien, als müsste man mit seiner Farbe und Hitze gegen die weiße Welt vor dem Fenster protestieren.

»Ich … Ich komme dafür auf. Wirklich!«, betonte Fete noch einmal seine Bereitschaft, für sein Missgeschick zu bezahlen, doch Kurt winkte nur ab und sagte:

»Das sehen wir dann.«

18

»Ich schäme mich so.«

»Was meinst du?« Henning hatte sich gerade zu
Elke unter die Decke gelegt. Da er trotz seinem dicken
Schlafanzug fröstelte, suchte er mit seinen kalten Zehen
ihre Beine, die auch bei niedrigsten Temperaturen warm
blieben.

»Lass das! Zieh dir gefälligst Socken an!«, entfuhr
es ihr halb lächelnd, halb genervt, weil er sie in ihrer
Beichte unterbrochen hatte. »Sina ist eine richtig kluge
Frau. Klüger als ich. Die hat studiert und kann vermutlich mehrere Sprachen und so was.«

»Und trotzdem liebt sie meinen Bruder. Wunderst du
dich darüber?«

»Blöde Frage!« Sie schnaubte. »Die könnte so viel und
hängt trotzdem mit einem Pornoproduzenten rum, hält
wahrscheinlich selbst noch die Brüste vor die Kamera.
Und genau das meine ich: Ich verurteile sie für das, was
sie macht, dabei bin ich gegen sie ein ganz kleines Licht.
Aus der könnte richtig was werden, aber dein Bruder …
der versaut einfach alle um sich herum.«

»Das sagtest du bereits. Die letzten zwanzig Jahre ungefähr einmal die Woche.« Er grinste um Versöhnung heischend, drückte ihr einen Kuss auf die Wange und griff mit seinen Händen unter ihr Nachthemd.

Seine ebenfalls eiskalten Finger ließen sie streng »*Henning!*« rufen. »Nicht!«, schimpfte sie leiser. »Ich will nicht, dass Raphael denkt, wir würden hier was Unanständiges tun, nur weil der Pornoonkel zu Besuch gekommen ist.«

»Als wären wir sonst nie unanständig?« Henning begann Elke zu kitzeln, was sie gar nicht mochte.

Sie sah ihn streng an: »Ich hoffe nicht, dass du ihm Geld gegeben hast.«

»Wem?«, fragte er müde.

Sie sah ihn an. »Deinem Bruder natürlich.«

»Ach …« Er winkte ab und hob damit die Decke ein wenig an, da er die Hände immer noch unter ihrem Hemd vergraben hielt.

»Warum macht eine junge Frau so etwas? Die kann doch was.«

Er seufzte. »Vielleicht ist es ja genau das, was sie machen möchte. Vielleicht sieht sie es sogar als eine Art feministischen Akt, was weiß ich? Die ist Soziologin, die hat sich mit so was beschäftigt. Du liest doch immer diese Zeitungen. Ist Pornografie nicht die neue Form sexueller Befreiung?«

»Mit dieser Ansicht bist du zwanzig Jahre zu spät, Henning! Und auch sonst hast du keine Ahnung von Feminismus.«

»Sag ich doch.«

Elke verdrehte die Augen, was Henning allerdings nicht mitbekam, da er gerade das Licht löschte. Das

Zimmer blieb dennoch heller als sonst, da der Vollmond über dem Haus stand und der Schnee dessen Licht ins Zimmer reflektierte.

»Machst du das, was du immer schon wolltest?«, fragte Elke durch das milchige Grau.

»Absolut«, brummte Henning aus seinem Kissen. »Ich wollte immer zur Polizei. Seit ich Michael Douglas in *Die Straßen von San Francisco* gesehen hatte.«

Elke merkte nicht einmal, ob sie noch ein Geräusch machte, um Hennings Aussage zu kommentieren. Sie starrte ins dämmrige Licht und dachte an ihren Sohn. Was, wenn sich die Filmschule nicht melden würde? Oder Raphaels Bewerbung abgelehnt würde? Und was, wenn sie ihn tatsächlich annehmen würden? Vielleicht war diese ganze Filmsache wirklich nur eine Phase, wie Henning immer sagte, nichts als Flausen.

Sie unterdrückte ein Seufzen, um Henning nicht aufzuschrecken. Sie wollte ihren Sohn glücklich wissen. Jede Mutter wollte das. Aber war sie selbst überhaupt glücklich? Hätte sie jemand gefragt, hätte sie wohl geantwortet, sie könne sich nicht beschweren. Sie hatte immer eine eigene Wohnung gewollt, ein Kind. Was konnte man mehr verlangen? *Gesundheit, Sicherheit, einen freundlichen, wenn auch etwas ignoranten Ehemann.* Sie lachte leise, da Henning angefangen hatte, direkt in ihr Ohr zu schnarchen.

Aber hatte sie sich je etwas für sich gewünscht? Etwas, wodurch sie das Gefühl hatte, etwas erreicht zu haben? Hatte es je etwas gegeben, wonach sie sich sehnte? Irgendetwas nur für sich?

Ihr fiel nichts ein. Als Henning sich auf die andere Seite drehte, hörte sie ein Geräusch. Es klang, als sei etwas gerissen. Hennings Schlafanzug. Das Bettlaken. Der Bezug. Vielleicht auch etwas ganz anderes.

19

»Jetzt erzähl halt!« Rabe schüttelte über Fetes Schweigen den Kopf.

Doch obwohl rückblickend alles glimpflich verlaufen war, wollte Fete mit seinen Freunden nicht über das Wochenende sprechen. Er hatte auch seit zwei Tagen weder bei Dani angerufen noch Anstalten gemacht, sie wiederzusehen. Wahrscheinlich hielt sie ihn jetzt für einen Idioten, zumindest aber für einen Versager. Was sonst bei seinem Ruf? Ihre Verabschiedung nach dem Frühstück am Samstagmorgen war zwar liebevoll, aber dennoch verhalten gewesen. Sie hatte ihn zum Abschied geküsst und ihn im Arm gehalten, aber kürzer, weniger fest. Fete spürte, etwas hatte sich verändert.

Zu seiner Erleichterung insistierten weder Michi noch Rabe. Sie wollten ohnehin lieber wieder weniger von Dani hören und stattdessen über die wirklich wichtigen Dinge des Lebens sprechen.

Rabe etwa hatte sein Theaterstück vollendet und angefangen, die fertigen Seiten ein letztes Mal durchzulesen und zu korrigieren, bevor er sie kopieren lassen und Veit vorlegen wollte. Immerhin stellte der Junglehrer sich ständig als Theaterkoryphäe dar, die sämtliche Stücke der Weltliteratur parat hatte und deshalb erkennen würde, wann er Qualität vor sich hatte. Rabe rechnete fest damit, dass Veit sein Stück für die Inszenierung des neuen Schuljahres auswählen würde. Sosehr Rabe den Film liebte und das Schreiben von Drehbüchern mit den nur hier möglichen Szenenwechseln und Schnitten, den unterschiedlichen Einstellungsgrößen und weiteren visuellen Möglichkeiten, seine Geschichte zu erzählen, vorzog, so verspürte er dennoch einen gewissen Reiz bei dem Gedanken, Texte von sich im Theater zu hören. Seine Drehbücher würden noch lange ihrer Umsetzung harren, für dieses Stück aber gab es eine Bühne, und nach all den endlosen Wiederholungen der Klassiker auch Bedarf.

Er sah es schon vor sich: Was für ein Triumph das werden würde! Die Zeitung würde über ihn berichten, vermutlich mehrfach, und ihn, den kaum volljährigen Autor, dadurch bekannt machen. Die Kritiker würden Empfehlungen für das Stück verfassen und es dadurch an die städtischen Bühnen des Landes herantragen. Viola würde stolz auf ihn sein und sich mehr als geschmeichelt fühlen, dass er ihr die Hauptrolle auf den Leib geschrieben hatte. Möglicherweise würde ihr, deren Talent man schon in der Schultheaterinszenierung erkennen würde, die Rolle auch am Stadttheater angetragen werden. Wahrscheinlich würde man sie beide interviewen, er von seinen Filmplänen berichten, und ein bedeutender Produzent würde ihm eine Woche später Geld anbieten, um seinen ersten Spielfilm zu drehen; dessen Erfolg wäre bis zu den großen Festivals durchgedrungen, noch bevor die vermaledeiten Bewerbungsunterlagen der Münchner Filmhochschule ihn erreicht hätten.

Nina trat an Rabes Tisch und nahm einige Seiten von ihm, was Rabe zwar bemerkte, aber mit gespielter Lässigkeit geschehen ließ.

»Was is'n das?«, fragte sie.

»Ein Theaterstück.«

»Von dir?«

»Jap«, sagte er und blickte weiter stur auf seine Korrekturen, auch wenn er sich nicht daran erinnern konnte, wann Nina einmal freiwillig so nah neben ihm gestanden hatte.

»Ist da auch 'ne Rolle für mich drin?«, fragte sie, halb spöttelnd, halb um Bestätigung heischend.

Um so cool rüberzukommen wie die Helden im Kino, zwang Rabe sich, den Kopf möglichst langsam zu heben. »Kann ich mir nicht vorstellen«, sagte er. »Das sind alles recht anspruchsvolle Rollen.«

Vielleicht wegen dieses Satzes, vielleicht auch wegen der Empörung in Ninas Blick, der dadurch noch sichtbarer wurde, dass sie den Rücken durchstreckte und die Blätter auf seinen Tisch fallen ließ, ging ein Gekicher durch die Reihen derer, die in Hörweite saßen. Nina versuchte, ihre Verletzung in Gleichgültigkeit zu ertränken, und wechselte zu einem Thema, bei dem sie offenbar damit rechnete, über Rabe zu triumphieren. »Am Wochenende ist bei Flo Weihnachtsparty. Ich nehme mal an, Fete ist eingeladen. Du wahrscheinlich nicht, oder? Schade. Wir hätten sonst zusammen hinfahren können.«

155

Rabe sah ihr gespielt erstaunt ins Gesicht. »Wie? Hat dir jemand ein Fahrrad geschenkt? Aber davon unabhängig: Flo hat mich eingeladen, aber ich hab schon was anderes vor. Ich muss meine Termine ein bisschen koordinieren, weißt du? Ist gerade viel los. Du verstehst das sicher.«

Nina war so viel Gegenwind offensichtlich nicht gewohnt. Sie suchte unter den Anwesenden nach Hilfe und fand sie ausgerechnet bei Fete.

»Mann, Rabe!«, sagte er. »Lass doch Nina in Frieden! Was hat sie dir denn getan?«

»Wer hat denn hier angefangen?«, schoss Rabe zurück und zog seine Augen zu bösen Schlitzen zusammen. Dass ihm ausgerechnet sein Freund in den Rücken fallen musste!

Nina wandte sich ab. »Kannst dir ja deine eigene Party ausdenken. Viel Spaß dabei!« Hoch erhobenen Hauptes verließ sie die Klasse und ging auf den Flur, obwohl es in weniger als einer Minute wieder zum Unterricht klingeln würde. Aber dort standen noch ihre Freundinnen, und sicherlich brauchte sie nun einen Moment des Bewundertwerdens.

Um Fete anzudeuten, wie zickig er ihren Abgang fand, zeigte Rabe auf Nina und verdrehte die Augen.

Fete aber schüttelte den Kopf. »Du hättest wirklich nicht so unfreundlich zu ihr sein dürfen. Ihre Wut ist durchaus berechtigt.«

Im nächsten Moment traf Fete von der anderen Seite des Klassenzimmers ein Papierball am Kopf. Entrüstet drehte er sich zu Michi: »Was sollte das denn?«

»Ich muss üben. Außerdem kann ich es nicht leiden, wenn du die Seiten wechselst.«

»Was für Seiten, Mann? Ich hab Nina nur in Schutz genommen.«

»Eben«, konterte Michi trocken und warf einen weiteren Papierball an Fetes Stirn, so schnell und zielgenau, dass Fetes Kopf erst nach dem Treffer ein Ausweichmanöver gelang. Lachend feuerte Michi die letzte Papierkugel, die er aus seinen missratenen Englischhausaufgaben geformt hatte, in Richtung des Papierkorbs, der neben der Eingangstüre zum Klassenzimmer stand.

Fete und Rabe waren sich einig: Selbst wenn er kaum hingesehen hatte und der Papierkorb eher eines der kleineren Exemplare war, hätte Michi auch diesen Treffer im Normalfall gelandet. Heute allerdings trat ihre Englischlehrerin in die perfekte Hyperbel der Flugbahn, und das zerknüllte Papier traf statt des Kübels ihren Kopf. Zum Glück blieb aber ihre seit Jahren mit geheimnisvoller Kunstfertigkeit und unbekannten Festigungsmitteln auftoupierte Haarpracht schadlos.

Kopfschüttelnd, aber mit einem Lächeln entfaltete sie das Papier und identifizierte sogleich Michis Schrift. Sie überflog die Seite kurz und konstatierte sodann mit britischem Understatement: »Ich gebe zu, Michi, diese Hausaufgabe hätte ich auch weggeworfen.«

20

»Freundchen!«

Wenn seine Mutter ihn so ansprach, wusste Rabe, er musste schnell eine Verteidigung vorbereiten und sich auf lange Diskussionen einstellen. Er brauchte einen Moment, um sich zu sammeln, denn er war gerade erst heimgekommen und konnte – anders als manches Mal zuvor – nicht ausmachen, was der Grund ihres Zorns war.

»Gehören die dir?« Sie hob die gelbe Tüte hoch, in der Rabe Johnnys Pornofilme erhalten hatte. »Die habe ich eben beim Staubsaugen unter deinem Bett gefunden.«

Verdammt! Die Tüte! Rabe erinnerte sich daran, darüber nachgedacht zu haben, sie entweder auf dem Weg zum Schulbus unauffällig zu entsorgen oder ein gutes Versteck für sie im Keller zu suchen. Dorthin gingen sowohl er als auch seine Eltern maximal zweimal im Jahr – im Herbst für die Heizöllieferung und im Winter wegen der jährlichen Inventur der riesigen Gefriertruhe, die alle drei liebevoll den *Sarg* nannten. Meist fanden sie mehr, als sie erwartet hatten; dennoch wurden zu fast jedem Weihnachtsfest neue Gänse und Fische angeschafft, weil man den eingefrorenen Exemplaren doch nicht mehr ganz über den Weg traute. Da es ihnen nie gelang, alles aufzuessen, kamen Jahr um Jahr übrig gebliebene Fischfilets und Geflügelstücke hinzu, und da niemand sich die Mühe machte, das Gefrierdatum zu vermerken, oder wagte, etwas wegzuwerfen, wusste auch niemand, ob nun der Weihnachtsbratenrest von 1990 neben dem von '86 oder dem von '89 lag. Hätte Rabe die VHS-Kassetten nun irgendwo in der Nähe des Sarges versteckt, wäre die Chance groß gewesen, dass bestenfalls Archäologen oder er die Videos wiederentdeckt hätten, auf keinen Fall aber seine Mutter.

Er ärgerte sich, sie nicht sofort weggeworfen, sondern auf einen Tag gewartet zu haben, an dem seine Eltern abends endlich einmal ohne ihn das Haus verließen, um wenigstens einen Blick auf die Werke seines Onkels werfen zu können. Natürlich aus rein filmtechnischem Interesse, was ihm seine Mutter allerdings sicherlich niemals glauben würde. Außerdem schuldete er es Johnny zumindest aus familiärer Verbundenheit.

»Ein Geschenk von Onkel Johnny«, erklärte er notgedrungen. Seine Mutter hatte die gelbe Tüte bei dessen Besuch schließlich selbst gesehen. »Ich … dachte, ich könnte sie vielleicht irgendwo zu Geld machen. Ich spare ja für mein erstes großes Filmprojekt. Du weißt doch, die Bewerbung für München.«

Dass er lächelte, brachte seine Mutter noch mehr auf die Palme. »Ach ja! Soll es am Ende noch ein Filmchen mit irgendwelchen Flittchen sein, die dir dein toller Onkel ebenfalls verschafft? Von solchen Filmemachern brauchen wir keine zwei in der Familie, mein Freund!«

Wider besseres Wissen enttäuschte es ihn, wie wenig sie sein kaufmännisches Vorhaben, das er sich zugegebenermaßen gerade erst zusammengesponnen hatte, zu schätzen wusste. Mehr noch, sie fand dieses Vorhaben offenbar erst recht empörend:

»Und was heißt hier verkaufen?«, redete sie sich in Rage. »Wem wolltest du diesen Dreck denn andrehen? Irgendwelchen Zwölfjährigen mit drei Gramm Gehirn auf dem Schulhof, damit mich dann irgendwelche wildfremden Eltern anrufen und sagen: ›Entschuldigen Sie, wissen Sie eigentlich, dass Ihr Sohn Pornofilme an Minderjährige verkauft? Aber kein Problem, wir haben schon mit dem Direktor gesprochen, Ihr Raphael fliegt nächste Woche. Gern geschehen!‹«

Rabe machte nicht einmal den Versuch, die Situation zu beruhigen. Das hätte Elke vermutlich nur noch mehr aufgeregt. »Ich schmeiß sie weg«, sagte er. »Okay?«

»Hast du dir diesen Mist angesehen?«

»Noch nicht. Du bist mir zuvorgekommen.«

»Na, die erste gute Nachricht!«

Das Klingeln des Telefons rettete Rabe. Elke wandte sich ab, knüllte die Tüte so eng wie möglich zusammen und verknotete sie, als könnte sie damit jedem Neugierigen signalisieren, dass das Öffnen dieser Tüte dem Öffnen der Büchse der Pandora gleichkäme. Wahrscheinlich betrachtete sie sie tatsächlich als moderne Wiederkehr jenes berühmten antiken Gefäßes, über das Rabe einmal ein Kurzfilmbuch verfasst hatte. Erst dann ging sie ans Telefon. »Hallo!«, schimpfte sie in den Hörer.

Am Telefon war eindeutig Henning, denn Elke ließ

den Anrufer kaum zu Wort kommen. »Ich sag dir nur eins«, warnte sie, kaum hatte er sich gemeldet. »Wenn du noch einmal deinem nichtsnutzigen Bruder Geld gibst, lasse ich mich scheiden.«

Kurz darauf warf sie den Hörer auf die Gabel, und Henning wagte es nicht, noch ein zweites Mal anzurufen.

Auch Rabe wollte so schnell wie möglich wieder weg. Er warf seine Schulsachen in sein Zimmer und sagte seiner Mutter, er habe sich mit Michi in der Stadt verabredet, um Weihnachtsgeschenke zu kaufen. Da Rabe Geschenke grundsätzlich am letztmöglichen Tag kaufte, nicht schon Tage zuvor, glaubte seine Mutter es ihm nicht, und es beruhigte auch nicht ihr Gemüt. Mit dem Hinweis, er solle bloß nicht zu viel Geld für seinen Vater ausgeben, und einem flüchtigen Lächeln der Vertrautheit ließ sie ihn dann aber doch ziehen.

Michi war zwar ein wenig überrascht, angeblich mit Rabe verabredet zu sein, aber es gab Schlimmeres, als auf einen kurzen Sprung in die Stadt abgeholt zu werden.

Es war ein herrlicher, sonniger Tag. Die eisige Kälte hatte den Schnee, den die Geschäftsinhaber vor ihren Läden zur Seite geschoben hatten, zwar zu festen, kristallinen Wänden gefroren, aber zumindest waren inzwischen die Straßen frei, und wenn man das Gesicht zur Sonne streckte, musste man manchmal sogar die dicke Wollmütze absetzen, um sich den Schweiß von der Stirn zu wischen.

Rabe zog Michi mit sich ins Kaufhaus. Dort herrschte das alljährliche Vorweihnachtsgerangel; die Wühltische wurden gestürmt, sobald ein *Reduziert*-Schild an ihnen hing, und die Kassiererinnen kamen mit der Ausgabe von Tüten und Freundlichkeitsfloskeln nicht hinterher. Ohne den Druck, nun wirklich ein Geschenk besorgen zu *müssen*, fiel Rabe nicht viel ein, was er seinen Eltern zum Fest kaufen sollte. Gutscheine schloss sein Vater schon seit dem letzten Jahr als inakzeptabel aus; und da er die Konfektionsgrößen seiner Eltern nicht kannte, langweilte Rabe sich beim Durchstreifen der riesigen, von Menschen wimmelnden Bekleidungsabteilung im Erdgeschoss. Michi hingegen nutzte die Gelegenheit, um seinen Bestand an günstigen T-Shirts aufzufüllen und gleich noch ein Paar Schuhe für seine Mutter zu kaufen, die sie schon zweimal in die Hände genommen hatte, als er mit ihr in der Stadt unterwegs gewesen war.

Während sein Freund nach der richtigen Größe suchte, fiel Rabe, der seinen Blick längst von den Waren zu den Menschen hatte schweifen lassen, ein Mann in einem schwarzen Wollmantel und mit einem grauen Hut auf, der wie viele andere Kunden des Kaufhauses vergessen hatte, seine Knöpfe zu lösen, weshalb ihm der Schweiß in kleinen Rinnsalen die Schläfen hinunterlief. Im Gegensatz zu den übrigen Kunden – aus diesem Grund war Rabes Blick überhaupt erst an ihm hängen geblieben – interessierte sich der schwarz verhüllte Mann nicht für die Kleidung oder die anderen Konsumgüter. Auch trug er keine Tüten oder Taschen bei sich. So wie Rabe die Frisuren, die kleinen Streitigkeiten, die mal seligen, mal angestrengten Gesichter der Menschen um sich herum beobachtete, wieder und wieder den Blick schweifen lassend, so stierte der Mann nur geradeaus. In seinem Fall bedeutete das: Er schaute genau auf Rabe und Michi. Auch als sich ihre Blicke trafen, machte der Mann keine Anstalten, seine Augen abzuwenden.

Neugierig, aber auch ein wenig nervös fixierte Rabe den Fremden mit seinen Augen und fragte sich, ob der Mann auf seine Frau wartete, die wahrscheinlich mit sämtlichen Einkäufen und noch mehr Kleidungsstücken in einer Umkleidekabine verschwunden war, und er nun einen kurzen Moment der inneren Einkehr genoss, nicht mehr gezwungen, eine Meinung zu Dingen zu haben, zu denen er keine hatte. Vielleicht bemerkte der Mann derart in sich gekehrt gar nicht, dass er vor sich hin starrte und angestarrt wurde. In Rabes zweiter Vorstellung handelte es sich bei dem Mann um den Kaufhausdetektiv, der es für eine besonders kluge Tarnung hielt, Mantel und Hut aufzubehalten, um nicht als Mitarbeiter aufzufallen. Seine Profession würde auch erklären, warum er seinen Blick ausschließlich auf Michi richtete: Ein Teenager, der einen Wühltisch mit Damenunterwäsche durchstöberte, konnte durchaus das Misstrauen eines Detektivs erregen, auch wenn Michi die Slips vielleicht ein wenig zu eindeutig gegen das Leuchtstoffröhrenlicht hielt, um sie auf ihre Blickdichte zu überprüfen. Ein Dieb wäre sicherlich subtiler vorgegangen, selbst in Michis Alter. Oder vielleicht auch gerade nicht. Dies spräche dann wieder für die Erfahrung des Detektivs.

Rabe versuchte seinen Freund so unauffällig wie möglich auf den Mann aufmerksam zu machen, doch Michi ging auf seine Gesten und Blicke nicht ein. Zu sehr war er in die Geschenkauswahl vertieft.

»Ich habe keine Ahnung, ob meine Mutter so was mag«, sagte er schließlich vielleicht ein klein wenig zu laut zu Rabe, während er einen mit weißer Spitze umrandeten rosafarbenen Damenslip gegen das Licht hielt.

»Ist eh ungewöhnlich, seiner Mutter Unterwäsche zu schenken«, merkte Rabe an. Dass es ihm bei einer alleinerziehenden Mutter noch unpassender erschien, wenn er auch nicht richtig wusste, weshalb, verschwieg er. Stattdessen beendete er seine Anmerkung mit einem herausfordernden »Oder nicht?«.

Michi ging darüber vollkommen unbeeindruckt hinweg. »Häh?«, fragte er nur. »Wir schenken uns immer irgendwas, was wir brauchen. Und Mama hat gesagt, sie bräuchte Schlüppis. Ich bin ja schon froh, dass ich mich noch an die Schuhe erinnert habe. So habe ich wenigstens eine Überraschung für sie.«

Rabe ließ in Gedanken das Wort *Schlüppis* durch seinen Mund rollen und schwor sich, es so niemals zu benutzen, schon gar nicht in Verbindung mit irgendeiner Mutter.

»Ich glaube, ich nehme einfach zweimal den gleichen. Wie findest du das?« Michi hielt Rabe zwei schlichte Baumwollslips in Schwarz vor die Nase, worauf er, schon allein um die Situation für sich selbst ins Lächerliche zu ziehen, antwortete: »Meine Größe sind sie leider nicht.«

Beide grinsten und ernteten dadurch den verständnislosen Blick einer Dame mittleren Alters, die kopfschüttelnd vom Unterwäschewühltisch zu einem mit Kissenbezügen wechselte. Michi und Rabe hätten ihr

Spiel sicher noch ein wenig weitergetrieben, wäre nicht überraschend Nina zu ihnen an den Tisch getreten.

»Suchst du was für mich raus, Michi?«

Noch vor einem Jahr wäre Michi ein solches Zusammentreffen peinlich gewesen, doch jetzt hielt er den schwarzen Slip vor Ninas Hüfte und meinte lediglich: »Ich würde sagen, du bist ein wenig schmaler.«

Sie nahm ihm das kleine Stück Stoff ab und überprüfte den Zettel mit der Größe. »Ja, zwei Nummern kleiner sollten es schon sein.«

»Moment, das haben wir gleich!« Mit aufgestelltem Zeigefinger durchwühlte Michi den Tisch nach einem identischen Stück in Ninas Größe.

Ninas Blick wanderte zu Rabe, der ihr mit einem verknitterten Lächeln und nicht ganz so souverän wie Michi zunickte. »Und? Schon alle Geschenke beisammen?« Auch wegen ihres letzten Aneinandergeratens im Klassenzimmer bemühte er sich um einen möglichst neutralen Tonfall.

Nina reagierte erst auf ihn, als Michi ihr den Slip noch einmal in ihrer Größe präsentierte und erklärte: »Jetzt schon.«

Sie grinste Rabe mehr an als Michi, denn offenbar hielt sie es für einen pubertären Scherz.

Michi aber meinte: »Ich suche noch was für meine Mutter raus. Du kannst ja schon mal an der Kasse warten.«

Mittlerweile blickten einige Frauen und Männer mit unverhohlener Neugier in ihre Richtung. Peinlich berührt winkte Nina ab. »Du musst mir das nicht kaufen,

Michi. Ich kann das selbst.« Fast klang es, als hätte sie ein schlechtes Gewissen.

Erstaunt sah Rabe sie an. So etwas bei Nina zu beobachten kam einer wissenschaftlichen Sensation gleich. Er vermutete daher, dass sie lediglich die Blicke der umstehenden Kunden nervös machten.

»Ich möchte dir das kaufen«, beharrte Michi. »Dafür begrabt ihr zwei das Kriegsbeil!« Er schaute fast väterlich abwechselnd zu Nina und Rabe und bezahlte seine Ausbeute.

Das Kriegsbeil begraben? Rabe zog die Augenbrauen hoch und blickte zu Nina. Zum ersten Mal fiel ihm auf, dass sie sich in den letzten Tagen vom schönsten Mädchen der Klasse, dem Objekt all seiner Begierden, zu einer einfachen Mitschülerin verwandelt hatte. Er fand sie immer noch ungeheuer attraktiv, aber ihre Schönheit hemmte ihn nicht mehr und zog ihn auch nicht mehr an. Sie war einfach nur noch vorhanden. Er nickte. »Von mir aus. Und keine Sorge, Nina! Ich komme trotzdem nicht zu Flos Party.«

Sein Grinsen wurde breiter, als er auf ihrem Gesicht ein Schmunzeln entdeckte, das auf tatsächlich vorhandene Spuren von Humor hinwies. Ein Jahrhundertfund!

»Ich hab's nicht so gemeint«, sagte sie.

Michi sah sie erstaunt an. »Hey, wenn wir uns nun schon alle so gut verstehen: Wie wäre es, wenn wir auch noch ein Eis essen würden? Ich lade ein.«

Ninas Gesichtsausruck verrutschte wieder in die abweisende und von vielen als anbetungswürdig interpretierte Arroganz, für die sie bekannt war. »Eis ist wohl kaum das Richtige zu dieser Jahreszeit«, behauptete sie, wohl um die schlechte, aber wahrheitsgemäße Begründung zu umgehen, dass sie auf keinen Fall mit Rabe und Michi in der Stadt beim Eisessen gesehen werden wollte. »Aber vielen Dank für das Geschenk.«

Michi grinste. »Ich weiß, du wirst es in Ehren tragen.«

»So weit würde ich nicht gehen. Na dann …« Ihr Zögern wirkte fast, als fühlte sie sich nun in Michis Schuld.

Doch er winkte einfach ab. »Manchmal muss man auch nett sein. Wir sehen uns in der Schule.«

Als sie gegangen war, ließ Rabe erneut den Blick schweifen. Der Kaufhausdetektiv oder was auch immer der fremde Mann war, hatte die seltsame Szene zwischen ihnen sicherlich interessiert beobachtet. Aber der Mann war verschwunden. Offenbar war er doch nur ein wartender Ehemann gewesen. »Also dann, gehen wir noch ein Eis essen?«, fragte er.

»Spinnst du? Denkst du etwa, ich hätte bei diesen Temperaturen Bock auf Eis?«

21

Rabe erwischte Veit in der ersten großen Pause auf dem Weg ins Lehrerzimmer, und wieder einmal fiel ihm auf, wie jung der Leiter der Theater-AG noch war. Veit war sicherlich jünger als alle anderen Lehrer der Schule, wirkte beinahe selbst noch wie ein Schüler. Er war erst seit dem letzten Schuljahr da, hatte aber direkt die Theater-AG von seinem verrenteten Vorgänger übernommen. Seine erste Inszenierung hatte sich nicht besonders von denen davor unterschieden, denn auch er hatte bei der Auswahl des Stücks auf bewährten Unterrichtsstoff zurückgegriffen. Dennoch hoffte Rabe, bei ihm mit seinem Debütwerk punkten zu können.

Er hielt Veit einen Durchschlag entgegen. »Herr Veit. Ich habe ein Stück geschrieben und dachte, Sie könnten es vielleicht für die Theater-AG in Betracht ziehen.«

Veit sah ihn überrascht an. »Das ist ja großartig! Ein junger Dramatiker an unsere Schule! So etwas wäre natürlich etwas ganz Besonderes. Die Auswahl ist ja noch nicht abgeschlossen, ich hatte bisher Brecht ganz oben auf der Liste, den *Kreidekreis*, den haben wir hier länger nicht gemacht, wenn ich die Theaterhistorie gerade richtig im Kopf habe, zuletzt 1987, da wäre es mal wieder Zeit dafür. Tolles Stück, hast du es mal gelesen, Raphael?«

»Äh, nein. Noch nicht.«

»Musst du! Ganz toll! Aber du kannst mir dein Stück gern mitgeben. Ich lese es heute Abend und nehme es mit zur AG. Ich muss ja auch mit den Schülern besprechen, ob die dein Stück überhaupt machen wollen. Aber die werden es sicherlich megacool finden, das Stück eines Mitschülers auf die Bühne zu bringen. Man ist ja immer stolz, wenn Leute von der eigenen Schule was Besonderes machen.«

Rabe war eher der Ansicht, das Gegenteil sei der Fall. Niemand mochte die äußerst erfolgreichen Ruderer der Schule, ausgenommen vielleicht Mädchen der untersten Klassen und Jungs, die gern selbst zum Team gehören wollten. Wurde offiziell verkündet, einer der Schüler habe einen Preis gewonnen – etwa bei der physikalischen Gesellschaft oder bei einem Literaturwettbewerb –, betrachtete die Schülerschaft dies eher als Zeichen von Strebertum. Am schlimmsten waren die Aushänge der Zeitungsausschnitte, in denen alljährlich die Abiturienten porträtiert wurden, die mit 1,1, mit 1,0 oder – die schlimmste Schmach! – gar mit einem Durchschnitt von 0,9 abgeschlossen hatten. Meist hatte weder Rabe noch irgendwer sonst den Namen der Genies zuvor je gehört. Rabe führte dies darauf zurück, dass niemand, der ernsthaft ein Abitur mit solchen Noten anstrebte, noch Zeit dafür hatte, Freunde zu haben. Es war auch mehr als unwahrscheinlich, solche Schüler nach dem Unterricht in der Schule, am Steg, auf dem Hof oder irgendwo in der Stadt anzutreffen, denn sicherlich eilten diese seiner Meinung nach von Ehrgeiz und Druck durchzogenen Gestalten sofort nach Hause, um dort weiterzulernen, den Unterrichtsstoff zu vertiefen oder sogar zu antizipieren, was als Nächstes auf dem Lehrplan stand. Von Bewunderung, wie Veit sie vorschwebte, hatte Rabe noch nie gehört. Schüler, die gut in der Schule, im Sport, in Musik oder Literatur waren, waren ungefähr so beliebt wie Lehrer, die jugendliche Formulierungen wie »megacool« auf Dinge verwandten, die es eben gerade nicht waren.

Nur eine Ausnahme fiel Rabe ein: als Tim Steinmann, von allen wegen seiner riesigen, von einer Zahnspange umzäunten Zähne nur *Steinbeißer* genannt, einmal in einer Fernsehsendung aufgetreten war und dort mit seinem Gebiss den Beweis erbracht hatte, warum er seinen Spitznamen zu Recht trug. Dafür hatte er ein Auto an einem Band zwölf Meter weit mit der Kraft seines Gebisses gezogen, wodurch er seine Wette gegen einen prominenten Schauspieler gewonnen hatte. Besonders enthusiastische Mitschüler hatten danach sogar die Legende verbreitet, Tim wäre bei den anderen Kandidaten der Sendung so unbeliebt und dennoch so klar als Favorit zu erkennen gewesen, dass seine Kontrahenten die Handbremse des Fahrzeugs angezogen hätten, was Tim natürlich sofort bemerkt habe. Es hieß, Tim habe die Wette dennoch nicht abbrechen wollen, sondern habe, angestachelt durch die wettbewerbsverzerrende Manipulation, wortwörtlich die Zähne zusammengebissen und somit nicht nur einen tonnenschweren Wagen zwölf

Meter weit gezogen, sondern auch noch einen, dessen Räder blockiert waren.

Abgesehen von dieser Geschichte, die noch Jahre nach Tims Weggang von der Schule als *Steinbeißer-Mythos* die Runde machte, konnte sich Rabe an keine Leistung eines Schülers erinnern, von der andere mit Bewunderung sprachen.

»Nun?«, fragte Veit nach, dem Rabe offenbar zu lang geschwiegen hatte.

»Ah ja, hier, bitte.« Eilig gab Rabe ihm den Schnellhefter.

Veit nahm ihn entgegen und blätterte die Seiten einmal kurz durch. »Sehr gut. Sieht schon mal sauber getippt aus.«

Rabe nickte, war sich aber nicht sicher, ob dies ein Kompliment sein sollte, und als Veit im Lehrerzimmer verschwunden war, fragte er sich auf einmal, ob der Lehrer sein Stück mit der nötigen Ernsthaftigkeit lesen und in seine Überlegungen miteinbeziehen würde. Gedankenverloren ging er zurück auf den Schulhof.

»Und? Was hast du am Wochenende vor?« Auf einmal stand Viola neben ihm.

»Wahrscheinlich schaue ich in der Videothek vorbei oder lasse mir von Fete zwei, drei Kassetten mitbringen und verbringe Samstag und Sonntag vor dem Fernseher«, sagte er. Die anderen seien ja alle auf Flos Party, auf die habe er aber keine Lust.

»Könntest du dafür noch jemanden brauchen, oder sind die Filme nicht jugendfrei?«

Rabe war der Ansicht, er müsse wegen des missratenen Kinoabends noch etwas bei ihr gutmachen: »Es wäre mir eine Ehre, einen Filmabend der Extraklasse für dich zusammenzustellen.«

»Es reicht ja ein Film, aber der muss gut sein«, sagte sie und dachte dabei wohl ebenfalls an *Flucht aus L. A.*

Er biss sich auf die Lippe, überlegte kurz, zeigte dann aber mit dem Zeigefinger an, die beste aller Lösungen gefunden zu haben: »Ich würde dir gern beweisen, wie großartig Carpenter sein kann.«

»Aber diesmal keine Action oder Horror, okay?«, wandte sie umgehend ein.

Er hob beschwichtigend die Hände. »Nein, nein. Was Romantisches, diese Science-Fiction-Liebesgeschichte. Oder hast du *Starman* schon gesehen?«

Sie schüttelte den Kopf. »Ich hoffe mal nicht, dass es dieser braune Wurstkerl ist?«

»Nein, das ist *E. T. Starman* ist quasi *E. T.* für Coole – oder *E. T.* mit Liebesgeschichte.«

Viola verdrehte die Augen, sagte aber dennoch: »Bin dabei.«

»Wenn ich ihn bekomme. Der ist oft ausgeliehen.«

»Wenn er wirklich gut ist, gehe ich mit dir zum *Weihnachts-Komm-Raum*«, versprach sie. Der *Weihnachts-Komm-Raum* war zwar nur eine Discoveranstaltung für Schüler, war aber besonders, weil sie das offizielle Jahresende einläutete; die wenigen darauf noch folgenden Schultage saßen Schüler wie Lehrer nur noch ab.

Rabe ging gern dorthin, auch wenn er nie auf der Tanzfläche, sondern nur am Kickertisch und auf der Terrasse zu finden war, wo er mit Michi rauchte und sich über die immer betrunkeneren Mitschüler lustig machte. »Klar, Weihnachts-*Komm*-Raum«, sagte er. »Immer eine gute Veranstaltung, um bislang unbekannte Mitschülerinnen anzusprechen. Hätte ich dich nicht eh schon kennengelernt …«

»… hättest du mich auch dort nicht angesprochen!« Grinsend boxte sie ihn in den Bauch.

»Ich *hab* dich angesprochen«, verteidigte Rabe sich.

»Nein«, widersprach sie. »Ich hab *dich* angesprochen. Und deshalb gehst du dieses Mal auch mit *mir* dahin und nicht mit deinen Hoschis.«

Rabe tat kurz so, als müsste er sich das noch einmal gut überlegen, nickte aber, bevor sie ihre Augenbraue hochziehen konnte.

»Also gut, dann bis spätestens Samstag!« Sie wandte sich ab und verschwand im Schulgebäude, noch bevor es kurz darauf wieder zum Unterricht klingelte.

Rabe sah ihr hinterher. Es war Dienstag, und er freute sich jeden Tag darauf, Viola zu sehen, frühestens im Bus, spätestens in der ersten großen Pause. Und nun würden sie auch noch den Samstagabend zusammen verbringen. Er war überzeugt: Wenn der Abend gelingen sollte, musste er John Carpenters *Starman* in der Videothek bekommen.

22

Als Rabe am Freitag nach der Schule nach Hause kam, strahlte seine Mutter über das ganze Gesicht und fasste ihn beim Hereinkommen an beiden Armen, hielt ihn fest, nannte ihn »Schätzchen« und »Liebling«. Rabe hätte gern einen dummen Witz gemacht, war dafür aber in Gedanken noch zu sehr beim Busfahrplan; er musste dringend ausrechnen, wie lang er brauchen würde, um noch kurz zur Videothek zu fahren.

Erst als sie den Brief hervorholte und ihm entgegenhielt, verstand Rabe die Aufregung seiner Mutter. *Der Brief!* Der Brief, auf den er seit Wochen gewartet hatte und den er nun doch fast vergessen hatte. *Der Brief der Münchner Filmhochschule.*

Er wollte beim Öffnen des DIN-A4-Umschlages allein sein und drehte sich deshalb in Richtung seines Zimmers. »Ich komme in zehn Minuten nach«, versprach er, denn er ahnte, dass das Mittagessen schon auf dem Tisch stand.

»Es dürfen auch zwanzig sein. Es gibt Kartoffelpuffer. Zur Feier des Tages. Ich habe schon ein paar Leuten Bescheid gesagt, dass die Bewerbungsunterlagen da sind. Endlich geht es los!«

»Was für Leuten?«

»Nur Ulrike, Susanne, Angelika.«

Kurz fragte Rabe sich, was die Freundinnen seiner Mutter mit der Information anfangen sollten. Doch bevor er etwas sagen konnte, sagte seine Mutter:

»Hauptsache, du erzählst gleich, was die von dir wollen. Was auch immer es ist: Du wirst es problemlos hinkriegen. Das weiß ich.«

»Und wenn ich es nicht hinkriege, wirst du es dann auch als Erstes deinen Freundinnen erzählen?«

Sie sah ihn empört an. »Sei doch nicht immer so negativ!«

Rabe öffnete den Umschlag und war erstaunt, wie wenig Seiten er enthielt. Neben den üblichen Formularen fand er den Hinweis darauf, dass er, so er denn eingeladen würde, in der praktischen Prüfung vor der Entscheidungskommission eine Szene inszenieren müsse. Dafür habe er nur wenige Minuten Vorbereitungszeit. Außerdem, las er, würden Bewerber bevorzugt, die Praktika im Filmbereich vorweisen konnten oder dort bereits beruflich tätig waren. Rabe war sicher, die fehlende Erfahrung mit theoretischem Wissen und Schreibpraxis locker wettmachen zu können. Außerdem: Warum sollte man noch an einer Filmschule studieren, wenn man schon beim Film arbeitete?

Interessant wurde es erst, als er die Fragebögen hervorzog. Er hatte erwartet, schwierige Fragen zur Filmgeschichte oder zur Technik des Erzählens gestellt zu bekommen, an denen Bewerber, die weniger Zeit für das Lesen von Literatur zum Film aufgewandt und viel weniger geschrieben hatten als er, wahrscheinlich scheiterten. Er hatte angenommen, eine Vorauswahl werde schon mithilfe dieser Fragen getroffen, und war bereit, sein gesamtes Wissen und seine Erfahrung, notfalls auch unter Zuhilfenahme der mindestens hundert Bücher zum Thema in seinem Regal, in die Waagschale zu werfen.

Doch gefordert war etwas ganz anderes. Er solle eine Beispielszene aus einem seiner Drehbücher einsenden und eine neue Szene im Umfang von drei Seiten schreiben, die das Thema Beerdigung behandelte, las er.

Das konnte doch nur ein Test sein! Wer bewarb sich schon an einer Filmschule, wenn er nicht sowieso schon Tausende Drehbuchseiten geschrieben hatte? Rabe wusste sofort, dass er eine Szene aus seiner Schulbelagerungsgeschichte wählen würde. Die war bei Michi und Fete am besten angekommen und dazu mit polizeilichem Fachwissen unterfüttert, das sein Vater beigesteuert hatte.

Irritiert blätterte er die Unterlagen noch einmal durch. Filmhistorisches Wissen oder Interpretationen zu Werken waren nirgends gefragt. Offensichtlich bestand vonseiten der Ausbildungsstätte keinerlei Interesse an einer theoretischen Vorbildung der Bewerber oder an deren Haltung zu Werken der immerhin hundertjährigen Filmgeschichte. Allein das Praktische schien sie zu interessieren. *Gut*, dachte Rabe, *die Begeisterung für das schon Gedrehte können sie den Studenten ja immer noch vermitteln.*

176

Er schaute noch ein weiteres Mal auf den Bewerbungsbogen. Die einzigen Fragen, die annähernd ein Verständnis von Filmgeschichte voraussetzten, waren die nach den Lieblingsregisseuren, international und national.

Was sollte er darauf antworten? John Carpenter, natürlich, aber wer noch aus den Hundertschaften großartiger Filmemacher? Andererseits: national? Abgesehen von Friedrich Wilhelm Murnaus *Nosferatu* fand er so ziemlich alles fürchterlich, was er an deutschen Produktionen bisher zu Gesicht bekommen hatte. Die Schauspieler aufgesetzt, die Geschichten lahm, die Inszenierung meistens bieder und technisch kaum weiter entwickelt als die *Derrick*-Folgen, die sein Vater manchmal nachts in der Wiederholung guckte. Tatsächlich blieb Rabes Blick sogar eher bei den leicht abgründigen Geschichten dieser alten Serie hängen als bei den Vorankündigungen der »großen« deutschen Kinofilme, die in letzter Zeit vor allem aus seiner Meinung nach dümmlichen Komödien mit unsympathischen Figuren bestanden.

Vielleicht war dies aber auch der entscheidende Test. Rabe hatte im beigefügten Studienverzeichnis gesehen, wie viele Regisseure sich als Dozenten etwas dazuverdienten, und vermutlich erwarteten sie als Antwort auf die Frage, welche nationalen Filmemacher er bewunderte, ihre Namen zu lesen. Er konnte sich auch gut vorstellen, dass bei den Bewerbungen geschaut wurde, wer, wie er, als internationale Vorbilder Genre-Regisseure wie Carpenter angeben würde und wer vermeintlich künstlerisch hochwertigere Namen wie Ingmar Bergman, Federico Fellini und Jean-Luc Godard angeben würde.

Rabe überlegte einen Moment, ob er den Mut besäße, neben Carpenter auch François Truffaut zu nennen, von dem er nur *Fahrenheit 451* kannte. Die Auswahlkommission könnte ihn dadurch für einen wilden Kerl halten, der noch ein wenig mit dem hässlichen amerikanischen Mainstream flirtete, aber auf einem guten Weg war, künstlerisch anständige Filme zu mögen. Und wen sollte er als deutsche Vorbilder eintragen? Zweimal Murnau?

Erneut ärgerte Rabe sich. Er hatte einen komplizierten Fragebogen erwartet, den nur wenige, obsessiv alle Informationen über Filme aufsaugende, Filmliebende, innig Liebende, dem Film Verfallene lösen konnten. Er hoffte, bei Studienbeginn auf ebenso Verliebte zu treffen, mit denen er stundenlang über Szenen aus den unterschiedlichsten Western, Science-Fiction- und Abenteuerfilmen sprechen konnte. Dieser Fragebogen aber hieß vor allem erfahrene Techniker willkommen und Menschen, die gerade einmal in der Lage waren, zwei Regisseure aufzuzählen, am besten solche, auf die man als Deutscher stolz sein durfte.

Kurz überlegte Rabe, wie lange er auf diese Unterlagen gewartet hatte und was er sich alles versprochen hatte. Aber hier würde er offensichtlich nicht finden, nicht lernen, was er suchte.

Im nächsten Moment zerknüllte er die wenigen Seiten und feuerte sie gegen die Zimmerwand. Mit einem wenig beeindruckenden Geräusch prallten sie ab und fielen zu Boden. So leichtgewichtig und desinteressiert die Bewerbungsunterlagen wirkten, so leichtgewichtig stürzten sie auf den Teppich.

Rabe knallte die Marke für das letzte noch nicht verliehene Exemplar von *Starman* auf die Theke der Videothek.

»Mann, Rabe, jetzt reg dich doch nicht so auf!« Fete nahm die Marke und suchte die Kassette mit der passenden Nummer heraus.

»Das sind alles Ignoranten! Das las sich wie die Bewerbung für irgendeinen beschissenen Beamtenjob. Kein Wunder, dass die dann solche Filme drehen.« Er zeigte auf das Regal mit den deutschen Filmen.

»Ach, vergiss doch die blöde Filmschule! Denk einfach an Tarantino. Der hat einen Haufen Preise bekommen, und unsere fünf Kopien von *Pulp Fiction* sind ständig ausgeliehen. Wir haben sogar schon Reservierungen für nächsten Monat. Der Typ war auch auf keiner Filmschule, sondern hat in einer Videothek gearbeitet wie ich. Wenn der das schafft, dann wirst du das doch auch hinkriegen!«

Rabe hätte Fete gegenüber nie zugegeben, für wie überschätzt er den auch von ihren Klassenkameraden gefeierten Film und dessen Regisseur hielt, erkannte aber Fetes Argument an. Wenn ein Videothekar mit einem aus *Rashomon* und anderen Klassikern zusammengeklauten Film in Cannes und bei den Oscars gewinnen konnte, gab es vielleicht doch noch andere Möglichkeiten, um eines Tages eigene Filme machen zu können. Er beschloss, zur Frustkompensation noch einen zweiten Film mitzunehmen, einen, den er noch nicht kannte, und fragte Fete nach den Horror-Neuheiten.

Sein Freund zuckte mit den Schultern. »Keine Ahnung, ich hab die neuen nicht eingeräumt. Geh am besten mal in die Achtzehner! Ich glaube, da sind gestern fünf oder sechs Kassetten reingekommen. Und wenn du die Pornos, die deine Mutter weggeschmissen hat, noch sehen willst – die stehen sicher irgendwo da drüben.« Lachend zeigte er auf die Tür, auf deren oberer Milchglasscheibe *Kein Zutritt für Personen unter 18 Jahren* stand.

Rabe wusste noch genau, wie er vor einem Jahr das erste Mal durch diese Tür gegangen war, auch damals auf Fetes Einladung. Ihm hatte das Herz geklopft, als würde er etwas Verwerfliches tun – verboten war es ihm ja sowieso –, aber er wollte unbedingt einen David-Cronenberg-Film sehen, der nun mal erst ab achtzehn freigegeben war. Seine Eltern konnte er nicht bitten, den Film für ihn zu besorgen, deshalb hatte er Fete gefragt, wann er einmal wieder Schicht habe, und war dann kurz vor Ende der Geschäftszeit gekommen, da er zu dieser Zeit die wenigsten Kunden erwartete.

Überraschenderweise sah die Erwachsenenabteilung genauso aus wie die Familienvideothek. Es fehlten nur die lebensgroßen Pappaufsteller, und Rabe kannte beim Großteil der Filme weder Cover noch Titel. Die Pornos hatten ihn schon damals wenig interessiert; dafür war das Horrorregal mit Schätzen angefüllt, von denen Rabe bislang nur in Magazinen gelesen hatte.

Doch auch diese Auswahl hatte er innerhalb weniger Monate durchgeschaut, meist an Abenden, an denen seine Eltern einmal ohne ihn ausgingen, oder an Nachmittagen mit Fete, wenn dessen Eltern noch bei der Arbeit waren.

Dieses Mal fand Rabe im schmalen Horrorangebot keinen Film, den er nicht mindestens einmal gesehen hatte.

»Wir haben ein neues Regal mit Neuerscheinungen. Schau mal hinter der Pornowand!«, rief Fete ihm aus dem Hauptraum zu.

Suchend sah Rabe sich um. Tatsächlich! In einer Ecke des Raumes war ein neues Regal in die Wand eingelassen. Es bot nur wenigen Kassettenhüllen Platz, war aber bereits gefüllt mit B-Filmen, Direct-to-Video-Premieren, von denen Rabe – vermutlich größtenteils zu Recht – noch nie etwas gehört oder gelesen hatte. Neugierig drehte er Hülle um Hülle, um mithilfe von Klappentext und Bildern auszumachen, welcher Film eine Perle war und welcher nur so tat.

Er blieb bei *Hellraiser IV – Bloodline* hängen und erinnerte sich, einen stark gekürzten Teil der Reihe einmal im Fernsehen gesehen und ihn trotz der heftigen Schnitte für gut befunden zu haben. Als er gerade die Marke dafür eingesteckt hatte, läutete die Türglocke der 18er-Abteilung. Dieser Bereich hatte einen eigenen Außenzugang mit einer besonders lauten Klingel, damit die Mitarbeiter im Familienbereich wussten, dass sie auf der anderen Seite der Theke bald einen weiteren Kunden bedienen mussten.

Rabe sparte sich den Blick zur Tür. Mit Sicherheit handelte es sich eher um einen Porno- als um einen Horrorkunden, und diese reagierten manchmal peinlich berührt, wenn man ihnen dabei zusah, wie sie Klappentexte und Bilder musterten. Manche reagierten sogar beinahe panisch und verließen die Videothek so langsam wie möglich, aber dennoch fluchtartig, wenn sie merkten, dass sie nicht allein waren.

Rabe reichte Fete die Marke.

Der nahm sie, sagte anerkennend: »*Hellraiser IV!* Beste Wahl!«, verschwand und kehrte kurz darauf mit der Leihkassette zurück. Mit weit aufgerissenen Augen schob er Rabe die VHS-Kassette zu. »Ist der nicht Deutschlehrer bei uns?«, flüsterte er aufgeregt.

Rabe drehte sich um und entdeckte tatsächlich Veit am Ende des Ganges, noch die Schultasche umgehängt, in der er vermutlich noch immer das Manuskript mit sich herumschleppte. »Veit, ach, du Scheiße!«, stöhnte Rabe und versuchte, vom Lehrer unbemerkt wieder durch die Milchglastür in den Familienbereich überzuwechseln. Doch zu spät.

Sichtlich schadenfroh rief Fete durch den ansonsten leeren Laden: »Hallo, Herr Veit! Kommen Sie klar, oder soll ich Ihnen was empfehlen? Nehmen Sie die *Bundesjungfernspiele*. Der geht gut ab.«

Veit drehte sich um, lächelte den beiden etwas zaghaft, aber gespielt selbstbewusst zu und stellte die eben noch angesehene Kassettenhülle wieder ins Regal. »Ich bin wohl zum falschen Eingang rein. Ich suche diesen neuen Mel-Gibson-Film, *Braveheart*. Habt ihr den da?«

182

Fete schüttelte den Kopf. »Alle acht Exemplare sind ausgeliehen, selbst die englische Originalfassung.«

»Tja, da kann man nichts machen. Dann komme ich besser ein anderes Mal wieder.« Veit winkte Fete und Rabe noch einmal kurz zu und verließ dann die Videothek mit dem langsamen Schritt derer, die sich besonders beeilen wollen.

Fete zuckte mit den Schultern. »Wird wohl kein Stammkunde.«

»Zwacken sie dir jetzt die entgangenen drei Mark von deinem Lohn ab?«

»Ach was!« Fete winkte ab. »Es ist Freitag. Da kommt immer Video-Willi, und der nimmt sich immer Neuerscheinungen für ein Wochengehalt mit. Heute war er schon um zwölf Uhr mittags da. Die Kasse ist voll. Hast du auch Hunger? Ich mach mal 'ne halbe Stunde zu. Bei der Bude gegenüber gibt's ganz gute Pizza. Und ich sehe, wenn doch ein Kunde unbedingt reinwill. Michi kommt auch gleich vorbei und holt sich *Braveheart* ab.«

»Hast du nicht zu Veit gesagt, alle Kopien wären ausgeliehen?«

»Ja. Jetzt schon.«

Michi wartete schon auf die beiden. Rabe wollte zwar nichts essen, stellte sich aber zu seinen Freunden und hörte ihnen dabei zu, wie sie das Für und Wider eines Besuchs von Flos Party abwägten. Michi wollte nicht hingehen, weil Flo seiner Meinung nach einfach ein Idiot war, was Rabe genauso sah. Fete aber wollte hin. Er wollte eigentlich auch Dani fragen, ob sie ihn begleiten würde, aber er war sich nicht sicher, ob sie nach dem letzten Wochenende überhaupt noch etwas mit ihm zu tun haben wollte.

»Wir haben seitdem nicht einmal telefoniert«, sagte er. Was genau geschehen – oder nicht geschehen – war, verriet er auch diesmal nicht.

»Dann solltest du sie langsam mal anrufen«, meinte Michi und verstaute die *Braveheart*-Kassette in seinem Rucksack.

Michi selbst erwärmte sich erst in dem Moment für einen Besuch bei Florians Party, als Fete – um von Dani abzulenken – darauf verwies, dass sie wie jede Party schon allein dadurch interessant werden würde, dass Nina bekanntlich bei jeder Feier ein neues und über die Jahre immer aufreizenderes Outfit präsentierte, um die anderen Mädchen eifersüchtig und die Jungs sehnsüchtiger zu machen.

Im nächsten Augenblick überboten sich Michi und Fete mit Schwärmereien über Ninas letztes Sommerkleid, das sie bei einer Party im August getragen hatte: rückenfrei bis zur Hüfte.

Rabe verdrehte die Augen. »Hey, was würde Marnie zu solchen Geschichten sagen, Michi? Und erst deine Dani?«

»Mein Gott, sei doch nicht so ein Spießer, Rabe!«, schimpfte Fete. »Sonst ziehe ich *Hellraiser* wieder ein. Oder bist du etwa schon achtzehn?«

»Und tu nicht so, als würde dich nicht interessieren, was Nina anhaben wird!«, ergänzte Michi.

Rabe hob die Hände. »Vielleicht ein kleines bisschen. Sehr klein.«

Alle drei lachten.

Rabe blickte in die Ferne. Auf dem Parkplatz, etwa acht oder neun Meter entfernt, entdeckte er den Mann, der ihn und Michi im Kaufhaus so seltsam angestarrt hatte. Er saß in einem alten weinroten Volvo und versuchte, sie möglichst unauffällig zu beobachten. »Hey, Michi! Da ist wieder dieser Typ!«

»Welcher Typ?«

»Aus dem Kaufhaus. Der uns beobachtet hat.«

Michi sah zu dem Volvo. »Kann sein, ich hab nicht so genau hingeschaut. Aber vermutlich hast du recht.« Er erzählte Fete von der seltsamen Observation im Kaufhaus.

»Na, vielleicht ist der vom Geheimdienst«, munkelte Fete. »Kurtz ist so zwielichtig, der hat da bestimmt Schulfreunde. Weil er von dem Plan Wind gekriegt hat, lässt er Michi jetzt überwachen.«

»Meinst du nicht, der BND hat Besseres zu tun, als Wetterhähne zu beschützen?«, fragte Rabe.

»Ich bitte dich! Die Staatsanwaltschaft hat ja auch nichts Besseres zu tun, als *Chucky*-Filme einzusammeln«, entgegnete Fete.

»Auch wahr.«

»Das lässt sich ja alles herausfinden«, sagte Michi, legte sein Pizzastück auf den Pappteller und ging auf den Wagen zu.

Fete schloss sich ihm an und streckte seinen Körper im Gehen auf seine gesamten 1,88 Meter. Wie er es bei unzähligen Videopremieren mit Charles Bronson gesehen hatte, deutete er mit dem Finger drohend auf den Mann im Auto: »Hey, Sie da! In der Karre!«

185

Der Fremde startete den Motor und verließ den Parkplatz so zügig, wie es der eisige Untergrund zuließ.

Fete und Michi drehten sich zu Rabe um.

»Geheimdienst«, sagte Fete, »ganz klare Sache!«

23

Michis Wurfkünste hatten sich in den vergangenen Wochen sichtlich entwickelt. Hatte am Anfang auch das Glück entschieden, ob er traf, katapultierte nun jeder Wurf einen der ausgeschnittenen Pappvögel vom Zaun. Michi schätzte und maß die Entfernungen, kletterte bisweilen sogar auf das Gartenhäuschen seiner Mutter, um seine Zielscheiben dort oben aufzustellen. Er schätzte die Höhe von Kurtz' Wetterhahn ein wenig höher ein als das Gartenhausdach, doch wenn er sich auf die absteigende Straße stellen könnte, die an Kurtz' Haus vorbeiführte, wäre der Wurfwinkel dennoch vergleichbar. Er konnte dies natürlich alles nur schätzen, musste aber lachen, als ihm bewusst wurde, welch hochkomplexe Geometrie- und Physikaufgaben er zur Berechnung des perfekten Wurfwinkels auf das Dach des Mathelehrers anstellte. Und Windgeschwindigkeit und -richtung hatte er noch nicht einmal miteinbezogen. Eigentlich müsste jemand wie Kurtz solche Überlegungen zu schätzen wissen.

Wind hatte es in den letzten Tagen kaum gegeben. Der Schnee fiel gerade und in dicken Flocken, prall wie abgeklopfte Zigarrenasche vom Himmel. Würde es überhaupt noch einmal aufhören zu schneien? Es kam Michi bereits vor, als verbrächte seine Mutter abgesehen von ihrem zweistündigen Unterricht an der Grundschule den gesamten Morgen damit, vor dem Haus Schnee zu schippen, nur damit er am Mittag durch die immer höher werdenden Gänge zur Haustür gelangen konnte. Die Wände dieser Gänge erreichten inzwischen fast Kniehöhe. Zudem wurde es nachts immer kälter, sodass der Schnee fester und härter wurde, geradezu einfror, was seiner Mutter noch mehr Arbeit abverlangte, Michi aber begrüßte, wurden doch seine Wurfgeschosse dadurch ohne eingearbeitete Steine immer härter. Nur wenn er mit Schippen dran war, nervten auch ihn die immer härter werdenden Schneemassen.

Als Michi gerade einmal wieder Pappziele im Garten verteilte – diesmal planlos, zufällig, um zu sehen, ob ihm von jeder nur denkbaren Position ein Treffer gelänge –, verließ seine Mutter das Haus.

Angelika sah ihm eine Weile belustigt zu und fragte dann: »Was machst du eigentlich die ganze Zeit hier draußen? Also … Versteh mich nicht falsch! Ich finde es großartig, wenn mein Sohn an der frischen Luft ist und nicht wie andere Jungs den ganzen Tag *Konkey Dong* spielt oder wie das Zeug heißt. Aber du bist mit dieser Sache ja bald manisch.«

Michi hatte nie darüber nachgedacht, lieber vor einem Computer zu hocken und darauf Spiele zu spielen. Nicht nur, weil seine Mutter gar keinen Heimcomputer besaß. Auch in seinem Freundeskreis war es kein großes Thema. Fete hatte ein paar Spiele, aber auch der hockte höchstens abends einmal davor, wenn sie nichts zusammen unternahmen und sein Vater gerade nicht an dem Rechner arbeitete. Und seit Fete Dani hatte, war die Kiste sowieso abgemeldet. »Physikreferat«, behauptete er. »Ich will das gut machen, dann kriege ich eine ganze Note besser. Ich hatte mir überlegt, es als drittes Prüfungsfach zu nehmen.«

Das war schon allein deswegen Unfug, weil Michi zwar nie besonders schlecht in Physik gewesen war, er aber die Möglichkeit hatte, Religion als drittes Prüfungsfach zu wählen, und er ohne jede Anstrengung einen umfangreichen Aufsatz über irgendeinen theologischen Text zusammenfabulieren konnte, während Physik als Prüfungsfach tatsächliches, intensives Lernen erfordert hätte. So wichtig waren ihm Naturphänomene nun wirklich nicht. Der in den Augen seiner Mutter aufblitzende Stolz auf den fleißigen Sohn war diese kleine Notlüge jedoch wert.

»Ich gehe mal kurz zum Friseur«, sagte sie. »Eine Stunde, dann bin ich wieder da. Soll ich dir was von unterwegs mitbringen? Ich fahr noch am Markt vorbei.«

Er überlegte, ob er noch mehr oder stärkere Pappe bräuchte; er hatte schließlich schon einen großen Teil des Bestands des örtlichen Bastelladens zerschossen, deren Besitzerin ihn mittlerweile äußerst freundlich und mit Namen begrüßte.

»Nein, ich glaube, ich habe alles.«

Sie nickte. »Gut. Geh aber zwischendurch mal rein, und mach dir einen Tee oder so! Du hast schon ganz rote Wangen. Nicht dass du dich noch erkältest.«

Er lächelte und versprach, gleich eine Pause zu machen. Ohne auch nur einen einzigen Fehlversuch fand er ohnehin, dass er an diesem Übungsnachmittag genug trainiert hatte. Außerdem war Marnie vor einer halben Stunde zu einer Freundin gegangen und würde ihm nicht wie sonst ein paar Minuten von ihrem Fenster aus zuschauen, was ihn gewöhnlich anspornte, noch besser zu werden. Er sah sie fast immer hinter der Scheibe grinsen, wenn ihre Blicke sich trafen, und sie sprachen sogar wieder häufiger miteinander, wenn sie das Haus verließ.

Er blickte dem Auto seiner Mutter hinterher und entdeckte auf der gegenüberliegenden Straßenseite den weinroten Volvo, den er und Fete am Vortag verscheucht hatten. Offenbar ordnete der Fahrer gerade ein paar Sachen auf seinem Beifahrersitz. Genau konnte er es nicht sehen, denn die Sonne hatte sich vor ein paar Minuten durch die ansonsten dichten Wolken gedrängt und ließ nicht nur die Schneemassen glitzern, sondern reflektierte auch auf der Scheibe der Fahrertür. Bevor Michi entschieden hatte, was er machen sollte, öffnete sich die Fahrertür, und der Mann stieg aus dem Wagen, zwei Kaffeebecher der nächstgelegenen Bäckerei in der Hand, wie Michi an dem aufgedruckten Logo erkannte. Auch seine Mutter holte sich dort ab und zu auf dem Weg zur Arbeit einen Kaffee, wenn sie vergessen hatte, sich selbst einen zweiten aufzusetzen. Sie dachte immer noch, eine Kanne zum Frühstück würde ausreichen, damit etwas für ihren Thermobecher übrig bliebe, doch seit auch Michi Kaffee trank, musste sie immer öfter auf die Bäckerei ausweichen.

Die Kaffeebecher in seinen Händen balancierend stapfte der Mann auf Michi zu. Er suchte nach Blickkontakt und war offensichtlich bemüht, einen freundlichen, aber nicht zu aufdringlichen Gesichtsausdruck aufzusetzen. Oft ging sein Blick allerdings auf die vereiste Straße und zu den aufgeschichteten Schneemassen. Vermutlich wäre er sonst irgendwann gestolpert.

Michi ließ den Fremden auf sich zukommen. Er wirkte nicht wirklich bedrohlich, also dachte Michi nicht an Flucht. Dennoch beruhigte es ihn, dass in den Fenstern der Nachbarhäuser Menschen bei ihren täglichen Verrichtungen zu erkennen waren. Er tastete in der linken Jackentasche nach seinem Haustürschlüssel und schätzte, dass er etwa sieben Sekunden bis zur Haustür bräuchte. Dann nahm er etwas Schnee und formte ihn zu einem festen Ball. Nur zur Sicherheit.

»Hallo!«

Die Stimme des Mannes klang hell, weicher, als es sein Äußeres vermuten ließ. Seine Haut wirkte zerfurcht und gelblich, obwohl sie von der Kälte eher gerötet hätte sein müssen. An den Fingerspitzen, die Michi einen der Kaffeebecher entgegenstreckten, erkannte Michi, dass sein Gegenüber selbstgedrehte Zigaretten rauchen musste, und davon nicht gerade wenig. Das Gesicht des Fremden kam Michi bekannt vor, womöglich aber nur, weil der Mann ihm und seinen Freunden ja schon seit Tagen auflauerte.

»Kaffee?«

Michi nahm den Becher und musste an Fetes Geheimagententheorie denken und daran, dass Rabe erwähnt hatte, dass Spione in Filmen ihre Opfer meist mit Schlafmitteln in Kaffeebechern außer Gefecht setzten. Deshalb beschloss er, erst einmal nichts davon zu trinken. Den Schneeball ließ er fallen. Der Mann war von Nahem weitaus schmächtiger, als er aus der Ferne in seinem dicken Wintermantel gewirkt hatte.

Der Mann atmete tief ein. »Ich habe dich lange gesucht, Michael. Das heißt, ich wusste ja, wo du warst, aber ich konnte nicht, oder … ehrlich gesagt … Ich habe mich nicht getraut, nach dir zu sehen.«

Die Worte wirkten auf Michi wie zurechtgelegt. Als sei der Mann ein Schauspieler und habe darauf gewartet, sie sagen zu dürfen. Einer dieser deutschen Schauspieler, über die Rabe immer so schimpfte. Dennoch passten die Worte zu ihrer Situation: zwei Männer, durch einen Gartenzaun getrennt, in tiefem Schnee stehend und ringsherum nur entfernte Geräusche aus der stillen Nachmittagsnachbarschaft. In allen anderen Szenerien, in denen Michi bereits auf den Mann getroffen war, wären seine Worte verpufft.

»Wer sind Sie denn?«

»Ich bin dein Papa.«

Der Mann ließ den Satz kurz in der eiskalten Luft stehen, obwohl er offensichtlich weitersprechen wollte. Sein magerer Körper schien unter Strom zu stehen.

»Aha.« Mehr brachte Michi nicht heraus.

»Du warst noch sehr klein, als deine Mutter und ich uns scheiden ließen. Ich wollte dir schreiben, die letzten Jahre zumindest. Aber ich wusste nicht, was. Ich weiß ja nicht mal, wofür du dich interessierst. Magst du Fußball?«

»Geht.«

Jetzt sah Michi den Mann genauer an, musterte ihn, versuchte, sich an Fotos zu erinnern, die er in alten Alben gesehen hatte, aber er brachte diesen dünnen Menschen in dem dicken Wollmantel nicht damit überein. Es war ihm unangenehm, als er sah, wie die Augen des Mannes sich mit Tränen füllten, aber er schob diesen Umstand schnell auf den kalten Wind und die Sonne, die dem Mann direkt ins Gesicht schien.

Der Mann nahm einen Schluck Kaffee. »Ist ganz gut. Von der Bäckerei unten an der Straße.«

Michi nickte. »Was willst du?« Das Du erschien ihm angemessen für einen Mann, der möglicherweise sein Vater war, auch wenn er ihn nicht erkannte.

»Ich wollte dich sehen. Wissen, wie es dir geht. Ich möchte dir sagen, dass ich für dich da sein kann. Ich wohne in Zürich, nicht so weit weg also.«

Was für schlechte Detektive er und seine Freunde doch waren! Erst jetzt bemerkte Michi das Schweizer Nummernschild an dem Volvo. So etwas stach zumindest Rabe sonst direkt schnell ins Auge. Es hätte auch ihm gestern auffallen müssen, als der Wagen vom Parkplatz gefahren war. Hatte ein so kleines Land wie die Schweiz überhaupt einen Geheimdienst?

»Deine Mutter und ich …«, sagte der Mann. »Wir haben uns nicht mehr so gut verstanden. Sie hat dir sicher davon erzählt. Ich habe vieles falsch gemacht. Aber das soll nicht dir zu Lasten gehen.«

Michi konnte sich nicht daran erinnern, seine Mutter je von seinem Vater sprechen gehört zu haben. Er war schlichtweg nicht da gewesen, und als Michi mit sieben oder acht nach seinem Namen gefragt hatte, hatte Angelika nur gesagt, er heiße Jürgen, aber das sei nicht wichtig.

»Sie kommt bald wieder. Sie ist nur kurz einkaufen.«

»Verstehe.« Der Mann, der vermutlich Jürgen hieß, nickte, sah wieder zu Boden, auf einen Fleck Hundeurin, auf seinen Becher. Dann kramte er in seiner Manteltasche und holte eine kleine graue Schachtel heraus. Er reichte sie Michi. »Hier. Ich wollte dir ein Geschenk machen. Irgendeins. Aber ich wusste nicht, was du gebrauchen kannst.«

Michi erkannte das Schweizer Kreuz auf dem Karton, das Zeichen für Schweizer Taschenmesser. Er hatte als kleiner Junge so ein Messer besessen, es aber bei einem Schulausflug verloren. »Vielen Dank. Das ist toll.«

»Das ist das gute. Das große.«

»Klasse. Danke.«

Michi hatte das Gefühl, sein Dank hätte etwas enthusiastischer klingen müssen. Doch statt mehr zu sagen, zog er die Nase hoch. Sie hatte angefangen zu laufen. Auch wurde ihm langsam kalt.

»Und das hier.« Der Mann holte aus seinem Mantel einen Zettel und reichte ihn Michi.

Auf dem Zettel standen eine Adresse in Zürich und eine Telefonnummer. Kein Name. Nicht einmal Jürgen, nicht einmal ein Jott. Michi steckte ihn in seine Tasche.

»Falls du mal länger sprechen möchtest, ruf mich an! Oder wenn du irgendetwas brauchst. Ich wollte nur sagen: Ich bin da.«

»Danke.« Michi nickte und sah im Augenwinkel,

194

dass der Wagen seiner Mutter sich langsam durch den Schnee den Berg heraufquälte. Der Mann ohne Namen wollte noch einen Schluck Kaffee nehmen, aber der kleine Becher war längst leer. Michi reichte ihm seinen zurück. »Hier, ich trinke eigentlich nicht so viel Kaffee.«

Der Mann wusste offensichtlich nicht, ob er sich darüber freuen oder ärgern sollte. »Oh, dann wollen wir ihn trotzdem nicht verkommen lassen. Na dann, du hast sicher viel zu tun, für die Schule und so. Du machst doch bald Abitur, oder?«

»Bald, ja.«

»Ich bin stolz auf dich. Lass von dir hören. Das würde mich freuen.«

»Klar.«

Michi überlegte kurz, ob er die Verabschiedung noch ein wenig hinauszögern sollte, warten, bis seine Mutter ausgestiegen war. Sie würde den Mann sicherlich erkennen. Aber da drehte er sich schon zum Gehen.

»Bis bald, Michael.«

»Keiner nennt mich Michael.«

»Oh, verstehe. Wie dann?«

»Michi.«

Der Mann nickte und verabschiedete sich mit einer halb erhobenen Hand, dem Gruß eines Menschen, der nicht wusste, ob die Gruppe, der er sich angeschlossen hatte, aus Freunden oder Feinden bestand. Dann stieg er wieder in den roten Volvo, und als er, vielleicht ein klein wenig zu schnell, davonfuhr, kreuzte er sich mit dem Fiat von Michis Mutter.

Es drängte Michi, schnell ins Warme zu gehen, denn

seine Zehen froren durch das lange Stehen. Doch als seine Mutter vor dem Haus parkte, ihn zu sich winkte und sagte, sie habe doch noch etwas eingekauft, wollte er ihr wenigstens die Tüten ins Haus tragen. Wie immer, wenn sie nur ein paar Besorgungen machen wollte, war sie sicherlich mit einem vollen Kofferraum heimgekehrt.

Als sie sein gerötetes Gesicht sah, schimpfte sie: »Michi, du musst doch mal reingehen! Du erkältest dich sonst noch.«

»Ich sollte dir doch tragen helfen.«

»Das ist lieb von dir, aber ich wusste ja nicht, wie erfroren du bist! Wer war denn der Schweizer, der bei dir stand?«

Michi sah auf den kleinen Karton mit dem Taschenmesser, den er auf dem Gartentisch abgelegt hatte, um seiner Mutter beim Tragen zu helfen. »Nur jemand, der sich geirrt hat.«

»Mit der Adresse?«

»Mit allem.«

24

Elke kniff ihm grinsend in die Wange, was sie nicht mehr getan hatte, seit Rabe grammatikalisch korrekt sprechen konnte. »Wir sind um elf Uhr zurück. Also, macht nichts Unanständiges, bis wir wieder da sind!«

»Klar!« Rabe verdrehte die Augen.

»Was denn? Ich weiß genau, was Jungs versuchen, wenn sie zum ersten Mal ihre Freundin zu Besuch haben. Was meinst du, was dein Vater alles versucht hat, wenn deine Großeltern kegeln waren?«

»Ich habe gar nichts versucht.« Henning sah kurz von seinem Krawattenknoten auf und dann sofort wieder in den Spiegel. Er musste sich konzentrieren, wenn er seine Krawatte richtig binden wollte, da er diese höchstens zweimal im Jahr und dann auch nur Elke zuliebe aus der Schublade holte. »Du hast mich auf die Couch geworfen, weshalb sie zusammengekracht ist. Mein Vater hat mir das bis heute nicht verziehen. Es war die gemütlichste Couch, die wir je hatten.«

»*Du* hast *mich* auf die Couch geworfen, mein Lieber!«, widersprach Elke. »Ich war eine züchtige, zarte Sechzehnjährige.«

197

»Daran erinnere ich mich ganz anders, Elke.«

»Und genau deshalb mache ich auch unsere Termine: weil du dir Sachen so schlecht merken kannst.«

Rabe riss die Hände in die Höhe: »Bitte! Ich möchte das alles nicht hören! Und nein, Mama, sie ist weder meine Freundin, noch haben wir vor, irgendwas Unanständiges zu machen. Wir treffen uns zum Filmschauen. *Starman.* Den habt ihr auch gesehen.«

»Der mit dem Alien?«, fragte Henning und löste seinen Knoten noch einmal, da seine Krawatte ihm schon wieder nur bis knapp unter die Brust reichte.

»Mag Viola so was?«, fragte Elke wie eine Filmkritikerin, der die Filmauswahl zweifelhaft erschien.

Rabe seufzte. »Keine Ahnung. Der Film ist ziemlich gut, und sie mag die Filme von Carpenter. Sie hat schon einige von ihm gesehen.«

»Von wem?«, hakte Elke nach, während sie ihre Handtasche noch einmal auf Vollständigkeit überprüfte.

»John Carpenter, Mama. Der beste Regisseur, den es gibt.«

»Ach so, na ja!«

»Wolltet ihr nicht schon längst los?« Rabe malte sich aus, wie es wäre, wenn Viola noch auf seine Eltern treffen würde: Sein Vater stünde zerstreut und mit zu kurzer Krawatte vor ihr; seine Mutter wäre aufgedreht wie eine Fliege im Marmeladenglas. Ein Wunder, dass sie in ihrer Aufregung nicht gegen die Wände der Wohnung lief. Allerdings würde bei ihrer derzeitigen Energie eher die Wohnung als sie Beulen davontragen.

»Sie ist übrigens ganz süß«, sagte Elke und wandte

sich zu ihrem Mann, um ihm die Krawatte zu binden. Sie hatte offensichtlich keine Eile.

Henning nahm Rabes Hinweis zum Glück ernster und drängte seine Frau zum Gehen. »Wir sollten jetzt wirklich langsam los. Weißt du zufällig, wo mein Portemonnaie ist?«

Sie sah ihn an. »Also ich bin längst fertig und warte nur auf dich.« Noch bevor sie auch die Frage beantworten konnte, wo sein Geldbeutel war – längst in ihrer Handtasche –, klingelte es an der Tür.

Rabe sah auf die Uhr. Eine Konfrontation zwischen Viola und seinen Eltern, die sich gerade verhielten, als seien sie aus einer französischen Boulevardkomödie entkommen, war nun nicht mehr zu vermeiden.

Seine Mutter rannte noch einmal durch das Wohnzimmer und prüfte, ob das Knabberzeug und die Getränke, die Rabe aufgebaut und sie noch einmal neu angeordnet hatte, auch wirklich ordentlich aussahen. Sie probierte einen Kartoffelchip und nickte anerkennend. »Man schmeckt, dass die teurer waren.«

Mit Mühe und Not hinderte Rabe seinen Vater daran, die Wohnungstür zu öffnen, indem er an ihm vorbeizog und den Summer selbst drückte. Kurz darauf hörte er Viola die Treppen hochkommen und nahm sie mit einem weiteren, diesmal verschwörerischen Augenverdrehen in Empfang, mit dem er auf seine Eltern deutete.

Viola aber lächelte ihr breitestes Lächeln und streckte Rabes Eltern die Hand entgegen. »Guten Abend. Ich bin Viola.«

Erstaunt sah Rabe, dass diese kleine Geste auf seine

Eltern wirkte wie ein Zauber. Beide wechselten umgehend Tonfall und Gemütszustand. Förmlich schüttelte erst Henning, dann Elke Violas Hand.

»Hab schon viel von dir gehört«, sagte Henning.

»Wir haben uns ja schon kennengelernt. Hast ja heute gar keine roten Wangen«, sagte Elke. »Na, ihr habt ja auch arg gefroren nach dem Kino.«

»Mit dem Sie fangen wir auch gar nicht erst an«, ergänzte Henning. »Ich bin Henning.«

Es beruhigte Rabe, wie wenig peinlich alles vonstattenging. Allein, als sein Vater Viola das *Du* angeboten hatte, hatte er sich doch schon ein wenig zu nah an ihr Gesicht gebeugt, was diese aber nur mit: »Gern, danke. Gutes Aftershave hast du, Henning!«, kommentiert hatte. Im nächsten Augenblick hatte Henning sich wieder aufgerichtet.

Wieder so eine magische Handlung, zu der nur Viola fähig ist, dachte Rabe.

Elke wiederum nickte zu Violas Expertise. »Ich hab dir gesagt, Schatz, es ist zu stark.«

»Verfällt eure Reservierung nicht, wenn ihr eine Stunde zu spät kommt?«, fragte Rabe, um seine Eltern hinauszukomplimentieren, bevor sie doch noch in ihre Aufregung zurückrutschen konnten.

Es war ungewohnt leise, als sich die Wohnungstür endlich hinter ihnen schloss, aber Rabe war die Stille zwischen ihm und Viola nicht unangenehm. Sie hatte nichts mit der peinlichen Stille gemein, von der in Büchern zu lesen war. Er fühlte sich wohl mit Viola, auch wenn sie stumm nebeneinander im Flur standen. Er konnte sich aber auch nicht vorstellen, sich mit ihr jemals unwohl zu fühlen.

»Schön, dass du da bist. Und die weg«, sagte er schließlich. »Gehen wir ins Wohnzimmer?«

Viola nickte und folgte ihm. Beeindruckt sah sie sich um. Rabe hatte nicht nur ihre Lieblingschips gekauft, sondern auch gesalzenes Popcorn, das es nur in einem Großmarkt für Gewerbekunden gab. Aber weil dieser auch Videotheken belieferte, war Rabe über Fete an die seltenen Packungen herangekommen. »Bei meinen bisherigen Filmabenden gab es nur diese gemischten Knabberpackungen, bei denen immer die kleinen Brezeln übrig bleiben, die keiner mag, weil sie schon komplett vertrocknet sind, wenn man die Packung aufmacht.«

»Niemand mag die kleinen Brezeln«, pflichtete er bei. »Aber probier vor allem mal das Popcorn!«

»Großartig!«, stimmte Viola zu, bekam aber durch das Salz Durst.

Sie tranken Cola, weil Viola das Bier, das Rabes Vater ungewohnt großzügig aus seinem Vorrat zur Verfügung gestellt hatte, nicht mochte. Noch bevor sie die Videokassette in den Rekorder geschoben hatten, hatten sie das Popcorn fast aufgegessen. Als Viola erwähnte, sie habe Rabes Vater schon oft in der Stadt gesehen, ihn ohne Polizeiuniform bei ihrer Begrüßung aber kaum erkannt, fragte Rabe zum ersten Mal nach ihren Eltern.

»Meine Mutter ist einfach nett, wahrscheinlich die netteste Person, die ich kenne. Und nett heißt, ich habe sie noch nie ein böses Wort sprechen hören, weder mir noch meinem Bruder gegenüber.«

»Wie ist dein Bruder? Ich glaube, ich habe ihn noch nie gesehen.«

»Kannst du auch nicht. Patrick ist acht Jahre älter als ich und wohnt schon lange nicht mehr bei uns. Er arbeitet bei einer Bank, hat schon geheiratet. Ich fürchte, demnächst werde ich Tante. Er führt ein rundum normales Leben. Und das findet er toll. Letztens hat er gesagt, er wird bald ein eigenes Haus kaufen, dann habe er alles erreicht.«

»Klingt beeindruckend.«

»Klingt furchtbar, wenn du mich fragst. Er ist noch keine dreißig und hat das Gefühl, da kommt nichts mehr. Das war es dann – arbeiten bis zur Rente, Kinder großziehen, und wenn du Glück hast, müssen die später nichts mehr vom Haus abbezahlen. Genau wie bei meinen Eltern.«

»Arbeiten die auch bei der Bank?«

»Mein Vater ist Steuerberater, meine Mutter ist bei ihm in der Buchhaltung. Kannst du dir das vorstellen? Sie haben sich auf einer Fortbildung für elektronische Buchhaltung kennengelernt, als sie beide gerade mit der Ausbildung fertig waren. Dann doch lieber beim Kickern in der Schule!« Sie zwinkerte lässig, als wäre sie die Sängerin in einem Musikvideo auf MTV und würde mit der Kamera flirten. »Mein Gott, mein Bruder ist Banker, und der Rest macht Steuerberatung! Jetzt weißt du Bescheid. Scheiße, musst du mich jetzt uncool finden!«

Rabe lachte, suchte aber trotzdem nach einer ernsthaften Antwort. »Ich weiß nicht … Ich finde es wirklich beeindruckend, wenn man sagen kann, man hat alles erreicht. Dein Bruder wusste offensichtlich schon immer, was er vom Leben will. Er hatte einen echten Plan, und den hat er schon sehr früh durchgezogen. Jetzt kann er sich auf seine Hobbys konzentrieren oder auf seine Kinder, wenn sie dann da sind.«

»Eher auf die. Er hat keine Hobbys.«

»Oh, okay. Das ist schade. Dann könnte es vielleicht doch noch langweilig werden.«

Sie sah ihn an. »Hast du einen Plan? Vom Leben?«

Rabe dachte an seine Wünsche, seinen Traum von Cannes und Hollywood. An seinen Traum, in den Filmzeitschriften und -büchern vorzukommen, die er selbst so gern las. Dann dachte er an die zerknüllten Bewerbungsunterlagen in seinem Mülleimer. Und er fragte sich, was davon er Viola erzählen konnte, ohne sich selbst lächerlich vorzukommen.

»Ja, schon«, sagte er. »Aber …«

»Was aber?«

»Ich denke, das meiste wird nicht passieren. So um die neunzig Prozent. Grob geschätzt.« Jetzt versuchte er sich an einem Zwinkern und einem Musikvideolächeln, doch es gelang ihm nicht halb so gut wie ihr. »Klingt ein bisschen traurig, wenn ich so darüber nachdenke.« Er reichte ihr die Popcornschale, auf deren Grund noch einige wenige Krümel und ein paar ungeröstete Maiskörner herumrollten.

»Finde ich gar nicht«, antwortete Viola mit ernsterer, tieferer Stimme als sonst. Ihr Klang überraschte Rabe so, dass er auf ihren Mund sah, als könnte er sich dadurch vergewissern, dass sie diese Worte wirklich gesagt hatte.

203

»Das heißt doch nur, dass du etwas mehr vom Leben erwartest als ein Haus und ein geregeltes Einkommen«, setzte sie nach. »Was daraus wird, wird man sehen.«

»Ja, aber es bedeutet auch, dass es ganz schön viele Enttäuschungen geben wird.«

»Wenn nur zehn Prozent deines Plans eintreffen, bleiben noch neunzig sehr spannende Prozent über. Weißt du, ob dich das Leben nicht auch mit großartigen Sachen überrascht?«

Rabe zuckte mit den Schultern. Obwohl er Violas Aufstellung eher im Bereich der Unwahrscheinlichkeitsrechnung verortete, ahnte er, worauf sie hinauswollte. »Also meinst du, es wäre besser, gar keine Pläne zu machen, sondern sich überraschen zu lassen?«

Sie sah zur Zimmerdecke und hob ihren Zeigefinger, um sich seine Aufmerksamkeit für ihre ultimative Lebensweisheit zu sichern.

Rabe überlegte bereits, wie er diese – noch nicht geäußerte – Lebensweisheit wegwischen konnte. Ein Blick auf die Uhr zeigte ihm an, dass es mit dem Film knapp werden würde. Vermutlich waren sie noch nicht beim Abspann, wenn seine Eltern wieder nach Hause kamen, und er wusste, wie schnell sie die Magie eines Showdowns zerstören konnten. Seine Eltern sprachen sogar während eines Filmes, den sie interessant fanden. Bei einem Film, den sie als langweilig erachteten, fühlte man sich wie in der großen Pause unter Fünftklässlern.

Viola aber ließ ihn nicht einmal einatmen, um etwas zu erwidern, sondern legte ihm den Zeigefinger an die Lippen. Als sie ihren perfekten Satz endlich gefunden hatte, hob sie ihre Fingerspitze wieder von seinem Mund, zeichnete einen Zauberstabkreis in der Luft und deklamierte: »Plane, aber sei bereit für ein Wunder!«

Rabe wollte lachen, entschied sich aber in letzter Sekunde für ein langgezogenes »Oh!«.

Viola grinste. »Ja, Herr Rabe, dies war der heutige Spruch, den Sie sich in den Kalender schreiben können! Und jetzt starten Sie endlich den Film, sonst habe ich die Chips aufgegessen, bevor die FSK-Angabe über den Bildschirm flimmert. Und ich muss während des Films irgendwas essen, sonst finde ich ihn wahrscheinlich zu aufregend.«

»Wir haben noch Gemüse im Kühlschrank.«

»Sehe ich aus, als müsste ich abnehmen?«

Während der ersten halben Stunde des Films verzichtete Viola darauf, etwas zu essen. Sie war schon nach den ersten zehn Minuten von der Geschichte des Außerirdischen gefangen, der auf der Erde notlandet und sich in den verstorbenen Mann der Hauptdarstellerin verwandelt. Nicht nur, weil diese Metamorphose tricktechnisch hervorragend umgesetzt war, rutschte Viola auf ihrem Platz auf der Couch hin und her, sondern auch weil sie schon viel zu lange auf dem eigentlich unbequemen Sofa saßen.

»Darf ich mich auf den Teppich legen?«, fragte sie, und noch bevor er antworten konnte, hatte sie sich zwei Kissen geschnappt und es sich auf dem Boden vor dem Fernseher gemütlich gemacht, die Kissen unter dem Kopf.

Rabe zögerte nicht lange, nahm sich ebenfalls ein Kissen und legte sich neben sie. Die begrenzte Größe des Teppichs machte es nötig, dass er näher an sie heranrückte. Doch sie schien es zu begrüßen, legte sie doch ihre Hand auf seine, wenn auch immer nur kurz, weil sie zwischendurch immer wieder in die Chipsschale auf ihrem Bauch griff, um sich die schönsten und größten Exemplare herauszufischen.

»Wärest du nicht doch lieber zu Flos Party gegangen?«, fragte Rabe, als er ihr irgendwann die Schale abnahm und versuchte, auch ein paar prächtige Exemplare zu erwischen.

Sie antwortete zwischen dem Knacken zweier Chips. »Du meinst, ob ich lieber auf eine angesagte Party gegangen wäre, als mir einen zwölf Jahre alten Film von einem Typen anzuschauen, der den aktuell schlechtesten Kinofilm gemacht hat?«

Rabe verzog das Gesicht. Diese Erinnerung hatte er bisher nach besten Kräften verdrängt.

Als sie bemerkte, wie peinlich ihm der Abend immer noch war, grinste sie noch breiter als zuvor. »Nein, ich finde es schön, mit dir hier zu sein. Wir haben Chips, und zwar die guten. Flo hat sicher nur die billigen gekauft. Und kleine Brezeln. Seine Party ist sicher furchtbar langweilig. Die aktuelle Musik kann ich eh nicht leiden, und ich nehme an, Flo baggert wie immer jedes Mädchen an, das nicht schnell genug weg ist. Wärest du lieber mit deinen Kumpels zusammen? Kannst du ruhig sagen.«

Rabe verneinte und meinte es auch so, zumal vermutlich nur Fete bei Flo war. Wäre er ebenfalls zur Party gegangen, hätte er sich wahrscheinlich den ganzen Abend anhören müssen, wie sehr sein Freund Dani vermisste und sich fragte, wie er sich ihr wieder annähern konnte. Und auf psychologische Betreuung von Liebeskranken hatte Rabe gerade wirklich keine Lust.

»Davon abgesehen finde ich den Film tatsächlich ziemlich gut«, schloss Viola ihre Erklärung ab. »Und jetzt Klappe und her mit den Chips!«

Rabe hatte den Film spannender, lustiger und nicht so gefühlvoll in Erinnerung. Vielleicht lag es aber auch an Violas Anwesenheit, dass ihm die Liebesgeschichte zwischen der Hauptfigur und dem *Starman* dieses Mal mehr auffiel. Gerade Szenen, die er sonst als unwichtig erachtete, berührten ihn nun, und auch Viola schien den Atem anzuhalten, wenn die lustigen oder spannenden Szenen unterbrochen wurden, um der Geschichte der Witwe Platz zu machen, die dem Besucher aus dem All zu erklären versuchte, was ihr ihr Ehemann bedeutet hatte. In der zentralen Szene des Filmes, in der Karen Allen alle Register ihrer Kunst zog und einen zarten Monolog über ihr Verständnis von Liebe hielt, ertappte sich auch Rabe dabei, dass ihm der Hals eng wurde und ihm Tränen in die Augen stiegen.

Verlegen gab er vor, die Nase wegen eines beginnenden Schnupfens hochzuziehen, und drehte sein Gesicht weg. Er hörte Viola über seine schlecht versteckte Ausflucht lachen, traute sich aber erst wieder, zu ihr zu sehen, als er sicher war, keine geröteten Augen und keinen Tropfen an der Nase mehr zu haben.

Anders als er machte sie keine Anstalten, ihre Tränen

zu verstecken, die ihr auf beiden Seiten des Gesichtes herunterliefen. Sie lächelte Rabe halb verschämt, halb belustigt über sich selbst an und fragte mit leicht brüchiger Stimme: »Noch Chips?«

Rabe fand sie schön. Ohnehin, aber in diesem Moment, in dem ihr Witz und ihre Schlagfertigkeit mit Tränen verbunden waren, war sie für ihn vollkommen.

Sie küsste ihn, als hätte auch sie die Perfektion des Moments gespürt. Sie hatte ihn schon auf die Wange geküsst, nun aber küsste sie ihn zum ersten Mal auf den Mund. Er schmeckte Paprika und Salz und leckte sich deswegen die Lippen, und sie tat es ihm gleich.

»Stell dir vor, du hättest Zwiebelchips gekauft!«

Sie lachten und sahen wieder zum Fernseher. Und Viola legte den Kopf auf seine Schulter.

Als der Abspann lief, sagte sie nur: »Schön.«

Und dieses einfache Wort passte – auf den Film, auf den Abend, auf das Gefühl, das sich in Rabes Körper breitgemacht hatte.

Er richtete die Fernbedienung zum Fernseher und schaltete das Flimmern des Abspanns ab. Kurz darauf hörten sie, wie der VHS-Rekorder das Ende des Bandes erreichte und klackend zum Rückspulen ansetzte. Normalerweise weckte das immer schriller werdende Pfeifen der beschleunigenden Mechanik in Rabe die Furcht, das Band könnte reißen. Dieses Mal nahm er gerade einmal wahr, dass der Rekorder am Ende des Rückspulvorgangs leise klackte. Denn Viola hatte ihn auf sich gezogen und hielt sein Gesicht in ihren Händen.

Dieses Mal küssten sie sich heftiger. Der Geschmack

der Kartoffelchips ließ nach, und umso mehr sie einander schmeckten, umso mehr vergaß Rabe, auf die Tür zu achten, durch die seine Eltern jederzeit kommen konnten. Er hörte nur noch Violas Atem und ihr aus leisen Einzeltönen bestehendes Lachen über seine Ungeduld, sie noch inniger zu küssen, mit noch weniger Pausen, auch wenn ihm dabei die Luft wegblieb. Erst als sie ihre Hände unter seinen Pullover steckte und über seinen nackten Rücken gleiten ließ, sah er kurz von ihr weg und ließ seinen Blick durch das Zimmer schweifen. Die Elektrogeräte waren alle auf Standby gesprungen, die Wohnung war abgesehen von der Tischlampe mit dem großen grünen Schirm neben dem Panoramafenster völlig dunkel.

Einen Moment lang fragte sich Rabe, ob wohl einer der Nachbarn gegenüber im Schwarz seines Zimmers stünde, zu ihnen hereinsah und ihn und Viola auf dem Teppich entdeckte. Auch sah er sich selbst im Fenster gespiegelt, seinen Körper auf ihrem. Um sie herum nur Schwarz.

Viola folgte seinem Blick und hob den Kopf. Als sie sich mit Rabe in der dunklen Scheibe, Kopf über Kopf und umrahmt vom Dunkel der Nacht sah, sagte sie: »Sieht ein bisschen aus, als wären wir im All. Auf einem fliegenden Teppich.«

Rabe sah auf seine Armbanduhr. Er hatte damit gerechnet, dass seine Eltern kurz vor dem Abspann zurückkehren würden, aber das musste inzwischen mehr als eine halbe Stunde her sein, da der Videorekorder sich selbst abgestellt hatte. Dass die Uhr schon nach zwölf zeigte, erschreckte Rabe erst, dann ließ es ihn kurzzeitig glauben, seine Uhr wäre am Mittag stehengeblieben. Das allerdings konnte er ausschließen, hatte er noch am Nachmittag viertelstündlich auf die Uhr gesehen, um zu sehen, wann Viola endlich klingeln und seine Eltern endlich gehen würden. »Wann, hattest du deinen Eltern gesagt, würdest du zu Hause sein?«, fragte er vorsichtig.

Viola drehte sein Handgelenk so, dass sie auf seine Uhr sehen konnte, und stieß ein »Oh!« aus. »Vielleicht sollte ich mal zu Hause anrufen.«

»Meinst du, deine Eltern sind noch wach?«

»Zumindest meine Mutter. Die kann nicht schlafen, wenn sie nicht weiß, dass ich wieder zu Hause bin. Außerdem kennt sie dich noch nicht und weiß nicht, wie gefährlich du bist. Gerade Filmleuten ist ja nicht zu trauen.«

»Ich bin gefährlich?«, versuchte er möglichst lässig und geschmeichelt einzuwerfen, was sie aber überging, indem sie nach dem Telefon fragte.

Er wies auf den kleinen Tisch im Flur. »Meine Eltern sind längst überfällig und kommen sicher gleich. Die fahren dich bestimmt nach Hause.«

»Ach, es sind doch nur zwanzig Minuten. Kein Problem«, antwortete Viola und tippte schon die Nummer ihrer Eltern. Noch bevor sie das grüne Hörersymbol drücken konnte, hörten sie einen Schlüssel im Schloss der Wohnungstür.

»Da sind sie«, sagte Rabe in der Hoffnung, nicht mitanhören zu müssen, wie Violas Eltern ihre Tochter am Telefon maßregelten oder gar echte Sorge über ihren

Verbleib äußerten. In gespielt lockerem Tonfall fuhr er seine Mutter an, als sie kaum noch durch die Tür getreten war: »Na, wen haben wir denn da? Wir haben uns schon Sorgen gemacht. Wir wollten gerade die Polizei anrufen. Elf Uhr war ausgemacht.«

Er wollte seiner Besorgte-Eltern-Parodie noch ein Lachen folgen lassen, aber als er das ernste Gesicht seiner Mutter sah – ernster, als er es selbst in Zusammenhang mit Onkel Johnny je gesehen hatte –, wusste er, dass dies in diesem Moment unangebracht gewesen wäre.

Auch war Elke offenbar allein zurückgekehrt, denn sie schloss die Tür direkt hinter sich. »Wusstest du, dass heute eine Party bei Florian Kaiser war?«

Rabe nickte. »Fete und Michi haben überlegt, dort hinzugehen. Viola und ich waren auch eingeladen.«

»Was ist denn damit?«, fragte Viola und legte den Hörer wieder auf die Station.

»Wir waren gerade mit dem Essen fertig, als dein Vater zum Haus der Kaisers gerufen wurde. Es ist etwas Schreckliches passiert.«

25

Ungefähr zu dem Zeitpunkt, als Rabe und Viola am Anfang von *Starman* der Landung des Raumschiffes zusahen und ihr Lager von der Couch auf den Teppich verlegten, kam Fete auf Flos Party an. Es war schon später, als er es geplant hatte, aber wie an jedem Samstag war in der Videothek viel los gewesen, und dann war zum Schluss von Fetes Schicht auch noch ein *Mann ohne Gedächtnis* aufgetaucht. So bezeichnete Fetes Chef Kunden, die nach Wochen mehrere ausgeliehene Kassetten zurückbrachten, meist mit der Begründung, sie hätten vollkommen vergessen, die Bänder irgendwann einmal ausgeliehen zu haben. Interessanterweise pflegten diese Gedächtnislosen auch die wöchentlich zugesandten Erinnerungsschreiben zu vergessen und, wenig überraschend, die Tatsache, dass sie die Bänder vor der nun doch zu erfolgenden Abgabe zurückspulen mussten. Mehr als eine halbe Stunde über sein Schichtende hinaus hatte Fete mit dem säumigen Kunden herumdiskutiert. Dieser war sich seiner Pflicht, die Wochen des Leihens bezahlen zu müssen, zwar bewusst gewesen. Die Mark extra für das vergessene Zurückspulen hatte er aber nicht noch drauflegen wollen.

»Das wären dann ja noch acht Mark! Für nichts!«, hatte er protestiert.

»Nicht für nichts, sondern dafür, dass ich jetzt acht Mal die Kassetten wechseln und selbst zurückspulen darf, obwohl ich längst Feierabend habe«, hatte Fete erwidert. Weil es ihm verboten war, sich auf fünf Mark runterhandeln zu lassen, und er auch keine Lust hatte, Geld für die Dummheit von jemand anderem auszulegen, hatte die Diskussion eine Weile gedauert. Erst als Fete gedroht hatte, zunächst seinen Chef und dann die Polizei anzurufen, hatte er die volle Summe ausgezahlt bekommen.

»Wegen drei Mark!«, hatte der offensichtlich verlorene Kunde gewettert und die Eingangstür wütend zugeknallt.

»Acht«, hatte Fete nur gebrummt, während er die schon verloren geglaubten Titel ins System tippte. Danach hatte er die Kassetten zurückgespult und sich endlich auf den Weg gemacht.

Das Haus von Flos Eltern glich einer Trutzburg. Ein hoher Wall aus weißen Steinen umgrenzte das Grundstück, und die mit Videokameraauge ausgestattete schwere Metalltür – für die vermutlich einmal das Wort »einbruchssicher« erfunden worden war – schützte die Villa vor Blicken und Gästen, Postwurfverteilern und den Zeugen Jehovas.

Gespannt drückte Fete das Klingelschild, auf dem kein Name, sondern nur die Initialen »J. K.« zu lesen waren. Es dauerte ein wenig, bis der Summer ihm den Zugang zu einer anderen Welt gewährte.

Das hinter dem Wall liegende weiß getünchte Haus

mit seinen edlen Sprossenfenstern und dem bei Tageslicht blau strahlenden Dach war hell erleuchtet. Trotz der frostigen Temperaturen standen überall Raucher herum, auch auf der großen Terrasse, die mit einem esstischgroßen Grill und einem tennisplatzgroßen Tisch ausgestattet war. Davor lag ein großer Pool, der der Jahreszeit entsprechend mit einer Plane abgedeckt war. Auch er war deutlich größer als das Wasserbassin, das Fete und Michi einmal in einem Baumarkt geholt und nur einen Sommer lang befüllt hatten; schon im darauffolgenden Winter war der Kunststoff hart und brüchig geworden, und beim nächsten Füllversuch war das Becken auseinandergebröckelt.

Wäre Sommer gewesen und nicht der ganze Außenbereich in Winterschlaf gefallen, hätte Fete sich in einen Hollywoodfilm versetzt gefühlt, in dem Medienmogule und Mafiabosse bei ein, zwei Runden im Schwimmbad ihre nächsten Coups planten. Ein wenig wirkte alles auch wie in dem Roman, den sie im Englisch-Leistungskurs lasen: *Der große Gatsby*.

Im Haus war kaum etwas von der Einrichtung zu sehen, so voll mit Leuten war das große Wohnzimmer, das er durch zwei gläserne Flügeltüren von draußen betreten hatte. Er fragte den erstbesten Gast, ob man die Schuhe ausziehen müsse, so eingeschüchtert war er von der Größe und dem offensichtlichen Wert der Immobilie. Aber der Angesprochene lachte nur und zeigte auf die Schnee- und Matschspuren auf dem vormals hellbeigen Teppich. Fete schätzte, dass das Haus von Flos Familie sicherlich doppelt so groß war wie das seiner Eltern, und schon das war ihm früher immer riesig vorgekommen;

schließlich hatten er und seine Schwester Marnie darin sogar Verstecken spielen können, und die Suche hatte bisweilen zehn Minuten gedauert.

Fete ließ seinen Blick durch die laute, durcheinandersprechende und tanzende Menge wandern, fand aber kein Gesicht, zu dem ihm irgendetwas eingefallen wäre. Keiner der Anwesenden schien von seiner Schule zu sein, fast alle – Männer wie Frauen – wirkten älter. Es mussten Studenten sein, auch höhere Semester, was er nicht nur an ihren Gesichtern, sondern auch an ihrer Kleidung ausmachte. Keiner seiner Mitschüler wäre freiwillig in Jackett und Hemd, geschweige denn im Anzug erschienen. Die Frauen trugen Röcke mit Blusen, teilweise Blazer. Fete hatte es schon immer passend gefunden, dass Bekleidung dieser Art als »Kostüm« bezeichnet wurde, denn er fand, dass gerade Frauen damit aussahen, als hätten sie sich für ihre Jobs kostümiert. Kurz überlegte er, ob es eine Mottoparty war, bei der jeder so kommen sollte, als hätte er sich als Flos Eltern verkleidet. Oder als wären sie zumindest ebenso reich. Fete fiel nicht mehr ein, womit Flos Eltern dieses Geld gemacht hatten, nur dass Flo immer davon erzählte, dass sein Vater den Nachtflug nach Hongkong oder Singapur nehmen müsse. Von Flos Mutter wusste er nur, dass sie im edelsten Reitverein der Region Charitygalas veranstaltete.

Jemand stupste ihn in die Seite. Fete sah auf und erkannte Frieder – das erste bekannte Gesicht des Abends. Er war früher in seiner Parallelklasse gewesen und inzwischen – nach Fetes Ehrenrunde und Frieders Freistellung vom Bund wegen Untauglichkeit – Fachhoch-

215

schulstudent mit angeblich herausragenden Noten. Das zumindest hatte Fete gehört; wirklich interessiert hatte er sich für Frieder schon in den elf mehr oder weniger gemeinsamen Schuljahren nicht.

»Ey, Fete! So heißt du doch, oder?« Frieder lallte schon ein wenig und zog mit schwerer Zunge die Wörter zusammen, sodass seine Frage eher als »Heissduoch, er?« bei Fete ankam. Immerhin reichte er Fete eine Bierflasche als Begrüßung. »Hier, nimm! Kost' nix.« Frieder lachte laut, obwohl er nicht wirklich einen Witz damit gemacht hatte.

»Wer sind die alle?«, fragte Fete seinen ehemaligen Mitschüler, der zwar Einser-Abiturient war, dessen schräg gehaltener Kopf und vorgestülpte, vom Alkohol feucht glänzende Lippen allerdings gerade nicht auf einen Überflieger schließen ließen.

»Coole Leute, coole … ganz viele. Hab schon mit vielen gesprochen. Die meisten sind wohl mit Autos von der Tübinger Uni hergefahren. Jeder mit 'nem eigenen. Ein paar pennen aber hier, weil sie saufen wollen. Musste dir mal vorstellen! So viele Schlafzimmer haben die hier!«

Letzteres hielt Fete eher für unwahrscheinlich. Vermutlich hatten sich die meisten in einem Hotel eingemietet oder erwarteten, ohnehin nicht zu schlafen, sondern die Nacht durchzumachen. Er stellte sich vor, wie einige von ihnen nach der Party in Gruppen und volltrunken durch die unbekannte, verschneite Stadt laufen würden, auf der vergeblichen Suche nach ihrer Unterkunft. Rabe hätte daraus sicher ein wunderbares Drehbuch zu einem Zombiefilm gemacht.

Frieder beugte sich vertraulich zu ihm. »Die … Die meisten gehören zu 'ner ganz geheimen Studentenverbindung, so Alpha-Gamma-Typen, du weißt schon. Die haben alle Eltern in der Politik und Wirtschaft. Und das sind deren Kinder, denen sie nach dem Studium dann die Jobs weitergeben. So läuft's, Fete. So läuft's.«

Fete nickte. Er wollte sich so schnell wie möglich andere Gesellschaft suchen, doch jedes Mal, wenn er seinen Blick von Frieder abwandte, zog dieser ihn am Arm zurück in die Konversation.

»Einer … Einer hat mir erzählt, die haben in der Uni einen eigenen Konferenzraum. Weißt du, so ein Ding, wie so ein Mittelaltersaal, mit alten Ledersesseln. Im Dachstuhl! Da kommen immer heimlich die Bosse von Mercedes und Porsche und Dornier und Bosch und …«

»… und so weiter«, warf Fete ein, denn Frieder schien ihm alle bekannten börsennotierten Unternehmen aufzählen zu wollen.

»Genau! Und die treffen sich da mit den Alpha-Epsilons und bieten ihnen Jobs in der Chefetage an. So läuft's, Fete! So läuft's! Und wir, mit unseren normalen Eltern, wir schaffen das nicht, weil die Jobs schon vorher verteilt sind, verstehst du? Du kannst so gut sein, wie du willst. Cosa Nostra ist das. Echt, Mann!«

»Ist denn noch jemand von unserer Schule da?«, fragte Fete, und Frieder streckte seine Bierflasche in Richtung eines Raumes, der wohl normalerweise als Esszimmer genutzt wurde, nun aber einen DJ mit großem Mischpult und Plattentellern sowie eine Tanzfläche beherbergte.

»Nina. Nina ist da. Hammer! Echt! Die ist da drüben und erfindet gerade den Sex ganz neu.«

In der dumpf vor sich hin wabernden Musik, die nur aus Bässen zu bestehen schien, tanzte Nina mit geschlossenen Augen und einem Plastikbecher in der Hand, der eine rote Flüssigkeit enthielt, die Fete schon durch ihre künstliche Farbe abschreckte. Aber er verstand sofort, was Frieder wohl gemeint hatte: Ninas Bewegungen, durch das sanfte Wiegen im Takt des Wummerns noch anmutiger als sonst, ließen seinen Blick zu dem gleichen Starren werden, das er in den Gesichtern der Studenten sah, die sie umstanden und der Musik mit einem Kopfnicken folgten. Wie er erwartet hatte, hatte Nina sich auch für diese Party ein neues Kleid gekauft. Schwarz war es, und es legte ihren Rücken fast bis zur Hüfte frei; es zeigte Ninas Muskeln, und ihr Rückgrat wirkte bei jeder Bewegung, als könnte sie die Umstehenden mit ihrem Körper hypnotisieren.

Die Männer um sie herum, in zugeknöpften Hemden und Polo-Shirts, bewegten ihre Augen und ihre Begierden im Takt des freigelegten Rückens. Weniger zurückhaltende Beobachter folgten ihren Drehungen, um Nina von vorn zu sehen. Ihr Dekolleté, sonst unter Pullover oder T-Shirt versteckt, präsentierte fast zu viel, und Fete fragte sich, ob das Kleid wirklich so perfekt saß oder ob sie den Rand des Stoffes an ihren Brüsten festgeklebt hatte. Noch vor einem Jahr hätte auch ihn ihr Anblick erregt, und er wäre auf sie zugegangen, um das Gespräch mit ihr zu suchen, nur um ihren Anblick von Nahem zu genießen und vielleicht noch ihren dazugehörigen Geruch wahrzunehmen. Jetzt aber fühlte sich Fete von der Traube von Männern um sie herum abgestoßen. All diese Männer schienen denselben Wunsch zu verspüren – den Wunsch, sie würde auch noch die edle Hülle aus schwarzem Stoff fallen lassen –, und ihre offenen, blöd dreinschauenden Münder, ihre Faszination, die mehr und mehr zu lächerlicher Gier wurde, ekelten Fete. Er dachte an Dani, die vermutlich nicht nur für die Männer, sondern auch für Nina eine treffende Bemerkung parat hätte.

Nina aber ließ sich von den Blicken weder stören noch sonderlich beeindrucken. Sie drehte ihre Runden, ganz in den tiefen Tönen schwimmend, die Fete selbst im Nebenraum in der Magengrube spürte.

Auf der Suche nach einem weiteren Bier ging Fete in die Küche. Sie war voll von Menschen, die Schränke und Schalen nach etwas Essbarem und Getränken absuchten, als wäre die Kücheninsel, die locker sechs Personen Platz geboten hätte, nicht ohnehin schon voll mit Häppchen, Knabbereien und Alkohol in so gut wie jeder Form gewesen. Von Bierflaschen, deren Bestand gerade von einem eifrigen Brillenträger nachgefüllt wurde, bis zu den teuersten Whiskeys, die aber nur ein paar Kenner anrührten, war alles vorhanden. Auch entdeckte Fete auf der Insel eine gewaltige Schale mit jenem blutroten Getränk, einer Art Bowle, die ihm in dieser Menge noch unheimlicher vorkam als in Ninas Plastikbecher. Auf die Frage, was das rote Getränk genau sei, antwortete der Bebrillte nur: »Geiles Zeug.«

Fete beugte sich über die Schale. Dem Geruch nach

mussten Erdbeeren oder deren chemische Verwandte der Grund der roten Farbe sein; der Rest war aus Vermouth und Wodka gepanscht, wie der redselige Student verraten hatte, dessen Brille bei näherem Betrachten einen schmierigen Film aufwies. Vielleicht vom kleben gebliebenen Nikotin, vielleicht, weil der Typ zu oft seine Brille zurechtrückte und dabei die Gläser mit dem Finger berührte, anstatt sie am Bügel zu fassen. Er schien so etwas wie der Mundschenk der Party zu sein. Denn er goss Fete gleich einen Becher des roten Gesöffs ein und streckte ihm diesen entgegen:

»Probier! Das reine Frauenglück! Schmeckt nur nach Erdbeere. Die Ladys merken gar nicht, wie sie stralle werden.«

Fete lehnte freundlich ab, woraufhin Brille den gesamten Becher, ohne abzusetzen, in sich selbst hineinkippte und mit einem »Geeeiiilll« als Schlachtruf in eine so dreckige Mischung aus Lachen und Rülpsen verfiel, als wollte er damit die ganze Küche verrußen.

Fete versorgte sich mit zwei Flaschen Bier und kehrte ins Wohnzimmer zurück. Er setzte sich neben eine Studentin in Bleistiftrock und Cashmere-Rollkragenpullover, die sich ihm als Kathrin vorstellte und an einem Becher des roten Zeugs nippte. Sie war hübsch, etwa Mitte zwanzig, und hatte glatte blonde Haare. Sie schien wenig oder gar nicht geschminkt zu sein, trotzdem hatte sie die gleichmäßigste Haut, die Fete je gesehen hatte. Kein Pickel, kein Leberfleck, nicht einmal ein Grübchen war in ihrem Gesicht zu finden.

»Eigentlich bin ich aus München«, sagte sie, »aber ich

fange im Januar einen Job in Zürich an. Zürich, kannst du dir das vorstellen?«

»Nein.«

»Aber du warst mal in München, oder?«

»Einmal, ja.«

Sie nahm noch einen Schluck und verzog die Miene. Wegen des Geschmacks? Wegen ihrer Erzählung? »Also, München gegen Zürich zu tauschen ist so, als ob du von einem Loft in den Keller umziehen musst. Verstehst du?«

Fete verstand es, fand es aber nicht allzu schlimm. Sein Zimmer lag im Souterrain, und soweit er wusste, ging es Dani genauso. Er fragte sich viel mehr, ob wohl alle Einwohner von München so ebene Gesichtszüge wie diese Frau hatten. München, eine Stadt ohne Hautunreinheiten …

»Ich fange bei derselben Kanzlei an, in der mein Freund arbeitet. Er besteht darauf. Als gäbe es keine Kanzleien in München!«

»Vermutlich verdient man dafür in der Schweiz nicht so schlecht«, schwächte Fete ihre Empörung ab und führte damit die von ihm eigentlich ohne großes Interesse begonnene Konversation fort.

»Achtzigtausend als Einstiegsgehalt. Immerhin genug, um schnell wieder von dort zu verschwinden und sich eine eigene Beraterfirma aufzubauen. Das ist mein Traum, verstehst du? Eine eigene Unternehmensberatung. Was ist deiner?«

Fete konnte sich nicht daran erinnern, je von einer Unternehmensberatung geträumt zu haben. Selbst bei vollem Bewusstsein erschien ihm nichts weniger erstrebenswert. Allerdings verschluckte er sich fast an seinem letzten Rest Bier, als er sich die Höhe des Einstiegsgehalts vor Augen führte. »Achtzigtausend?«

»Netto natürlich.«

»Natürlich.«

Fete überlegte kurz, da er brutto und netto immer durcheinanderbrachte und wieder einmal nicht wusste, welcher von beiden Begriffen der erfreulichere war. Beides war in seinem Leben bislang nicht vorgekommen. In der Videothek bekam er nach jeder Schicht vom Besitzer fünfzig Mark in die Hand gedrückt. Ob das brutto oder netto war, hatte er nie gefragt, und sein Chef hätte diese Frage wohl auch nicht gern beantwortet.

Kathrin sah ihn mit einem insistierenden Blick an. Sie war es offenbar nicht gewohnt, auf ihre Fragen Gegenfragen zu erhalten, und erwartete eine Antwort.

Fete blies die Backen auf und tat, als würde er über seinen Lebenstraum sinnieren. Er beugte sich vor, um die zweite Bierflasche aufzunehmen, die er neben das Sofa gestellt hatte. Er öffnete sie mit seinem Feuerzeug und behauptete: »Ich glaube, ich träume von einem weiteren Bier. Oh, so ein Glück! Hier ist schon eins.«

»Bewundernswert«, sagte sie und verdrehte die Augen. »Ihr Männer gebt euch echt schnell zufrieden.«

»Damit hast du sicherlich recht«, sagte Fete und ergänzte, er könne sich noch den ein oder anderen Traum vorstellen, wenn er achtzigtausend Mark im Jahr habe. »Vielleicht würde ich mir ein Segelboot kaufen. Dann könnte ich den ganzen Sommer auf dem See pennen. Tagsüber geht's an Land, in einem Restaurant essen, und

222

dann wieder raus aufs Wasser, wo mich niemand nervt. Aber ich vermute, deine Eltern haben so was schon.«

»Was?«

»Na, ein Segelboot.«

»Sie haben eine Yacht. Aber das interessiert mich nicht so.«

Fete fuchtelte mit seiner freien Hand in der Luft, als könnte er dort nach anderen Argumenten greifen, um Kathrin zu erklären, was man mit einem so hohen Gehalt alles anstellen könnte. Schließlich gab er es auf. »Na, dann weiß ich es auch nicht. Mit so viel Geld kannst du so krasse Sachen machen. Du könntest dir einen Porsche kaufen. Oder richtig Urlaub machen. Wo immer du willst. Vier Wochen in der Karibik. Das ist doch ein Hammer!«

Kathrins Gesicht bewegte sich kaum. Nur ihr bohrender Blick verriet, dass sie Fetes Überlegungen wahrgenommen hatte. Mit der Sachlichkeit einer Juristin erwiderte sie: »Die Karibik ist furchtbar. Komplett überlaufen. Überall Touristen in Sandalen und Kreuzfahrtplebs. Außerdem sind deine Sachen wegen des schrecklichen Klimas immer feucht. Wenn du schon in die Hitze willst, gebe ich dir einen Tipp: Malediven. Das ist noch was! Da findest du noch Bungalow-Ressorts, wo du deine Ruhe hast. Mit Privatstrand und funktionierenden Klimaanlagen. Da solltest du mal hin! Das ist der beste Ort gerade. Ich schwöre dir: In zehn Jahren verkaufen die auch Pauschalreisen dorthin.«

Fete wusste zwar nicht aus dem Stegreif, wo genau die Malediven lagen, aber er war sich sicher, dass er ohnehin nie genug Geld haben würde, um in die eine oder andere Richtung zu fliegen, zumindest nicht dorthin, wo die Privatstrände lägen.

»Lass mich raten: Den Porsche hast du schon zum achtzehnten Geburtstag bekommen?« Fete versuchte, seine Bemerkung in einen möglichst launigen Tonfall zu packen, aber Kathrin hätte sie wohl ohnehin nicht als Angriff aufgenommen. Nichts konnte sie angreifen, so schien es.

»Nein.«

Das beruhigte Fete, doch sie fuhr fort:

»Ich wollte lieber eine C-Klasse.«

Fete hätte beinahe laut losgelacht, nahm stattdessen aber einen großen Schluck Bier und nickte anerkennend. »Klar. C-Klasse. Ist auch viel besser. Verbrauch und so. Hab ich gehört.«

Kathrins Gesicht verlor ein wenig an Härte. »Ich habe schon lange nicht mehr so ausführlich und gut mit jemandem gesprochen«, sagte sie. »Mit jemandem, der mich versteht. Weißt du, ich habe Angst, das gleiche Leben wie meine Eltern führen zu müssen. Ich will etwas Eigenes. Etwas erreichen.«

Fete konnte sich vorstellen, wie schwierig das war, wenn man ohnehin alles geschenkt bekam, und nickte.

»Ich will nur endlich mal wieder was Krasses erleben, weißt du? Irgendwas. Nächste Woche zum Beispiel, da fahre ich auf dem Nürburgring mit Darren Dixon. Weißt du, wer das ist?«

Fete schüttelte den Kopf.

»Darren ist der amtierende Motorradweltmeister.

Und mit dem fahre ich nächste Woche. Im Beiwagen, natürlich, alles andere wäre zu gefährlich, klar?«

Fete vermutete, die Gefahr hätte sie vermutlich mehr gereizt. Fast schien es ihm, als hätte er die Überlebende eines Flugzeugabsturzes neben sich, die sich nun danach sehnte, wenigstens ein Mal in ihrem Leben noch so etwas Intensives wie Todesangst fühlen zu dürfen.

»Darren fährt für LCR, und die Kanzlei, für die mein Freund arbeitet, vertritt LCR. Nicht dass du denkst, ich wäre mit lauter Promis befreundet.«

Fete, der sich so gut wie gar nicht für Sport interessierte, empfand einen Motorradweltmeister nicht als Prominenten, aber offenbar ging es anderen da anders. »Und du fährst mit ihm ein paar Runden auf dem Nürburgring. Das klingt doch aufregend«, sagte er, um etwas zu sagen.

»Ja? Meinst du wirklich?« Ihre Stimme klang plötzlich brüchig, ihre Augen schienen glasiger, als ob sie gerade erst lernten zu weinen. »Ich möchte nur etwas *erleben*, verstehst du? Etwas, was hier reinfährt …« Sie griff mit ihrer Hand in seinen Bauch, wo sich ihre Finger leicht verkrampften. »Ich möchte *hier* was spüren. Kannst du das verstehen?«

Ihr Blick wurde noch intensiver, und ihr makelloses Gesicht kam dem seinen näher. Fete konnte einen leichten Pudergeruch ausmachen. Also war sie doch geschminkt, wenn auch so subtil und perfekt, wie er es noch nie gesehen hatte. Er wusste nicht, ob ihre letzte Bemerkung eine Anmache oder ein Ausdruck ihrer Verzweiflung gewesen war. Vielleicht etwas von beidem.

Er sah sich um, suchte nach Hilfe für dieses Gespräch oder vielleicht auch nur einem Ausweg und sah Dani durch die gläserne Doppeltür treten. Auch die anderen bemerkten sie sofort und richteten ihren Blick auf sie, wohl weil sie in ihrem Kapuzenpulli und ihrem Parka nicht in die versammelte Gesellschaft passte. Fete aber hätte sie auch erkannt, wenn jede Person im Raum den gleichen Anorak wie sie getragen hätte.

»Ich muss mal kurz jemanden begrüßen. Aber vielen Dank für das nette Gespräch.«

Kathrin fragte, ob er wiederkäme, und er log: »Sicher.« Und weil ihr Mund sich kurzzeitig zu einem Lächeln verzog, ergänzte er: »Aber wenn ich es doch nicht schaffe, dann gib meinen Platz ruhig frei. Das ist okay für mich.«

Sie verstand und nickte. »Verstehe. Wenn das okay für dich ist?«

»Klar. Und Grüße an diesen Dixon!«

Dani lächelte, als sie Fete auf sich zukommen sah. »Hab ich dich!«, schmetterte sie über die immer noch gleichförmig dahinwabernde Musik.

Fete war verlegen und wusste nicht, wie er sie begrüßen sollte. Er hatte sich eine Woche lang nicht bei ihr gemeldet. Ihr Lächeln verriet zwar, dass sie nicht besonders böse auf ihn war – oder, falls das Grinsen nur die Vorbereitung zu einem bösartigen Racheakt darstellte, dass sie es eben doch war.

»Krieg ich keinen Kuss?«

Fete beugte sich zaghaft zu ihr hinunter und küsste sie auf den Mund. Er war unsicher und auf der Hut vor etwas, was er verdient hatte, auch wenn er nicht erahnen konnte, was genau es wäre. Doch statt ihm ein Messer oder wenigstens die Faust in den Körper zu rammen, griff sie mit ihrer Rechten seinen Kopf und zog ihn fest an sich. Sie küsste ihn heftiger, leidenschaftlich, und Fete hörte, dass die Umstehenden Bemerkungen machten. Einer applaudierte wohl sogar, doch Fete wollte den Kuss nicht unterbrechen, um sich umzusehen, nicht einmal die Augen öffnen wollte er. Er wollte nur bei Dani sein und ihren Kuss fühlen. Als sie ihn wieder losließ, atmete er erleichtert auf. »Was machst du hier?«

»Ich habe deine Schwester angerufen. Die wusste, dass du hier bist. Warum hast du mich nicht angerufen?« Es klang nicht wie ein Vorwurf, obwohl sie jedes Recht dazu gehabt hätte, ihm Vorwürfe zu machen.

»Ich ... Ich hatte Angst.«

»Hast du eine andere?« Jetzt war ihr Tonfall schärfer, aber Dani wirkte dennoch weiterhin gelassen. Fast so, als bilde die auf Coolness getrimmte Musik den Soundtrack zu ihrem Auftritt.

»Nein, auf keinen Fall!«, widersprach er.

Sie winkte ab, als wollte sie bedeuten, wie unwichtig alles Vergangene wäre. »Hauptsache, du bist ehrlich! Ich hab keine Lust auf Spielchen. Das kenne ich zur Genüge.«

»Dani!« Er sah zu Boden. »Ich habe mich geschämt. Ich dachte, du würdest mich vielleicht nicht mehr sehen wollen. Nach der Nacht in der Schule, wo ich ...«

»Du redest ein Blech! Vergiss das! Wir üben das einfach. Das mit dem Schlüssel. Und das andere auch.« Sie

227

lachte, und hätte Fete es nicht besser gewusst, hätte er gedacht, sie lache ihn aus. Aber sie hatte nichts Bösartiges im Blick. Ihre Augen strahlten und zeigten nichts als Freude darüber, ihn auf dieser Party gefunden zu haben.

Er strahlte zurück, atmete tief und erleichtert aus. »Bitte entschuldige, Dani! Ich weiß nicht, warum ich so blöd war. Kann ich es irgendwie wiedergutmachen?«

Sie sah sich im Raum um. »Klar, falls es auf dieser Bonzenfeier auch was Richtiges zu trinken gibt.«

»Wie wäre es mit einem Bier?«

»Nur eins?« Sie lachte. »Wir sollten die reichen Kinder schröpfen, wo es nur geht. Ich hab das Auto draußen. Lass uns ein paar Kästen in den Kofferraum packen!«

Er lachte, stutzte dann aber. »Auto? Du bist sechzehn.«

»Okay, ist nicht meins. Ich hab's geklaut.«

»Was?«

»Mann, du musst echt noch lernen, was ich ernst meine und was nicht. Aber das kriegen wir schon noch hin. Also: Ich bin dir nicht böse, weil du dich eine Woche lang nicht gemeldet hast, und auch nicht, weil du nicht der Macho-Typ bist, von dem alle geschwafelt haben. Aber wenn ich auf dieser Kackparty mit all den Bankertypen nicht sofort ein Bier kriege, reiß ich dir beim nächsten Sex die Eier ab und verkaufe sie an meinen Biolehrer. Der hat 'nen Sezier-Fetisch.«

Fete nahm ihre Hand und führte sie durch die Menge in Richtung Küche. »Woher wusstest du, dass die Party Kacke ist?«

»Weil zwei Drittel der Typen hier Hemden tragen.

Das sieht aus wie 'ne Lehrerfortbildung bei uns an der Schule. Mein Vater baut da immer das Büfett auf und pisst ihnen in die Mittagssuppe.«

»Im Ernst?«

»Nein, Fete! Mein Vater ist viel zu anständig dafür. *Ich* mach das.« Diesmal lachte sie ihn und seine ständige Angst, etwas falsch zu machen, aus.

»Ich dachte ja, dein Vater hält mich für einen riesigen Trottel, wegen des Schlüssels und so.«

»Tut er auch.«

»War das wieder ein Witz?«

»Nein.« Sie nahm einige Flaschen Bier aus der Kühlung und drückte Fete drei davon in die Hand. »Diesmal stimmt's. Aber du bist trotzdem besser als meine bisherigen Freunde, hat er gesagt. Außerdem ist das mit dem Schloss halb so schlimm. Mein Vater hat dem Direktor erzählt, er habe das Schloss ausgewechselt, weil jemand versucht habe einzubrechen. Und weil die Tür nur in unseren Garten führt, war der Direktor auch einverstanden, dass nur mein Vater einen Schlüssel dafür hat. Der hat eh nicht viel zu melden. Wie würde mein Vater sagen? ›Der Direktor denkt, er wäre Gott. Der Hausmeister ist Gott.‹«

Er sortierte die Flaschen in seinen Händen. »Ich bin mir nicht sicher, ob mich das beruhigt.«

Sie wandte sich zur Tür und deutete ihm mit dem Kopf an, ihr zu folgen. »Ja, wenn du den Schlüssel der Innentür abgebrochen hättest, wärst du jetzt zwanzigtausend Mark ärmer, mein Lieber!«

Sie suchten sich einen freien Sessel, horteten das Bier

hinter ihm und ließen sich nieder. Dani setzte sich auf seinen Schoß und küsste ihn.

»Schau mal, der da!«, sagte sie und kuschelte sich an Fete. »Der Blonde mit dem roten Lacoste-Hemd! Der übernimmt mal die Kanzlei seines Vaters und die Sekretärin gleich mit. Das ist gut, da erfährt er dann, dass sie in Wahrheit seine Mutter ist.«

»Ich wette, er spielt Golf oder so was Affiges«, spekulierte Fete. »Und der Typ da drüben! Mit dem Stiernacken?«, fragte er, leicht angetrunken und beflügelt von Danis Anwesenheit und ihren boshaften, aber nicht abwegig scheinenden Kommentaren.

»Der Fette mit dem Ballongesicht? Der will Quarterback an einer amerikanischen Uni werden. Harvard oder wie die heißt. Aber sein Vater ist General bei der Bundeswehr, und deshalb musste er sich für zehn Jahre verpflichten. Jetzt schiebt er Dienst in 'nem Panzer und träumt bei jedem Manöver davon, seinen Vater mit dem Ding zu überrollen.«

Fete meinte, es wäre wohl besser, wenn er nie reich würde; andernfalls würde sie ihn wohl ebenso abfällig beschreiben.

»Doch!«, widersprach Dani. »Werde reich! Heirate mich, und kauf die Kanzlei von dem Lacoste-Typen. Nur um ihn dann rauszuwerfen.«

Der Typ mit dem Stiernacken hatte offensichtlich bemerkt, dass Dani und Fete auf ihn gezeigt hatten und in heftiges Gelächter ausgebrochen waren. Sein Gesichtsausdruck wurde noch grimmiger, und er wankte von der Tanzfläche auf sie zu. Er wirkte von Nahem noch massi-

ger, und sein Gesicht war angeschwollen und schweiß-
nass. Die glasigen Augen brannten vor Zorn, ihr Ausdruck würde aber bei noch mehr Alkohol irgendwann
ins Blödsinnige kippen.

»Habt ihr ein Problem?«, fragte er mit einem gluck-
senden, tiefen Röhren.

Fete umfasste Dani fester, um ihr das Gefühl von Sicherheit zu geben, auch wenn sie alles andere als ängstlich wirkte.

»Nö. Du vielleicht?«, konterte sie bereits.

Der Koloss hielt ihr seinen Zeigefinger direkt vor die
Nase. »Ich weiß, dass du dich über mich lustig gemacht
hast. Was passt dir nicht?«

»Wahrscheinlich dein Hemd«, antwortete Dani schnell.

Der Koloss wandte sich an Fete. »Vielleicht sollte ich
deiner kleinen Freundin mal zeigen, was ein echter Kerl
ist! Die scheint es ja gern hart zu mögen, so wie sie re-
det.«

Fete war kräftig und scheute normalerweise keinen
Konflikt, war aber auch klug genug, um zu erkennen,
wann es Ärger zu vermeiden galt. Im Gegensatz zu Dani.

»Ich glaube, an dir ist nicht so viel hart«, schleuderte
sie seinem Finger und seinem aufgeheizten Gesicht entgegen.

Fete hob Dani vorsichtig von seinem Schoß und erhob sich, langsam, als wollte er einem Raubtier signalisieren, dass von ihm keine Gefahr ausging. »Ich glaube,
wir sollten mal rausgehen«, sagte er. »Auf dem Rückweg
können wir dir was zu trinken mitbringen. Was möchtest
du?«

Doch der Riese drückte seine tellergroßen Hände an Fetes Brust und versperrte ihm damit den Weg. »Ich will nichts trinken. Ich will wissen, wie deine Tusse das gemeint hat?«

»Es war nur ein schlechter Witz, okay? Keiner will hier Ärger.«

Was so nicht stimmte. Der massige Kerl brannte nicht nur im Gesicht. Doch Fete schien zumindest so vertrauenerweckend auf ihn zu wirken, dass er die beiden an sich vorbeiziehen ließ.

»Ich muss jetzt dringend eine rauchen.« Fete schob Dani durch die Menge nach draußen.

»Ich wär mit dem Typen auch allein fertiggeworden«, protestierte sie.

»Das glaube ich dir«, sagte er, um sie zu besänftigen. »Aber bisher ist der Abend besser verlaufen, als ich erhofft habe. Das wollte ich nicht gleich wieder verspielen. Außerdem bin ich für eine Prügelei mit einem hundertfünfzig Kilo schweren Quarterback schon zu betrunken. Und du bist es auch.«

»Na, noch lange nicht so betrunken wie die da drüben!« Sie zeigte auf eine Gruppe von Partygästen, die den Grill geöffnet hatten und nun darauf Holz und Bücher verbrannten, die Flo offensichtlich auf dem Balkon gelagert hatte, um in den Regalen Platz für Getränke und Häppchen zu schaffen. Von Zeit zu Zeit spritzten sie einen heftigen Schuss Grillanzünder auf die schwerer entzündlichen Bände, wobei die Gruppe bei jeder Stichflamme aufjauchzte, als wäre sie Zeuge eines herausragend schönen Feuerwerks.

Einer der Jungs zitierte sogar die Feuersprüche der Nationalsozialisten, an die sich Fete aus dem Geschichtsunterricht erinnerte: »Ich übergebe dem Feuer die Schriften ... von Flos Papa.«

Ein anderer holte einen Hundertmarkschein aus seiner Tasche und entzündete erst diesen und dann eine Zigarette. Die leere Schachtel und der Schein verglühten in der nächsten Stichflamme, und ein junges Mädchen lachte so hysterisch über die Aktion ihres Freundes, dass sie anfing zu röcheln und sich schließlich direkt auf die Schuhe der anderen Umstehenden übergab.

Als Dani ihren letzten Zug genommen hatte, meinte sie fast tonlos zu Fete: »Gehen wir wieder rein?«

Im Wohnzimmer hatte zwischenzeitlich jemand ihre Biervorräte hinter dem Sessel entdeckt und an die Partygäste verteilt. Die Musik hatte an Höhen zugelegt, spitze Techno-Keyboards hämmerten auf die gleichfalls lauter werdende Menge ein. Wer sich unterhalten wollte, konnte dies nur mehr, wenn er brüllte. Ein Schrei in der Menge kam von Nina; das erkannte Fete an der Stimme. Er sah, dass sie offensichtlich die Tanzfläche verlassen wollte, aber von dem Studenten im roten Poloshirt, den Dani für einen Anwaltssohn gehalten hatte, und einem weiteren Jungen festgehalten und unter dröhnendem Gelächter wieder auf die Tanzfläche zurückgeschoben wurde. Der im roten Hemd legte seine Hände auf Ninas Rücken und ihren Hintern und zwang sie in einen engen Tanz, wobei er sein Gesicht auf ihrem Dekolleté ablegte. Ein dünnes Alkoholrinnsal lief aus seinen Lippen zwischen ihre Brüste.

233

»Ist das die berühmte Nina, von der alle sprechen?« In Danis Stimme war keine Abfälligkeit, nur Mitleid.

Im nächsten Moment eilten Fete und sie Nina zu Hilfe. Fete riss den Anwaltssohn von ihr weg, während Dani den anderen Kerl von der Tanzfläche zog. Dieser empfand die kaum einen Meter sechzig große Dani jedoch offensichtlich nicht als Gefahr; andernfalls hätte er kaum gejohlt: »Wow! Lara Croft! Nur ohne Brüste.«

»Reicht doch, dass du welche hast!«, erwiderte Dani und verpasste ihm einen Tritt in die Weichteile.

»Komm!«, bat Fete und brachte Nina, die zu weinen angefangen hatte, zusammen mit Dani aus dem Zimmer.

An der Tür drehte Dani sich noch einmal zu dem Studenten im roten Hemd um. »Du bist gefeuert!«, warf sie ihm ins Gesicht.

Der vermeintliche Anwaltssohn wusste zwar nicht, was sie damit gemeint hatte, war aber dennoch so wütend, dass er einer nebenstehenden Beobachterin den Becher mit blutrotem Erdbeercocktail entriss und den Inhalt auf Dani schleuderte. Nur weil sie schnell genug zurücktrat, traf die klebrige Flüssigkeit nur ihren linken Oberschenkel und nicht ihr Gesicht oder den Pullover. Sie streckte dem Anwaltssohn den Mittelfinger entgegen und folgte Fete und Nina in den Flur.

Der Raum um die Haustür, die keiner von ihnen bislang genutzt hatte, da alle über die Glastüren der Terrasse ein und aus gingen, war einer der wenigen ruhigeren Orte im Haus. Hier türmten sich die Mäntel, Jacken, Jacketts und Taschen der Gäste, die diese achtlos abgelegt hatten. Ein kleines Vermögen – das erkannte Fete auf den ersten Blick.

»Alles in Ordnung?«, fragte er Nina.

»Kannst du mir ein Taxi rufen? Ich will nach Hause.«

»Ich kümmere mich drum«, sagte Dani und ergänzte an Fete gewandt: »Bleib du bei ihr. Ich suche ein Telefon.«

Fete nickte. So gut er konnte, schirmte er Nina vor den Blicken der Gäste ab, die durch den Flur liefen. Manche verzogen sich sofort auf die Gästetoilette oder verschwanden wieder, sobald sie Ninas verheultes Gesicht sahen; einzelne fragten, ob sie etwas für Nina tun könnten. Wieder andere hingegen waren zu betrunken, um ihre Lage zu erkennen, und versuchten, ein Gespräch mit ihr und Fete zu beginnen, was dieser mit einem kurzen Kommentar beendete, bevor es richtig losgehen konnte.

Er half Nina auch dabei, aus dem Jackenhaufen ihren grünen Mantel herauszusuchen. Er hatte zuerst vorgeschlagen, sie solle sich einfach den teuersten herausnehmen, den sie finden könnte, sie hatte aber ihren Schlüssel in der Jackentasche gelassen und schon deshalb darauf bestanden, ihre eigene zu finden. Immerhin hatte sein Vorschlag ein kleines Lächeln auf ihr vom zerlaufenen Mascara beschmiertes Gesicht gezaubert.

Als sie den Mantel endlich gefunden hatte, stand auch das Taxi vor der Tür. Nina suchte in ihren Taschen nach Geld, wurde aber nicht fündig, und so reichte Dani ihr einen Zwanziger. »Hier, nimm mein Taxigeld!«

»Und du?«, fragte Nina.

Sie grinste. »Ich denke, ich muss mich dann jetzt notgedrungen von Fete heimbringen lassen.«

Fete nickte. »Du brauchst dich um nichts weiter kümmern. Fahr ruhig nach Hause.«

Nina wandte sich erneut an Dani. »Ich gebe es dir zurück.«

»Na, das hoffe ich doch.«

»Wie ist deine Adresse?«

»Gib's Fete. Der weiß, wo man mich findet.«

»Danke. Echt. Danke.« Nina sah ihren Helfern ins Gesicht. Sie war sichtlich erschöpft, und obwohl sie klein und verschüchtert wirkte, wie Fete sie noch nie gesehen hatte, waren ihre letzten Worte an ihn bestimmt: »Kein Wort! Zu niemandem! Klar?«

Fete nickte und wartete, bis sie eingestiegen war und das Taxi die Auffahrt hinunterrollte. Es klang wie ein schweres Tier, dessen Tritte den Schnee zu Eis quetschten.

»Ich geh mal hoch und suche ein Badezimmer«, sagte Dani. »Vielleicht kann ich wenigstens den klebrigsten Teil von diesem Mist abwaschen. Hier unten gibt es ja nur das ständig besetzte Gästeklo und weder Seife noch Handtücher.«

Sie wandte sich zu dem Seil an der Treppe, das offensichtlich gespannt worden war, um die Gäste vom Obergeschoss fernzuhalten. »Privat« verkündete ein Blatt Papier, das daran befestigt war.

Fete hatte das Seil bisher noch nicht bemerkt und wunderte sich, dass die Feiernden sich tatsächlich an diese Grenze zu halten schienen. Als Dani sich darunter hindurchschlängelte, folgte er ihr. Dort oben wären sie zumindest kurzfristig ungestört.

Das Obergeschoss wirkte, als gehörte es zu einer anderen, wenngleich baugleichen Villa. Die Teppiche waren cremefarben und frisch gestaubsaugt, der Flur leer. Nicht einmal der Dunst des Alkohols und der vielen Personen im Stockwerk darunter schien es nach hier oben geschafft zu haben. Nur das Wummern der Musik drang als pumpendes Pochen herauf.

Dani fand schnell das Badezimmer, das sauber und hell war, und atmete auf. Fete fühlte sich ein wenig schwindelig und überlegte, wie viel er schon getrunken hatte, konnte es aber nicht genau sagen. Er wusste nur, dass seine letzte Mahlzeit eine ganze Weile her war; sie hatte aus einer Tüte Chips bestanden, die er während seiner Schicht in der Videothek verzehrt hatte. Auch hatte er kein Gefühl dafür, wie spät es schon war. Seine Uhr zeigte erst halb zwölf, aber es fühlte sich an, als wäre schon tiefste Nacht.

»Ich schau mal, was hinter den letzten Türen am Ende des Ganges ist«, schlug er vor. Bestenfalls befand sich dort eine Couch oder ein Bett, auf dem sie sich kurz ausruhen konnten, bevor sie sich auf den Heimweg machten.

Dani schloss die Badezimmertür hinter sich, und Fete klopfte an der letzten Tür auf der rechten Seite. Da er nichts hörte, trat er ein. Seltsamerweise brannte Licht, und aus der Einrichtung schloss Fete, dass es sich um Flos Zimmer handeln musste. Erst auf den zweiten Blick bemerkte Fete, dass jemand im Bett lag. Er entschuldigte sich laut und ein wenig erschrocken, doch die Gestalt reagierte nicht. Sollte jemand in Flos Bett seinen Rausch ausschlafen? Oder die Nebenwirkungen einer anderen Droge?

Vorsichtig ging er einen Schritt auf das Bett zu. Jetzt erkannte er Flo, den er den ganzen Abend noch nicht gesehen hatte. Er überlegte kurz, ob er Flo, der wahrscheinlich zu viel getrunken hatte und deswegen eingeschlafen war, zu seiner gelungenen Party gratulieren sollte. Musste er diesbezüglich ehrlich sein oder durfte er übertreiben? Doch dann erkannte er im Schein der Nachttischlampe eine orangene Masse auf dem Kissen. In den Stoff eingetrocknete Flüssigkeit mit kleinen Brocken. Ihm stieg der beißende Gestank in die Nase, der Geruch von Erbrochenen.

Hinter Fete betrat Dani leise das Zimmer und stellte sich zu ihm. Als sie hinter ihm zum Stehen kam, troff aus Flos Mund ein wenig der hellbraunen Flüssigkeit. Sein Mund war nur leicht geöffnet, doch es schien Fete, als wäre Flos Mund voll mit der ekelhaften Brühe.

»Flo?«

Er fragte so vorsichtig wie nur möglich, weil er bereits fürchtete, keine Antwort zu bekommen. Tatsächlich blieben Flos halb geöffnete Augen starr.

Fete und Dani hielten den Atem an, beide in der Hoffnung, ein Geräusch, eine Regung des Bewusstlosen mitzubekommen. Aber das Einzige, was zu hören war, war die weltenweit entfernt klingende Musik, das Dröhnen des Basses aus dem Untergeschoss. Sonst war nichts.

Später konnte niemand mehr sagen, wann und wie die Nachricht ins Erdgeschoss gelangt war. Möglicherweise war es ein schleichender Prozess gewesen, weil mehr und mehr Partygäste auf der Suche nach einer freien Toilette ins Obergeschoss vordrangen und dort Dani vor der Tür zu Flos Zimmer Wache stehend vorfanden. Die Betrunkeneren unter den Männern wollten sich an ihr vorbeiwitzeln, um sich selbst davon zu überzeugen, ob sich hinter der Tür nicht doch eine Toilette verstecken würde oder ob – wie die meisten von ihnen wohl vermuteten – Dani nur einem befreundeten Pärchen Ruhe und Zeit verschaffen wollte, um hinter dieser Tür Sex zu haben.

Dani antwortete fast immer mit den gleichen mechanischen Sätzen: »Du kannst hier nicht rein. Verzieh dich! Wirst schon sehen. Polizei ist unterwegs.«

»Polizei? Wieso?«

»Weil wir einen Toten haben.«

Wirkte selbst diese Ansage nicht und der um Einlass Buhlende winkte ab und drohte heiter damit, den Gastgeber zu kennen, der ihn schon ins Zimmer einlassen würde, erwiderte Dani nur kühl: »Dieser Flo lässt niemanden mehr rein. Der liegt tot in seiner Kotze.«

Da sie dies nicht nur mit der ihr eigenen Rotzigkeit äußerte, die sie in diesem Moment aus dem Restbestand ihrer Coolness zusammenkratzte, sondern auch exakt den Tonfall an den Tag legte, den Fernsehkommissare nutzten, wenn sie schlechte Nachrichten überbringen sollen, wurde Danis Gegenüber fast immer sofort stocknüchtern, drehte sich um und stieg die Treppe zum Erdgeschoss hinunter.

Vielleicht erkannten es die Gäste aber auch in dem Moment, als Fete konzentriert, aber am ganzen Körper zitternd Küche und Wohnzimmer durchschritt, um ein Telefon zu suchen. Er fand eines auf dem Boden unter dem großen Esszimmertisch, der als Büfett diente. Er kroch unter den Tisch und hielt sich ein Ohr zu, um die Dienststelle am anderen Ende trotz der Musik verstehen zu können.

»Wir sind bei einer Party«, sagte er. »Hier ist jemand gestorben. Ich glaube, erstickt.«

»Können Sie die Musik leiser machen?«

»Ähm, nein. Das heißt, ich werde es versuchen. Aber kommen Sie bitte. Schnell. Lärchenweg 5.«

»Wir schicken einen Krankenwagen. Aber schalten Sie die Musik aus, geraten Sie nicht in Panik!«

Während er unter dem Tisch hervorkroch, fragte sich Fete, was mehr Panik auslösen würde: die Musik auszuschalten und durch den Zornessturm der Feiernden eine Erklärung brüllen zu müssen – oder mit einer Gruppe Polizisten und Sanitätern das Haus zu stürmen?

Als er wieder stand, war ihm auf einmal übel. Vom Alkohol? Oder von dem Fund, den er und Dani gemacht hatten? Darüber sinnierend stand er eine Weile inmitten der Feiernden, bewegungslos, bis er die Augen vom Boden hob und die Studentin sah, neben der er vorhin auf dem Sofa gesessen hatte. »Die Musik … Wir müssen sie ausstellen«, sagte er matt und mehr zu sich selbst.

Er konnte sich an ihren Namen nicht erinnern, aber sie konnte offenbar seinem Gesicht ablesen, dass etwas

Schreckliches vorgefallen sein musste, und ging an seiner Stelle zum DJ.

Der drehte die Musik leiser. »Leute, diese hübsche Lady hat uns allen was zu verkünden!«, röhrte der DJ durch sein billiges Mikrofon und klang dabei wie ein Autoscooter-Betreiber. Dann reichte er es ihr, und im nächsten Moment drang ihre helle Stimme durch die Boxen und das Grölen der Menge:

»Irgendwas ist passiert. Hört auf zu tanzen! Etwas ist passiert. Mach die Musik aus, und hört, was er da zu sagen hat!«

Sie zeigte dabei auf Fete, der in eine teils erwartungsvoll grinsende, teils verwirrte Menge blickte. Leere, vom Alkohol umnebelte Blödaugen und unsicher geöffnete Münder harrten seiner Erklärung. Ihre stumme Erwartung dröhnte in seinen Ohren wie eine Flugzeugturbine.

26

Als er draußen im Schnee stand, vor der Villa, in der
kurz nach der Durchsage alles und jeder verstummt war,
war Thomas für einen Moment nur Thomas und nicht
Fete. Und zum ersten Mal seit Langem, vielleicht seit
seiner frühesten Kindheit, kamen ihm die Tränen. Er
weinte, wie es seine Mutter tat: mit kurzen, hohen Seuf-
zern, als würde er hyperventilieren. Seine Mutter hatte
auf diese Weise zuletzt geweint, nachdem ihr Vater, Thomas' Großvater, gestorben war. Thomas erinnerte sich
kaum noch an ihn, nur an das stoßartige Weinen erinnerte er sich sofort wieder, als er es selbst von sich gab.

Dani nahm ihm die Zigarette ab, die er nur ange-
zündet hatte, um irgendwas zu tun, zog an ihr und stieß
stellvertretend für ihn den Rauch aus. Sie legte den Arm
um ihn, und tatsächlich beruhigte es ihn, ihre Hand auf
seiner Schulter und ihren Kopf an seiner Brust zu spüren.

Rabes Vater Henning kam aus dem Haus. Er trug einen Anzug, was Fete sofort aufgefallen war, als er und
seine Kollegen mit zwei Streifenwagen vor dem Haus
hielten; offensichtlich war er von einer Veranstaltung
abgeholt worden. Während die Uniformierten die Par-

tygäste sortierten, ihre Personalien aufnahmen und versuchten, sie so schnell wie möglich nach Hause zu schicken, damit der eben angekommene Leichenbeschauer seine Arbeit erledigen konnte, trat Henning zu Fete und Dani. »Soll ich euch heimfahren?«

»Ich glaube, wir laufen lieber. So weit ist es ja nicht. Tut uns vielleicht ganz gut«, erwiderte Dani. »Oder müssen Sie noch mit meinen Eltern reden oder so was? Weil ich minderjährig bin, meine ich.«

»Nein, nein.« Henning schüttelte den Kopf. »Aber es ist mindestens eine halbe Stunde bis zu dir, Thomas. Und es sind sicher zehn Grad minus.«

»Fühlt sich gar nicht so kalt an.« Fete sah zwar den Schnee, aber der bedeutete ihm nichts. Auch seinen gefrierenden Atem nahm er nicht als seinen eigenen wahr. Es war, als würde er sich selbst in einem Traum zusehen.

»Wir schaffen das schon. Wir haben nicht so viel getrunken. Aber vielen Dank!«, ergänzte Dani.

»Gut. Wir haben ja eure Aussagen. Es könnte allerdings sein, dass wir euch noch einmal kontaktieren, falls doch noch etwas unklar sein sollte.«

Dani und Fete nickten, und Hennig deutete einem Kollegen an, die beiden durchzulassen.

Schweigend gingen sie los. Dani sah immer wieder zu Fete hinüber, der aber meist geradeaus oder zu Boden starrte, während er weiterlief. Wenn er ihren Blick erwiderte, verunglückte ihm jeder Versuch zu lächeln.

Irgendwann fiel Fete auf, dass sie schon mindestens zwanzig Minuten durch die Gassen der Stadt gegan-

gen waren und niemandem begegnet waren: keinem
Fußgänger, keinem Auto. In den Fenstern der Häuser
war vereinzelt noch Licht zu sehen, davon abgesehen
schien alles zu schlafen. Nicht einmal Katzen huschten
durch die Laternennacht. Er blieb stehen und lauschte,
und auf einmal war es ihm, als wäre dies der stillste
Moment, den er in seiner Heimatstadt je erlebt hatte.
Kein Verkehr war zu vernehmen, keine Schritte. Selbst
der Schnee, der kaum hörbar knisternd in den letzten
Wochen immer wieder auf die Straßen gefallen war,
machte eine kurze Pause. Fete verharrte und hatte fast
das Gefühl, nur sich selbst zu hören, seinen Atem, seinen Herzschlag.

Und Danis Stimme, die fragte: »Was ist, Fete?«

Er sah sie an, wusste, sie musste dringend nach Hause.
Ihr ungefütterter Parka und die Turnschuhe konnten
sie kaum warm halten. Aber er konnte nicht weiter. Er
musste sie erst ansehen, ihr rot gefrorenes, aber geduldi-
ges Gesicht, und im letzten Moment, als sie die Zähne
zusammenbiss und ihm andeutete, nun wirklich weitergehen zu müssen, konnte er aussprechen, was er schon
den ganzen Abend zu formulieren versuchte, ihm aber
immer misslungen war, weil er jede Variante, die ihm in
den Kopf gekommen war, als abgegriffen und kitschig
verworfen hatte. Nun waren ihm die Worte egal. Er
wollte nur sagen, was zu sagen war.

»Ich liebe dich, Dani. Von ganzem Herzen. Ich will
bei dir bleiben. Das ist, was ich gerade denke. Ich liebe
dich.«

Dani war offensichtlich gerührt, aber zu verfroren, um

noch etwas Pathetisches darauf zu erwidern. Lächelnd küsste sie ihn. »Wenn ich nicht zu Hause wie ein Eiszapfen zerbreche, darfst du gern so lange bei mir bleiben, wie du willst.«

27

Der Montagmorgen begann mit Chemie, und wie immer saß Fete neben Rabe in der ersten Reihe des Chemiesaals. Die Bänke hier waren mit fußtiefen Blenden geschützt, so konnte außer Rabe niemand sehen, wie sein rechtes Bein auf und ab wippte. Er war nervös, fürchtete er doch, etwas über den *Vorfall* sagen zu müssen. Am Sonntagnachmittag noch hatte er eine Aussage bei der Polizei machen müssen, und nun wollte er wirklich nicht noch einmal darüber reden. Lieber hätte er sechs Stunden am Stück die Super-8-Filme über Kohlenstoffverbindungen angesehen, die Herr Fiebig – sein Chemielehrer – gern zeigte, wenn er für eine Weile im Vorbereitungsraum verschwinden wollte.

Heute aber zeigte Fiebig keinen Film. Offenbar hatte die Schulleitung beschlossen, dass alle Lehrer während der ersten Stunde über die Ereignisse des Wochenendes informieren sollten. Und so oblag es ausgerechnet dem Chemielehrer, einem zugezogenen Schwaben mit heftig näselndem Akzent, die Aufklärung zu übernehmen.

»Leude, i weiß au' ned, wie ich es sage soll. Einige haben es sicher mitbekommen: Der Florian, also der

246

Florian Kaiser, also, der isch am Samschtag gestorben. Die Polizei hat uns mitgeteilt, dass er bei einem Unfall ums Läben kam. Also, der Florian, der hat eine leichte Form von Epilepsie gehabt. Und er hat viel Alkohol im Blut gehabt. Und das hat einen Anfall ausgelöst. Es isch furchtbar. Und wir machen heute keinen Unterricht. Wir können einfach darüber sprechen. Des heischt, wenn ihr mögt.«

Rabe sah dem Lehrer an, dass auch er hoffte, nicht darüber sprechen zu müssen. Wie gern hätte er sich wohl wieder in seinen Vorbereitungsraum zurückgezogen? Allein, heute hatte er keine andere Wahl.

Der Lehrer vermied es, Fete anzusehen. Einige, die Flo etwas besser gekannt hatten, begannen zu weinen, und heute machte sich niemand aus der Klasse darüber lustig, egal ob die Tränen bei einem Mädchen oder bei einem Jungen liefen. Selbst dem Chemielehrer stand das Wasser in den Augen, und es kostete ihn sichtlich Mühe, seine ohnehin dünne Stimme nicht noch zittern zu lassen, wenn er versuchte, das Schweigen der Klasse mit möglichst belanglosen, beschwichtigenden Worten zu bekämpfen.

Rabe kämpfte mit sich, doch nach etwa fünfzehn Minuten, die sich für ihn wie das Warten auf den Untergang der Welt angefühlt hatten, hob er dann doch die Hand.

»Ja?«

»Wollen wir nicht lieber doch Unterricht machen?« Er hätte am liebsten gesagt »irgendetwas machen«, aber das kam wohl nicht infrage.

Der Lehrer sah in die Klasse, und die meisten Schüler

247

nickten, dankbar für Rabes Vorschlag. »Dann mache mir des.«

Wenige Sekunden später fädelte er einen Film über Kohlenstoffverbindungen in den Super-8-Projektor und verschwand im Vorbereitungsraum. Kurz darauf drang von dort lautstarkes Schniefen in den Klassenraum.

28

Auch noch Tage später flossen im Unterricht Tränen. Vor allem Mädchen, die gut mit Flo befreundet gewesen waren, und Schüler, die bislang keinerlei Berührung mit dem Tod gehabt hatten, brachen von Zeit zu Zeit in Tränen aus. Die Lehrer nahmen darauf Rücksicht – jeder auf seine Art. Legten die einen kurz die Hand auf die Schulter der Erschütterten, fuhren andere so ungerührt wie möglich mit ihrem Unterricht fort, um ein größtmögliches Maß an Normalität aufrechtzuerhalten. Nur in Kurtz' Mathematikunterricht kam es zu keinem Gefühlsausbruch. Selbst Fete, dem die Bilder der Party noch immer in den Sinn kamen, wenn er sie am wenigsten erwartete, riss sich vor Kurtz zusammen, konzentrierte sich auf die Aufgaben, die an der Tafel notiert waren, und zwang sich, die Momente, in denen ihm Tränen in der Nase aufstiegen, fernzuhalten. Gelang es ihm einmal nicht, schob er sich ein Taschentuch ins Gesicht und deutete Kurtz an, an einer außergewöhnlich hartnäckigen Erkältung zu leiden.

Inzwischen zeichnete sich ab, dass Flos Tod tatsächlich ein tragischer Unfall gewesen war: Er hatte offenbar

249

einen epileptischen Anfall gehabt und war nur deswegen an seinem Erbrochenen erstickt, weil er zu betrunken gewesen war, um sich Hilfe zu suchen. Dass dennoch sie alle die Konsequenzen aus dem Vorfall würden tragen müssen, hatte Michi als einer der Ersten erkannt und formuliert: Es war anzunehmen, dass die lang ersehnte *Komm*-Raum-Party in diesem Jahr aus Pietätsgründen abgesagt werden würde. Die Schule würde wohl kaum nach so kurzer Zeit eine Party, und dann noch auf dem Schulgelände, zulassen. Vor allem unter den Schülern der Mittelstufe, die erstmals an der Feier hätten teilnehmen dürfen, wurde darüber heftig diskutiert. Weder hätten sie den verstorbenen Oberstufler gekannt, argumentierten die Befürworter der Party, noch sei es wahrscheinlich, dass eine ähnlich dramatische Situation bei der *Komm*-Raum-Feier zu erwarten war, da ohnehin immer mindestens zwei Lehrkräfte die Party beaufsichtigten. Und in der Regel neigten höchstens die beiden letzten Diensthabenden dazu, auch mal das ein oder andere Bier mit den Schülern mitzutrinken.

Michi ärgerte sich wahrscheinlich am meisten über die zu erwartende Absage der Veranstaltung, hatte er doch seit Langem geplant, genau an diesem Abend – aus dem laut Wetterbericht die kälteste Nacht des Jahres hervortreten sollte – sein Baumversteck mit den perfektionierten Eisbällen aufzulösen und Kurtz' Wetterhahn vom Haus zu schießen. Die Nacht war ideal, außerdem würden alle seine Aktion wegen der Party auf irgendeinen Betrunkenen schieben. Die Polizei – falls Kurtz sie hinzuziehen würde, was bei ihm durchaus wahrschein-

lich war – würde den Fall als geringfügige Tat eines zeit-
weilig Unzurechnungsfähigen abtun. Michi aber, der
nicht nur die bedeutendste athletische Leistung seines
Lebens vollbracht, sondern auch noch den eigentlich
besonders feuchtfröhlichen Partyabend vollkommen
nüchtern hinter sich gebracht haben würde, würde durch
seine Heldentat zur Legende. Wie dereinst der *Steinbeißer*. Er wäre derjenige, der dem unbeliebtesten Lehrer
der Schule sein heiligstes Prestigeprojekt, seinen goldenen Wetterhahn, vom Dach geholt hätte. Michi fanta-
sierte sogar schon davon, dass ihm ein eigenes Kapitel
gewidmet würde, sollten jemals die Annalen der Schule
aufgeschrieben werden. Zu jedem Klassentreffen würde
er als der große Unbekannte heimkehren, und nur Rabe
und Fete würde er verschwörerisch zulächeln, wenn es
um das Wetterhahn-Phantom ginge.

All das war nun in Gefahr, und Michi war stinksauer.

Nach dem Unterricht trafen sich Fete, Rabe und Michi wie immer am Steg. Dieses Mal rauchten sie einige
Zigaretten mehr, und Michi drängte nicht darauf, den
nächsten Bus zu nehmen, obwohl seine Finger vor Kälte
so steif waren, dass er das Feuerzeug kaum mehr bedienen konnte. Bevor sie aufbrachen, wollten er und Rabe
dann doch möglichst detailliert von der Party bei Flo
hören. Sie hatten Fete in den Tagen direkt danach in
Ruhe gelassen, hatten aber ohnehin nicht gewusst, wie
sie ihren Freund, der verschlossener und schweigsamer
wirkte als sonst, darauf ansprechen sollten. Erst als er
selbst immer wieder Andeutungen dazu machte, merk-

ten seine Freunde, dass sie ihn nun fragen konnten, was genau passiert war.

»Ich habe gedacht, dass dein Vater dir schon alles erzählt hat«, wandte sich Fete an Rabe, nachdem er von der Nacht bei Flo erzählt hatte. Die Episode mit Nina hatte er dabei ausgespart, so wie er es ihr versprochen hatte.

»Mein Vater spricht nicht über seine Arbeit«, sagte Rabe. »Mit niemandem, nicht mal mit meiner Mutter. Da ist er brutal professionell.«

»Wie war denn der Abend mit Viola?«, wollte Fete dann wissen – um das Thema zu wechseln und weil auch er wenig von dem mitbekommen hatte, was seine Freunde in den letzten Tagen erlebt hatten. »Seid ihr jetzt zusammen?«

Rabe zuckte mit den Schultern. Sie sahen sich immer noch täglich: im Bus, in der Schule, manchmal nachmittags. Sie sprachen über ihre Pläne. Viola hatte ihn gedrängt, die Bewerbung für die Filmschule doch noch abzuschicken, doch die wartete zu einem Ball zerknüllt noch immer in seinem Papierkorb auf ihre Entsorgung.

»Ja, aber geht ihr jetzt miteinander?«

Statt klar mit Ja oder Nein zu antworten, beschrieb Rabe umständlich, was er und Viola gemeinsam unternahmen, welche Schauspielschulen sie für sich rausgesucht hatte, wohin sie beide gern einmal in den Urlaub fahren würden, bestenfalls zusammen.

»Ich meine: Küsst ihr euch auch mal, oder quatscht ihr nur?« Fetes Ton war nun deutlich gereizt.

Rabe musste gestehen, dass sie sich seit dem gemeinsamen Filmabend nicht mehr geküsst hatten. »Aber ja, ich denke, wir sind ein Paar, irgendwie.«

Fete schüttelte den Kopf. »Ich sehe Dani jeden Tag«, sagte er leise. »Ich merke immer mehr, wie sehr uns der furchtbare Abend bei Flos Feier zusammengebracht hat, wie sehr wir einander mögen und wie gut wir uns verstehen. Wir haben sogar beide gesagt, dass wir uns eine Familie vorstellen könnten. Ein Kind, versteht ihr? Eines! Mehr wäre auf jeden Fall zu viel, da sind wir uns einig.«

Hatten sie vorher geduldig zugehört, brachen Michi und Rabe nun doch in albernes Gelächter aus, als hätte Fete einen schmutzigen Witz erzählt.

»Vielleicht solltet ihr erst mal beide euren Schulabschluss machen«, beendete Michi Fetes Eloge auf seine junge Liebe, »sonst sitzt ihr nächstes Jahr beim Hausmeister auf dem Sofa, und die *BILD* schreibt über euch: *Teenager-Eltern – Und plötzlich ist alles im Arsch!* Oder ihr kriegt eine eigene Sendung im Privatfernsehen. Wart mal ab, das ist eine Riesen-Idee! Rabe, schreib doch mal so was!«

Rabe schüttelte mit breitem Grinsen den Kopf. »So einen Scheiß will doch keiner sehen. Wer möchte denn Jugendlichen dabei zuschauen, wie sie versuchen, ein Kind durchzubringen? Reicht doch schon, wenn die Fernsehspiele darüber drehen. Das will man doch nicht noch in echt.«

»Man müsste es natürlich so machen, dass die Zuschauer sich über die armen Leute lustig machen können«, konterte Michi. »Ist doch klar: Wenn man sich besser fühlen kann als die Loser im Fernsehen, funktioniert so eine Sendung. Wart mal ab! Die Privaten machen so was. Irgendwann. Da wette ich mit dir.«

»Niemals.« Rabe konnte es sich nicht vorstellen und wollte es auch nicht.

»Hey! Könntet ihr vielleicht aufhören, euch über mich lustig zu machen?«, brachte Fete sich in Erinnerung. »Ich bin noch hier, und ich gehe auf keinen Fall zu *Hans Meiser*. Höchstens zu *Bärbel Schäfer*, die sieht wenigstens heiß aus.« Er grinste, um nicht weiter Ziel des Spotts zu sein, doch es gelang ihm nur teilweise.

»Oh, du stehst auf Bärbel Schäfer! Lass das mal nicht deine Dani hören!« Michis Lachen wurde nur lauter, und Fete verdrehte die Augen.

Rabe beschäftigte sich deutlich lieber und häufiger mit Film als mit Fernsehshows und hatte daher kein klares Bild vor Augen. »War *Bärbel Schäfer* die Sendung, die wir mal bei dir angeschaut haben, als wir eigentlich für Mathe lernen sollten?«, fragte er Michi.

»Genau, die, wo die dicke Frau saß, die meinte, sie wäre eine Außerirdische.«

»Die sah auch aus wie eine.«

Michi lachte. »Eigentlich sah sie eher aus wie ein Planet. Fehlten nur ein paar kleinere dicke Frauen, die sie die ganze Zeit umkreisen.«

Rabe nickte. »Ich glaube, da sehe ich unseren Fete eher als bei *Hans Meiser*.« Er versuchte sein Lachen zu unterdrücken, doch als er Fetes hochgezogene Augenbrauen sah, brach es aus ihm heraus.

»Für so was solltest du echt mal ein Skript schreiben, Rabe! Außerirdische sind doch genau dein Thema«, ergänzte Michi seinen früheren Vorschlag an Rabe, eine Autorenkarriere beim Privatfernsehen zu versuchen.

»Ich ziehe es in Erwägung«, behauptete Rabe. Schließlich wäre eine Zusammenarbeit mit Bärbel Schäfer ja wirklich nicht das Schlechteste. Er grinste in der Hoffnung, damit endlich den dramaturgischen Bogen des Gesprächs schließen zu können – und um noch einmal zu bestätigen, worin sich alle einig waren: Bärbel Schäfer war wesentlich attraktiver als Hans Meiser.

»Können wir jetzt los?«, fragte Michi. »Mir friert mittlerweile selbst der Rauch im Mund ein.«

Auf dem Weg zur Bushaltestelle kamen sie am Lehrerparkplatz vorbei, und Rabe sah, wie Veit Unterlagen im Kofferraum seines Wagens verstaute, mehrere Stoffbeutel mit identisch grün und identisch rot eingeschlagenen Heften. Schon in dem Moment, als Rabe sah, dass Veit nun auch ihn entdeckt hatte, wusste er es. Der Lehrer hatte gezögert und wäre sichtlich lieber direkt ins Auto gestiegen, ohne sich noch einmal zu den drei Oberstufenschülern umzudrehen. Ein klares Zeichen für ein schlechtes Gewissen. Rabe hatte genug Filme gesehen und Schauspieler mit ähnlichen Bewegungsabläufen beobachtet, um zu erkennen, dass der folgende Dialog nicht ohne Konflikte ablaufen würde. Dennoch begann er das Gespräch, indem er Veit zuwinkte und ihn grüßte:

»Na, auch Feierabend?«

»Schön wär's.« Der Lehrer lächelte gezwungen. »Drei Klassenarbeiten habe ich heute zu korrigieren.«

Das Mitleid seiner Schüler hielt sich in Grenzen. Michi und Fete wussten nicht einmal, warum Rabe überhaupt das Gespräch mit einem ihnen nur namentlich bekannten Lehrer suchte.

»Aber, Raphael!« Veit suchte nach Worten. »Wenn ich dich schon treffe: Vielen Dank für dein Stück. Es ist gut. Also ... Mir hat es gefallen. Du kannst schreiben, das steht fest. Du weißt, wie man Dramaturgie aufbaut und so ...«

»Ja, er hat immer 'ne Eins im Diktat. Ist unser Grammatik-Diktator«, schaltete sich Michi in die Lobeshymne ein.

Rabe hingegen wartete ab, nickte während des Lobes, hörte aus den immer länger werdenden Sätzen des Lehrers jedoch schon das Wort heraus, das aus jedem Lobgesang eine Demütigung machte, und Veit sprach es aus:

»Aber ...«, Veit holte Luft, vermutlich um seine Stimmlage in eine etwas weichere, lieblichere Tonart zu bringen, »aber leider hat sich die Theater-AG dieses Jahr dann doch für Max Frisch entschieden.«

Mit weit aufgerissenen Augen sah Michi den Lehrer an. »Anstatt ein Stück von Rabe zu spielen? Wer ist dieser Max? Hat der was drauf?«

Rabe war sich sicher, dass Michi wusste, wer Max Frisch war, selbst wenn er die Lektüre von *Homo Faber* in der zehnten Klasse verdrängt und nicht eine Zeile des Buches gelesen hatte. Dennoch rührte ihn der empörte Einwurf seines Freundes.

»Tut mir leid«, sagte Veit und schien es sogar so zu meinen. »Ist aber ja keine Schande, in einer Abstimmung gegen Frisch zu verlieren.«

Wortlos nahm Rabe das Manuskript entgegen, das Veit während seiner umständlichen Aussage aus einer der Stofftaschen herausgesucht hatte. Immerhin war das Papier im Schnellhefter aufgerollt, und die Ecken waren leicht eingeknickt. Dies bedeutete, Veit hatte sein Stück zumindest gelesen.

»Du kannst es gern nächstes Mal wieder versuchen«, schlug Veit vor. »Vielleicht stellst du es dann selbst vor. Das macht bei den Schülern sicher mehr Eindruck, als wenn ich das mache. Vielleicht überarbeitest du es bis dahin ja noch einmal. Das ein oder andere Adjektiv ist vielleicht doch zu viel des Guten. Und im zweiten Akt gibt es ein paar Längen.«

Obgleich Rabe es dem Lehrer hoch angerechnet hatte, dass er das Stück tatsächlich gelesen hatte, rutschte Veits Sympathiewert nun langsam in die roten Zahlen.

Rabe überlegte noch, ob er nachfragen sollte, welche Adjektive Veit im Einzelnen meinte, aber Michi hatte offenbar gemerkt, dass es in Rabe arbeitete, und sprang ein, um seinen Freund vor einer unbedachten Antwort zu retten. »Wir müssen jetzt wirklich zum Bus, Rabe!«, behauptete er. Dann wandte er sich noch einmal an Veit: »Ach, Herr Veit, stimmt es wirklich, dass die *Komm*-Raum-Feier abgesagt werden soll?«

Veit zog seine Stirn kraus und fragte, woher Michi diese Information habe. »Das wundert mich doch sehr. Ich kann mich nicht entsinnen, dass dies mit der Schülerschaft schon besprochen wurde.«

Michi winkte ab. »Ach, das geht nur so als Gerücht rum …«

»Aha. Also …« Veit klappte den Kofferraum zu und öffnete die Fahrertür. Auch er wollte nun offenbar dringend los. »Wir machen es erst morgen offiziell, aber die Lehrerschaft hat sich geschlossen dafür ausgesprochen, die Weihnachtsfeier wie jedes Jahr stattfinden zu lassen.«

»Cool, Mann!« Michi klopfte Fete begeistert auf die Schulter.

Fete nickte Michi zu, noch etwas unsicher, ob eine Party wirklich das wäre, worauf er am meisten Lust hätte.

Rabe schwieg. Ihm war die Feier egal. Viel wichtiger waren ihm die Adjektive.

29

Während Michi an ihrer gemeinsamen Station ausstieg, blieb Fete sitzen. Er war auch heute mit Dani verabredet, und sie erwartete ihn wie an den anderen Tagen auch an der Bushaltestelle vor der Gesamtschule und ihrer Wohnung.

»Schon praktisch, eine eigene Haltestelle zu haben«, sagte Fete, kaum hatte er den Bus verlassen. Er hatte sich in den letzten Tagen angewöhnt, mit einer geistreichen Bemerkung auf den Lippen auszusteigen, doch jedes Mal hatte Dani die bessere Pointe.

»Nicht, wenn jeden Morgen fast dreihundert Schüler an deiner eigenen privaten Haltestelle aussteigen«, konterte sie.

Den Tag verbrachten die beiden meist im Keller der Wohnung, in Danis Zimmer, das sie ihre »Höhle« nannte. Die Treppe, die von der schlauchartigen Wohnung nach unten führte, endete hier. Abgesehen vom Durchgang zur Schule gab es keine weitere Tür, keine Kellerräume, keine Waschküche oder Ähnliches, nur dieses eine Zimmer von kaum zehn Quadratmetern, in das gerade einmal ein Bett, ein kleiner Kleiderschrank und eine Kommode passten, in der Dani ihre wenigen Habseligkeiten bunkerte.

Sobald Fete dieses Zimmer zum ersten Mal betreten hatte, hatte er begriffen, warum Danis Vater sie bei seiner Übernachtung im Büro untergebracht hatte. Er dachte an die Münchnerin von der Party und überlegte, was sie über diesen umgebauten Kellerraum gesagt hätte; vermutlich hätte sie einen Menschenrechtsanwalt alarmiert, hätten ihre Eltern sie in so ein Zimmer geschickt.

Danis Bett war nicht nur schmal, sondern auch noch ausgesprochen kurz, und Fetes Beine ragten beim Liegen schon über den Rand hinaus. Es war vermutlich ihr altes Kinderbett, das ihr Vater für sie neu lackiert hatte. Doch obwohl es so eng war, verbrachten Fete und Dani die meiste Zeit darin – er so seitlich wie möglich auf der Matratze positioniert, sie auf ihm liegend, den einen Arm auf seiner Brust, den anderen eng an den Körper gelegt. Sie hatten auch schon kurze Spaziergänge durch den Schnee gemacht oder, wenn sie die Zeit vergessen hatten und Danis Mutter zum Essen rief, mit ihren Eltern am Tisch gesessen, bis es dunkel war und Fete sich beeilen musste, um noch zu einer akzeptablen Uhrzeit wieder zu Hause zu erscheinen.

Jetzt strich Dani ihm mit den Fingern über das Gesicht. »Du könntest dich mal wieder rasieren.«

»Ich warte noch bis zur Party im *Komm*.«

»Du hast mich gar nicht gefragt, ob ich mitkommen möchte«, sagte sie in einem gespielt beleidigten Ton.

»Darüber habe ich noch gar nicht nachgedacht«, antwortete Fete zerstreut. »Die Weihnachtsfeier ist eigent-

260

lich nur für Schüler meiner Schule, und da auch nur Ober- und Mittelstufe.«

»Ich habe gehört, dass oft auch Leute von anderen Schulen dabei waren.«

Fete nickte. »Ja. Manchmal kommen nach zwölf auch Leute von extern. Auf die Terrasse, auf ein Bier oder eine Zigarette. Das sind aber eigentlich immer irgendwelche Kindergartenfreunde oder welche aus der Grundschulzeit, die dann woanders hingegangen sind. Auf die Realschule oder so. Davor ist es eigentlich so eine Art *geschlossene Gesellschaft*.« Die letzten zwei Worte betonte er, und hätte er eine Zigarre zur Hand gehabt, hätte er vor *geschlossene Gesellschaft* einen tiefen Zug aus ihr genommen und den Rauch in eleganten Ringen ausgestoßen. Zumindest malte er es sich so aus. Er wusste ja nicht einmal, ob er in der Lage wäre, dieses Kunststück zu vollbringen. Mit Zigaretten war es ihm noch nicht gelungen, und die einzige Zigarre, die er einmal während einer Klassenfahrt von einem Mitschüler geschenkt bekommen hatte, hatte er nach drei Zügen zurückgegeben, weil ihm hundeübel wurde; den Rest des Tages hatte er mit Schwindel im Bett der Jugendherberge verbracht.

»Ach so, eine geschlossene Gesellschaft«, maulte Dani. »Damit die feinen Gymnasiasten unter sich sein können wie die ebenso feinen Studenten auf Flos Party.«

Flo merkte, dass Dani gereizt war, wollte aber nicht darauf eingehen und schwieg.

Dani hingegen ließ nicht locker. »Na ja, jeder traditionsreiche Club muss seine Regeln von Zeit zu Zeit ändern. Dann bin ich eben die Erste, die von Anfang an dabei ist.«

261

Sie hob den Kopf – teils stolz, teils drohend – über den seinen und drückte ihm einen Kuss auf den Mund.

»Ich weiß nicht mal, ob die Lehrer dich reinlassen«, flüchtete Fete sich in eine Ausrede. »Die passen ja auf, wer kommt.« Er wusste natürlich, wie haltlos dieses Argument war. Die meisten Lehrer, die an der Kasse saßen, waren nett. Die unsympathischen übernahmen nie einen Abenddienst, schon gar nicht für eine Wochenendveranstaltung.

Fete konnte selbst nicht genau fassen, warum er lieber ohne Dani zur Party gehen wollte. Irgendetwas in ihm ließ ihn mit seltsamer Wehmut an diese Weihnachtsfeier denken. Dieser Abend war der letzte im Jahr, an dem sich die Klassenkameraden und Freunde in der Schule sahen. Und obwohl sie alle drei Wochen später in den Schulalltag zurückkehrten, war die Weihnachtsfeier doch immer das Ende von etwas – ein Abend, den man im engsten Kreis begehen wollte. Rabe hatte die *Komm*-Raum-Party einmal mit dem Film *American Graffiti* verglichen, in dem vier Freunde noch einmal eine letzte Nacht durchfeiern, bevor zwei von ihnen die Stadt für immer verlassen, um auf ein College oder an die Ostküste zu gehen. Fete selbst hatte den Film zwar nie gesehen, aber Rabes Beschreibung dieser sagenumwobenen letzten Nacht hatte nachhaltigen Eindruck bei ihm hinterlassen.

Dani drückte sich von ihm hoch und ging zu ihrem Kleiderschrank.

»Was machst du?«

»Ich treffe mich nachher mit meinen Mädels. Ich brauche noch was anderes zum Anziehen.«

An ihrem Tonfall und der Art, wie sie ihn nicht ansah, bemerkte Fete, dass dies nur eine Ausrede war. »Stimmt was nicht?«, fragte er.

»Nee, alles super! Wenn du nicht willst, dass ich mitkomme, dann sag es doch einfach!«, antwortete sie gereizt und legte Pullover auf das Bett, bis ihm kaum noch Platz blieb.

Fete stand ebenfalls auf, stellte sich zu ihr und griff sie am Arm, damit sie ihm in die Augen sah. »Das ist es doch nicht. Es ist einfach nur …«

Er wollte sagen, es sei wie in diesem Film, von dem Rabe erzählt hatte. Ein Abend, der den Jungs gehörte – ihm, Michi, Rabe und den anderen Mitschülern.

»… es ist nur nicht üblich«, sagte er schließlich.

Sie befreite ihren Arm aus seinem Griff. »Ich hab schon verstanden. Die schlauen Gymnasiasten wollen unter sich sein, und da muss die dumme Hauptschülerin eben zu Hause bleiben. Das Bett warm halten, was?«

Sie wandte sich den Pullovern auf ihrem Bett zu, nahm sie nacheinander in die Hand und betrachtete sie länger als nötig, nur um Fete nicht anschauen zu müssen.

Fete wurde zunehmend nervös, sogar sauer. »So ein Quatsch!«, widersprach er. »Das hat doch überhaupt nichts mit dir zu tun.«

»Geh zu deiner Party! Ich hab eh was Besseres vor. Du sollst dich nicht für deine Unterschichtfreundin schämen.«

»Ich schäme mich doch gar nicht. Was redest du denn da für einen Käse?«

»Weißt du, vielleicht suchst du dir in der *geschlosse-*

nen Gesellschaft einfach eine, die besser zu dir passt. Eine aus deiner Klasse, 'ne Zahnarzttochter oder besser noch: 'ne Tochter von 'nem Frauenarzt. Der kann dir dann vielleicht auch erklären, wie Mädels so ticken. Den kannst du dann mal um Rat fragen. Eine hübsche kleine Blonde mit Blüschen und Rock.« Dani steckte zwei der Pullover in ihren Schulrucksack und wandte sich zur Tür.

Auch jetzt versuchte Fete, sie am Arm zurückzuhalten, aber dieses Mal zog sie sich sofort aus seiner Umklammerung. »Jetzt hör mal auf mit dem Scheiß!«, polterte er heftig, wenn auch eher verzweifelt als bedrohlich.

»Weißt du was, Fete! Verpiss dich einfach! Ich will dich heute nicht mehr sehen. Hau ab! Lass mich in Ruhe!« Sie sagte es nicht laut, sondern mit eisiger Schärfe. Vielleicht wollte sie damit verhindern, dass ihre Mutter sie durch die einen Spalt geöffnete Tür hörte.

Schweigend nahm Fete seinen Rucksack und schob sich an Dani vorbei auf die Treppe. Dort drehte er sich noch einmal zu ihr um. »Dani …«

»Geh einfach! Ich habe keine Lust, mit dir zu diskutieren.«

Fete erkannte das Endgültige in ihrer Stimme, atmete hörbar durch, anstatt sich an einer weiteren Beschwichtigung zu versuchen, und ging dann eilig die Treppe nach oben. Er dachte, Simone aus dem Augenwinkel zu sehen, als er den Gang zur Haustür entlanglief, aber er verabschiedete sich nicht von ihr, sondern riss schnell die Tür auf.

Als er aus der leicht überheizten Wohnung ins Freie trat, traf ihn die Kälte mit Wucht im Gesicht und kühlte auch seine Emotionen. Es gelang ihm, die Tür nicht mit der gleichen Kraft zuzuwerfen, mit der er sie geöffnet hatte; stattdessen schloss er sie vorsichtig und so leise wie möglich.

Während er auf den Bus wartete, schaute er immer wieder über den großen Parkplatz zur Gesamtschule hinüber. Er hoffte, Dani würde aus der Wohnungstür treten und ihn zurückholen, bevor der Bus kam. Doch sie tat es nicht.

30

Es dämmerte, als Fete zu Hause ankam. Im Nachbars-
garten stand Michi, den die Nachricht der doch statt-
findenden Weihnachtsfeier angestachelt hatte, noch ein
paar Wurfübungen im Garten zu veranstalten.

»Hast du noch nicht genug geübt, Michi?«, rief Fete
ihm im Vorbeigehen zu, obwohl er ihn lieber ignoriert
hätte und er das Vorhaben seines Freundes immer noch –
und gerade jetzt – für vollkommenen Blödsinn hielt.

»Man kann nie genug üben.«

Fete verzog müde das Gesicht. »Sagte meine Klavier-
lehrerin auch immer.«

»Hättest mal auf deine Lehrerin hören sollen.« Michi grinste. »Hier, schau! Mittlerweile kann ich es sogar
blind.« Er schloss die Augen und feuerte zwei Würfe ab,
traf aber mit keinem. Die beiden Schneebälle landeten
stattdessen in Fetes Garten und versanken im Weiß, aus
dem sie gekommen waren.

Fete zuckte nur mit den Schultern, und Michi behauptete: »Vorführeffekt.«

Noch bevor er mehr sagen konnte, kam Marnie mit
ihrer Sporttasche den Berg heraufgeschlendert. »Hey,

Michi, sehen wir uns bei der Feier am Samstag?«, fragte sie gut gelaunt.

Michi errötete leicht. »Ja, klar. Wenn du magst, können wir auch gemeinsam hinfahren.«

Marnie lächelte ihn an und würdigte damit den ersten forschen Vorstoß, den Michi ihr gegenüber gewagt hatte. »Wann willst du denn hin?«

»Na, wenn es losgeht. Um sieben«, sagte Michi, für den das außer Frage zu stehen schien.

»Oh, das schaffe ich nicht. Ich habe vorher noch Volleyball. Turnier, weißt du.« Marnie hob ihre Tasche ein wenig hoch, als müsste sie beweisen, dass es stimmte.

»Dann komm einfach nach, sobald du es schaffst. Wir sind auf jeden Fall da. Nicht, Fete?«

Fete biss die Zähne zusammen. Er mochte den flötenden Ton nicht, den Michis Stimme annahm, sobald sein Freund mit seiner Schwester sprach. Es klang, als wäre Michis Mund plötzlich eine mit Samt ausgeschlagene Schalmei. Kaum zu ertragen, gerade jetzt.

»Könnt ihr beide mir bitte einen Gefallen tun?«, fragte er entnervt. »Seit dem Sandkasten scharwenzelt ihr umeinander herum. Könnt ihr euch nicht einfach mal verabreden wie normale Leute? Auf ein Eis? Einen Kaffee? Geht doch mal ins *Kenny's* oder macht einen Filmabend oder werft gemeinsam auf Pappvögel, von mir aus. Aber nicht immer dieses Gelaber! Ihr steht doch aufeinander, oder? Also macht was draus! Sonst ist es irgendwann zu spät.«

Marnie und Michi sahen einander unsicher an. Offensichtlich wussten sie nicht, ob sie lachen oder sich wehren sollten. Fete warf ihnen einen wütenden Blick zu.

»Oh, wenn dein Bruder das sagt«, versuchte Michi schließlich die Situation zu entspannen, »dann tun wir das doch mal. Was meinst du, Marnie? Meine Mutter macht morgen Kartoffelpuffer. Hat sie groß angekündigt. Die neue *Bofrost*-Lieferung kommt. Magst du zum Essen rüberkommen?«

Kartoffelpufferabende waren bislang ein Vergnügen, das Michi nur mit Fete und Rabe von Zeit zu Zeit teilte. Meist war damit ein anschließender Brettspielmarathon verbunden, den sie nutzten, um die Unmengen an Apfelmus, Kartoffeln und Fett zu verdauen. Jeder von ihnen schaffte an so einem Abend acht bis zehn der goldenen Taler. Michis Mutter konnte so viel bestellen, wie sie wollte – nach einem ihrer Gelage war alles vertilgt.

»Ich raff es nicht!«, bellte Fete Michi entgegen und suchte seinen Schlüssel.

»Ich glaube, Thomas meinte was anderes«, antwortete Marnie. Sie konnte sich ein Grinsen über ihren Bruder nicht verkneifen. »Aber gern. Ich liebe Kartoffelpuffer.«

»Hättest du das mal früher gesagt!«, stöhnte Michi gespielt. »Wir können danach auch noch ein Spiel spielen. Ich habe jetzt *El Grande*. Ganz neu. Spiel des Jahres. Noch nicht einmal Fete hat es schon ausprobiert.« Er blinzelte zu Fete hinüber und hoffte offenbar, dieser würde einsehen, wie unverschämt er sich ihnen gegenüber verhielt.

Normalerweise hätte Fete nun mit einer humorvollen Bemerkung reagiert. Heute aber murmelte er nur etwas wie »verrecken«, womit er nur zum Teil auf Michis Stichelei einging. Vor allem fluchte er, weil er seinen Schlüssel weder in seiner Hosentasche noch in seinem Rucksack gefunden hatte und nun daran denken musste, dass er ihn auf den Teppich neben Danis Bett gelegt hatte, weil er ihn beim Liegen gepikst hatte.

»Mann, hast du eine Laune! Komm mal wieder runter, Thomas!«, maßregelte Marnie ihren älteren Bruder.

»Mach mal die Tür auf«, sagte er.

»Was? Hast du deinen Schlüssel verloren? Oder nur bei deiner Freundin gelassen?«

Fete sah sie warnend an. »Nicht jetzt, Marnie! Ganz schlechter Zeitpunkt.« Er zwang sich zur Ruhe, auch weil Marnie im Moment als Einzige die Tür öffnen konnte, da ihre Eltern noch bei der Arbeit waren. Er sah sie und Michi an. »Entschuldigt! War ein beschissener Tag heute. Können wir jetzt rein?«

»Sofort!« Marnie schloss die Haustür auf, warf Fete einen versöhnlichen Blick zu und ging in den Flur. Sie erkannte, wann ihr Bruder am liebsten in Ruhe gelassen werden wollte, ebenso wusste sie, dass er sich selbst am meisten hasste, wenn er seine Freunde beschimpfte.

Auch Michi kannte die Stimmungen seines Freundes. Deshalb formulierte er seine letzte Spitze wieder etwas freundlicher: »Hey, Fete, sollen wir dir ein paar Puffer aufheben?«

Michi lächelte versöhnlich, und Fete versuchte dieses Lächeln zu erwidern. Aber es gelang ihm nicht, deshalb reckte er nur den Daumen nach oben und rief: »Wir sehen uns morgen in der Schule, Michi.«

31

Michi warf seine Jacke auf den Wäschehaufen, der sich im Eingangsbereich vor der Kellertür türmte, und wandte sich an seine Mutter, die gerade ein weiteres Bündel Wäsche in den Flur trug, um diese gleich darauf zu sortieren. »Kannst du meine Jacke noch mitwaschen?«, fragte er.

Sie sah auf. »Ich mache erst die weißen Sachen. Geht die nicht noch 'ne Weile?« Sie hob die Jacke hoch und roch an ihrem Innenfutter. »Okay, nein. Geht nicht mehr.«

Michi wusste, dass seine Mutter den Schweißgeruch unter den Ärmeln ebenso gerochen hatte wie er. »Training«, sagte er verlegen.

»Hast du alles rausgenommen? Das letzte Mal haben die zwei Mark im Abflussrohr mich einen Fünfziger gekostet.«

Erst als sie nacheinander in alle Jackentaschen griff und schließlich einen Zettel aus einer herauszog, erinnerte sich Michi daran, dass er diesen längst hatte wegwerfen wollen. Seine Mutter durfte ihn auf keinen Fall sehen! Doch zu spät. Angelika entfaltete den Zettel bereits.

Michi überlegte fieberhaft, wie er ihn ihr entreißen

konnte. Wie sollte er sie ablenken, ihren immer starrer werdenden Blick auf sich selbst oder irgendetwas anderes lenken? Doch nicht einmal ein im Garten landendes UFO hätte in diesem Moment wohl ihre Aufmerksamkeit erregt. Einen Augenblick lang fragte sich Michi sogar, wie man in der Zeit zurückreisen konnte. Rabe kannte sicherlich die üblichen Methoden, doch den konnte er gerade nicht fragen …

»Woher hast du den?« Die Frage seiner Mutter riss Michi aus den panischen Gedanken.

»Hat mir jemand gegeben. Der Typ, der an unserem Zaun war.«

»Was hat er gesagt?«

»Nichts. Hat mir nur den Zettel in die Hand gedrückt. Ich dachte, er wäre verrückt, oder so.«

»Lüg mich nicht an!«

Michi erstarrte. Der Satz seiner Mutter dröhnte in seinen Ohren; der Nachhall war umso lauter, als danach erst einmal keiner etwas sagte.

»Mama, ich …«, bemühte er sich um eine Antwort.

»Ich kenne diese Adresse von den Anwaltsbriefen. Woher hast du die? Hat der Mann irgendwas gesagt? Was will er von dir?«

»Nichts.« Michi überlegte fieberhaft, wo er das Taschenmesser hingelegt hatte. Wenn sie es auch noch fand, würde seine Mutter ihm noch weniger glauben. »Ich schwöre dir. Der Mann hat mir nur diese Adresse gegeben und gesagt, wenn ich mal mit jemandem reden möchte, soll ich anrufen. Ich hab doch gesagt, der hat sich vermutlich geirrt. Das war irgendein Bekloppter.«

271

»Hat er dich was über deinen Vater gefragt?«

Michi schüttelte den Kopf, tat so, als müsste er noch einmal nachdenken, blickte um sich und duckte sich, als seine Mutter auf ihn zuging und das Stück Papier vor seinen Augen in die kleinstmöglichen Stücke zerriss.

»Vergiss deinen Vater!«, zischte sie. »Er hat uns verlassen und ist ein Lügner. Er ist es nicht wert, dass du dich mit ihm beschäftigst. Hast du mit ihm gesprochen?«

»Mit wem?«

»Stell dich nicht dumm! Mit deinem Vater natürlich! Das war er! Jede Wette!« Sie ließ die Überreste des Zettels zu Boden schneien und stakste an ihnen vorbei zur Küche.

Er sah noch, wie ihre Augen rot anliefen und ihre Lippen bebten, als sie sich in Bewegung setzte. Doch er folgte ihr nicht, sondern kniete sich zu dem Kleiderhaufen und sortierte die Wäsche, wie es seine Mutter eben begonnen hatte. Dies schien ihm das einzig Sinnvolle zu sein, was er in diesem Moment tun konnte.

Er hörte, wie seine Mutter etwas aus dem Kühlschrank nahm, und kurz darauf, dass der Wasserkocher brodelte.

Michi trug die Waschkörbe in den Keller, startete die Waschmaschine mit ihrer ersten Ladung und ging dann so langsam wie möglich zu seiner Mutter, die in der Küche saß und auf ihren dampfenden Tee schaute. Er erwartete, dass sie ihr Gespräch von vorhin wiederaufnahm, hoffte zugleich, dass sie ihn einfach in den Arm nahm. Von sich selbst erwartete er irgendeinen guten Satz, mit dem er seine Heimlichtuerei erklären konnte, aber es gab keinen. Er hatte den Zettel und den Besuch des Fremden tatsächlich schlicht und einfach vergessen, weil er ihm nichts bedeutet hatte.

Als er sah, wie seine Mutter zu weinen anfing, trat Michi zu ihr. »Entschuldige, Mama! Ich wusste nicht, dass es dich so aufregt. Ich hätte was sagen sollen.«

»Es geht doch nicht um deinen Vater.«

Angelika sah durchs Fenster. Tränen liefen ihr die Wangen herunter, und Michi fiel zum ersten Mal auf, wie schön seine Mutter war. Gleichzeitig fragte er sich, wie alt sie eigentlich war. Er hatte sich darüber noch nie wirklich Gedanken gemacht. Eltern waren Eltern, also einfach älter. Die exakten Zahlen waren nie Teil der Überlegung gewesen. Aber als er nun nachrechnete und auf zweiundvierzig oder dreiundvierzig kam, wurde ihm klar, wie gering der Altersabstand zwischen ihnen eigentlich war. Auch er wäre in einigen Jahren vierzig, und erst dann wäre sie wirklich alt. Und egal, ob sie nun gerade zweiundvierzig oder doch älter war: Sie war blutjung gewesen, als sein Vater gegangen war, und er konnte nicht verstehen, wie man eine so schöne Frau und ihr Kind einfach zurücklassen konnte.

Sie sah ihn an. »Es geht wirklich nicht um ihn, Michi. Es geht um alles. Ist das hier wirklich alles?« Sie zeigte auf die Küche, den Garten, sich selbst. »Man heiratet, fängt an zu arbeiten, kriegt ein Kind. Dann irgendwann, wenn man merkt, dass man nichts mit dem Partner gemein hat, trennt man sich und streitet sich fortan nur noch um Geld. Man geht weiter arbeiten und sieht, wie die Jahre an einem vorbeiziehen. Eins nach dem anderen. *Oh, schon wieder Herbst! Schon wieder Frühling! Ich muss ja noch das Beet neu bepflanzen!* Jedes Jahr dasselbe. Und um dich rum sterben die Alten, die dich unterrichtet und aufgezogen haben, und du unterrichtest selbst die Jungen, die sich irgendwann fragen, was wohl aus der alten Lehrerin geworden ist. Und dann sagen deren Eltern, die ist schon gestorben. Sie sagen es, auch wenn du das nicht bist, sondern in irgendeinem Heim vor dich hin dämmerst, und dann haben die Eltern dieser Kinder ja irgendwie doch wieder recht.«

Sie holte Luft, bevor sie weitersprach. »Aber bis dahin ist es immer dasselbe: Sommerreifen an Ostern, Winterreifen im Oktober. Nur der Mechaniker wechselt irgendwann. Immer der gleiche Einkauf und die gleiche Wäsche. Nur du erzählst manchmal noch was Neues. Aber du bist auch in ein, zwei Jahren weg, verstehst du? Ich meine, es muss doch mehr geben als dieses ewig Gleiche? Vielleicht hätte ich was anders machen sollen. Aber was? Verstehst du? Ich weiß nicht mal, was ich hätte tun sollen, um zu verhindern, dass es so kommt, wie es nun ist. Und weißt du, was das Allerschlimmste ist?«

Er sah ihr ins tränenüberströmte Gesicht und wagte kaum, den Kopf zu schütteln.

»Dass ich mich jetzt schon wieder frage, welche Blumen ich im Frühjahr pflanzen soll.« Sie zog die Nase hoch.

»Auf keinen Fall wieder Gladiolen. Die gehen nur wieder ein, wenn ich mich drum kümmern soll«, versuchte er, die Stimmung aufzulockern.

»*Alle* Pflanzen gehen ein, wenn du dich drum kümmern sollst, Michi.«

»Die auf der Kommode im Flur nicht.«

»Die sind auch aus Plastik.«

»Perfekt.«

»Weißt du was, Michi?« Ihre Tränen waren versiegt, und ein schiefes Lächeln schlich sich auf ihr Gesicht. »Das Leben ist beschissen. Aber wenn du eines Tages die Chance bekommst, was aus dir zu machen, dann nutze sie!«

»Was soll das für eine Chance sein?«

»Das wusste ich auch nie!« Sie lachte auf. »Aber eins weiß ich. Eins ist noch viel schlimmer als das Leben. Weißt du was?«

»Was, Mama?«

»Plastikblumen.«

32

Rabe holte die zusammengetackerten, zerknüllten Blätter des Bewerbungsschreibens aus dem Papierkorb, entfaltete sie auf seinem Schreibtisch und strich sie, so gut es ging, glatt. Punkt für Punkt ging er die Anforderungen und Fragen noch einmal durch, dann machte er sich daran, die ersten Leerstellen auszufüllen. *Name, Adresse, Anzahl und Titel der bisherigen Film- oder Drehbuchprojekte.*

Es klopfte an der Tür, und Elke steckte ihren Kopf herein, um zu fragen, ob er noch etwas vom Nachtisch wollte; wenn nicht, würde sie ihn wegpacken.

Als Rabe ablehnte, kam sie herein, setzte sich auf sein Bett und beobachtete ihn dabei, wie er mit langsamen Strichen die Unterlagen ausfüllte, die sich auf dem Tisch wellten wie eine von Katzen zur Schlafstatt erkorene Decke. Sie sah ihn schweigend an, bis er endlich mit einem Brummen nachfragte, ob sie noch etwas wollte.

Sie lehnte sich zurück. »Nun, erstens lehnst du normalerweise nie einen weiteren Nachtisch ab. Dass du es jetzt tust, heißt also, du hast etwas wirklich Wichtiges zu tun – oder meine Fähigkeiten im Bereich der selbst gemachten Mousse au Chocolat haben enorm nachgelassen. Zweitens schreibst du für gewöhnlich sehr viel schneller, auch mit der Hand. Also fällt es dir schwer, dir etwas Passendes auszudenken, oder du hast keine Lust. Da ich die erste Variante ausschließe, gehe ich davon aus, dass dich irgendwas auf diesen Blättern beschäftigt. Ist das die Bewerbung für München?«

Rabe nickte.

»Was ist das Problem?«

Rabe seufzte. »Dieser Fragebogen ist dumm und uninspiriert. Es ist völlig klar, dass die Filmschule nur Nachwuchs für mittelmäßiges Konfektionskino heranziehen will.« Auf den Begriff *Konfektionskino* war er stolz, hatte er ihn sich doch aus einer Filmkritik aus dem letzten Jahr gemerkt. »Ich fürchte, nichts, was diese Schule von mir erwartet oder lehrt, entspricht dem, was ich machen will.«

»Dann schick es nicht ab!«

Rabe sah seine Mutter erstaunt an. Bisher war er immer der Ansicht gewesen, seine Eltern legten großen Wert auf eine fundierte Ausbildung und Sicherheit. Da sie ihm den ohnehin eher unsicheren Beruf des Filmemachers nicht ausreden konnten, hatte er gedacht, seien sie froh, ihn wenigstens an einem anerkannten Institut unterzubringen.

Seine Mutter zuckte mit den Schultern. »Wenn du meinst, es ist nicht das Richtige für dich, ist es vielleicht tatsächlich so. Wozu überhaupt die Eile? Ich weiß, die Auswahlkriterien sind hart, und du hast gesagt, man müsste es am besten zwei Jahre im Voraus probieren, um wenigstens irgendwann eine Zusage zu bekommen.

Andererseits hast du doch wirklich noch zwei Jahre Zeit. Du musst erst mal dein Abitur machen, Zivildienst. Oder willst du zum Bund? Dein Vater kennt da noch Leute von früher.«

»Nein, ich glaube, das ist nichts für mich. Das mit dem Zivi ist doch super. Auch, dass ich den hier in der Stadt machen kann. Weggehen werde ich früh genug.«

Er sah ein trauriges Lächeln über ihr Gesicht huschen, als wäre ihr diese Tatsache gerade zum ersten Mal in den Sinn gekommen.

»Zwei Jahre sind eine lange Zeit«, sagte sie. »Vor allem, wenn man jung ist. Da passiert noch so viel. Also, wirf die Unterlagen ruhig weg! Du kannst sie nächstes Jahr ja noch einmal neu beantragen. Und wenn nicht, dann machst du etwas anderes. Denk lieber an eure Weihnachtsfeier am Samstag. Du hast gesagt, du freust dich darauf. Kommt Viola denn mit? Sollen wir sie abholen? Ich kann euch auch gemeinsam hinfahren?«

Rabe antwortete nicht. Während der letzten Sätze seiner Mutter hatte er aus dem Fenster gesehen und im Schein der Straßenlaterne bemerkt, dass es langsam aufhörte zu schneien. Durch das orangene Licht schwebten nur noch vereinzelte winzige Flocken, und er pickte einige von ihnen heraus und verfolgte ihren Weg mit den Augen, bis sie entweder im Dunkel oder in der Schneedecke verschwanden.

»Hallo? Raphael?«

Er drehte sich wieder zu ihr, entschuldigte sich, hatte aber ihre letzte Frage tatsächlich nicht gehört und antwortete deswegen nur mit einem unbestimmten Grummeln – in der Hoffnung, es würde ihr als Erwiderung ausreichen.

Sie lachte auf. »Ach, mein Schriftsteller! Immer mit dem Kopf im Himmel! Woran denkst du nur jetzt gerade wieder?«

»An Mousse au Chocolat.« Er wusste, wie er sie zufriedenstellen konnte.

»Dann hole ich uns noch welche.« Sie ging, um zwei Schälchen zu holen, und während er dem Klappern der Schüsseln in der Küche zuhörte, sah er wieder aus dem Fenster, auf die Schneelandschaft und den kleinen Ausschnitt des Bodensees, den er durch eine Lücke zwischen den Häusern erkennen konnte.

Zwei Jahre, dachte er. *Nur zwei Jahre, dann muss ich hier weg.* Er würde den Ort verlassen müssen, da es hier keine Möglichkeit gab, sich professionell mit Film zu beschäftigen. Einen Augenblick lang erschien es ihm so, als wäre das Ganze nicht wert. Selbst sein unendlich ferner und doch ständig präsenter Sehnsuchtsort Hollywood – von dem er in Wahrheit kaum etwas wusste, nicht einmal, wie dort das Wetter war und wie die Menschen – erschien ihm völlig unbedeutend. Er wollte weder auf eine Filmakademie noch ins ferne Los Angeles, er wollte jetzt gerade nur in seinem Zimmer bleiben. In seiner Heimatstadt.

Waren seine Träume, seine Pläne von der großen Karriere beim Film vielleicht nur deswegen so schön, weil er sie sich ausdachte wie seine Geschichten? Würde nicht jeder Ort seine Reize verlieren, wenn man dort wäre und anfinge, ihn mit der Vorstellung abzugleichen?

Vielleicht war München, vielleicht war selbst Hollywood nur darum so reizvoll, so faszinierend, mondän und
erstrebenswert, weil er es sich so ausmalte. Was, wenn er
wirklich dorthin käme und es dort furchtbar fand?

Und angesichts des sanft fallenden Schnees und des
Sees, der ruhig und erhaben war, selbst in seinem win-
zigsten Ausschnitt, fragte Rabe sich: *Was, wenn es keinen
besseren Ort als diesen gibt?*

33

Vorsichtig gingen Michi und Rabe die sechs Steinstufen zum Nebengebäude hinunter, wo der Eingang des *Komm*-Raums und damit der Zugang zur Party war. Die Stufen waren nur nachlässig mit Kies gestreut, und das Getrampel von sicherlich hundert Schülerfüßen hatte sie wieder rutschig gemacht.

Michi glitt kurz aus und geriet ins Wanken, wurde aber sofort von Rabe aufgefangen und mit einem geschickten Schwung durch die Doppeltür geschoben, die in den Flur des Gebäudes führte. Die braunen Fliesen dort waren nass und voller Steinchen, die die feierlustigen Schüler unter ihren Schuhen hereingetragen hatten. Den Check-in verantworteten ein Rabe unbekannter Schüler der elften Klasse und Lehrer Veit. Ersterer verlangte zwei Mark Eintrittsgeld, und sobald Michi und Rabe bezahlt hatten, drückte Veit ihnen einen Stempel auf den Handrücken. Rabe war der Ansicht, Veit hätte ihm den Stempel weniger stark aufgedrückt als Michi, aber womöglich irrte er sich da auch. Zumindest schien ihm das Stempelbild auf seiner Hand sehr viel blasser zu sein. War Veit die Absage etwa doch unangenehm? Oder dachte er an ihre Begegnung in der Video-thek?

Erwartungsvoll traten sie ein. Die Luft im Raum war schon jetzt von Atem und Hitze so schwer, dass man sie hätte schnappen und zu Bällen formen können, und die Tanzfläche war bereits von den attraktivsten Ober-stufenschülern besetzt. Sie stellten ihre Verrenkungen zur Schau wie balzende Tiere, was sie streng genommen auch waren. Wie es wohl wäre, überlegte Rabe, wenn der geölt wirkende Blonde in der Mitte der Tanzfläche einen von Michi perfekt platzierten Luftball abbekäme und das Gemisch aus feuchtem Atem, Rauch und Bierdunst auf seinem Gesicht zerfloss.

»Ich hol uns mal was zu trinken«, beschloss Michi, der von Rabes Gedanken nichts ahnen konnte. »Etwas ohne Alkohol. Immerhin soll der Hahn heute Nacht noch sei-nen letzten Schrei tun.« Er grinste. *Der Hahn wird seinen letzten Schrei tun.* Ihm gefiel diese Parole, die er sich zu-rechtgelegt hatte, um sein Vorhaben mit Kurtz' Wetter-hahn möglichst bedeutend zu umschreiben.

Während Michi versuchte, sich durch die Gruppen einen Weg zur Theke zu bahnen, hielt Rabe nach Fete Ausschau. Sein Blick blieb an Nina haften, die sich in eine dunkle Ecke der Tanzfläche zurückgezogen hatte und dort langsame, fast vorsichtige Bewegungen zu der ungleich aufdringlicheren, polternden Eurodance-Musik machte. Sie trug einen roten Pullover mit V-Ausschnitt, Jeans und weiße Turnschuhe, und anders als sonst wirkte sie heute in der nur selten von den bunten Scheinwer-fern und dem grellen Stroboskoplicht getroffenen Ecke fast klein. Es schien fast, als wollte sie von den anderen Tänzern unbemerkt bleiben; auch hielt sie immer wieder zwei Freundinnen in ihrer Nähe, indem sie diese laut ansprach, sobald sie sich von ihr entfernten. Dadurch mussten sie sich immer wieder zu ihr hinbeugen, um durch den Lärm zu verstehen, was sie sagte.

Michi hielt Rabe eine Flasche Cola hin. »Was ist eigentlich mit Viola? Ist sie schon da?«

Rabe schüttelte den Kopf, ließ noch einmal seinen Bick durch den Raum schweifen und versuchte, auch den Nebenraum zu erfassen. Dort hatten sich Schlangen um den Kicker und den Billardtisch gebildet, die so lang waren, dass wohl auch bis zum Ende der Feier nicht jeder zum Zuge gekommen sein würde. Der Andrang und das spärliche Licht machten es Rabe jedoch unmöglich, zu erkennen, ob Viola am Tischfußball stand und dort wieder einmal Gegner um Gegner schlug, um ihren Platz zu verteidigen.

»Nein, ich bin mir aber auch nicht so sicher, ob es gut wäre, wenn sie käme«, sagte Rabe dann. »Ich habe ihr vorgestern auch das Manuskript in den Briefkasten geworfen, das, das Veit mir zurückgegeben hat.«

»Und? Was ist so schlimm daran?«, fragte Michi.

»Nichts. Nur, dass sie darin quasi die Hauptrolle spielt.«

»Ist doch cool. Sie wird geschmeichelt sein. Oder spielt sie den Bösewicht? Das Ober-Alien?«

Rabe schüttelte den Kopf. »Nein, das nicht, aber am Schluss kriegen sich die Hauptfiguren nicht, sondern gehen beide zurück in ihr voriges Leben. Eigentlich voll die Antiliebesgeschichte. Nicht, dass Viola denkt, ich würde, also ...«

»Oh Mann, Rabe!« Michi stieß ihn gegen den Arm. »Vielleicht solltet ihr mal klären, was ihr beide eigentlich wollt! Ich meine, du bist doch voll verknallt in sie, oder? Und sie in dich?«

Rabe hatte gegen das Wort »verknallt« eine tief sitzende Abneigung, klang es doch in seinen Ohren viel zu sehr nach einem zufälligen Schuss, nach einer flüchtigen Explosion – Dingen also, die er nicht mit Zuneigung, Romantik oder gar Liebe in Verbindung gebracht hätte. Für ihn war Liebe etwas Schleichendes, Sanftes, wie das Meer, das während der Flut den Strand erobert, oder wie die langsam umhüllende Wärme eines Vollbades, die nach und nach den ganzen Körper einnimmt und die man auch nach dem Bad in sich trägt. Er wusste, dass er gern in Violas Nähe war und sie wohl auch in seiner. Sie verstanden sich, ohne miteinander zu sprechen. Ja, sie waren zusammen, auch wenn sie es nie ausgesprochen hatten und es auch nicht an einem Datum festmachen könnten.

»Du weißt doch seit der fünften Klasse, wie man das macht, oder?«, dozierte Michi. »Man schreibt auf einen Zettel: ›Willst du mit mir gehen? Ja? Nein?‹ Und dann macht man Kästchen zum Ankreuzen. Wenn man clever ist, zeichnet man das Kästchen für Ja ein wenig größer als das für Nein. Nur die besonders Doofen fügen dem Ja- und dem Nein-Kästchen noch eines für Vielleicht hinzu und verbleiben dadurch unter Umständen weitere Monate in Ungewissheit und brennender Geduld.«

»Was zur Hölle willst du damit sagen, Michi?«

»Na, dass ihr beide auf eure Zettel drei Kästchen gemalt habt. Ihr solltet endlich mal die Ja-Nein-Frage stellen. Dann wisst ihr auch, woran ihr seid.«

Rabe sah ihn an. »Das mit der brennenden Geduld war das bessere Bild, Michi, beziehungsweise Oxymoron.«

Genervt über so viel Klugscheißerei hob Michi die Arme in Richtung der Decke. »Oder soll ich für dich fragen, Rabe? Das wäre dann eher Neuntklässler-Style. ›Hey, mein Kumpel findet dich voll cool, weißt du? Ihr habt ja schon mal rumgeknutscht und so, deshalb wollte ich für ihn fragen, ob du mit ihm gehen willst.‹«

»Michi, es reicht.«

Knutschen war ein weiteres Wort, das Rabe nie benutzt hätte. Genauso wie *miteinander gehen*. Beides klang banal, grob und wenig verlockend. Und nur weil Fete und er Michi mit nahezu den gleichen Sätzen aufzogen, wenn es um Marnie ging, ließ er es zu, dass sein aufgekratzter Freund ihm weitere schlechte Ratschläge gab.

»Oh, schau mal!«, rief Michi jetzt und zeigte zur Tür des *Komm*-Raums, durch die Viola gerade eingetreten war. Die Mädchen aus ihrer Klasse hatten sie sofort umringt und zu sich gezogen.

Michi winkte ihr zu und deutete dabei auf Rabe, was diesen dazu veranlasste, ihm hart mit dem Handrücken in den Bauch zu boxen, um ihn so vom Wedeln abzuhalten. Doch Viola hatte ihn offenbar ohnehin schon entdeckt und winkte mit breitem Grinsen zurück.

Notgedrungen hob Rabe ebenfalls die Hand, kürzer

und ein wenig verhalten. Er suchte in ihrem Gesicht nach etwas, was ihm verriet, was sie aus dem Stück herausgelesen hatte. War sie sauer auf ihn? Hatte sie das Stück vielleicht noch gar nicht gelesen? Sie aber lächelte nur, und ihre Augen strahlten im hellsten Blau, das Rabe je gesehen hatte.

Michi stieß Rabe an. »Was ist jetzt? Geh endlich hin, und klär das! *Ja, nein, vielleicht.* Ich warte hier.«

Rabe trat einen Schritt zurück und schüttelte den Kopf. »Erst wenn du Marnie gefragt hast. Wo ist die überhaupt? Sollen wir nicht erst mal sie suchen? Die wollte doch auch kommen, oder? Hast du doch so groß getönt!«

Da hatte Rabe durchaus recht. Michi kaute auf seiner Unterlippe und deutete mit dem Finger auf seinen Freund, um ihm diesen Punkt zu geben. Wo war eigentlich Marnie? Da er diese Frage nicht beantworten konnte, blieb Michi nichts anderes übrig, als abzulenken: »Und wo, verdammt noch mal, bleibt eigentlich Fete?«

34

Fete stieg vor der Gesamtschule aus dem Bus und stapfte durch den Schnee zu Danis Wohnungstür. Es hatte wieder angefangen zu schneien, dichter diesmal, und die Flocken fielen dick und schwer vom Himmel. Als er das Haus erreichte und klingelte, hatte sich auf seiner Mütze bereits ein großer Haufen Schnee gesammelt, und er musste den Kopf schütteln, um ihn loszuwerden.

Dani öffnete.

Gott sei Dank sie! Er hätte nicht gewusst, was er hätte sagen sollen, wäre er mit ihren Eltern konfrontiert worden. Hatte Dani mit ihnen über ihn gesprochen? Hatte sie ihn verflucht, mit ihren harten, spitzen Worten, bis ihre Mutter sie wegen der vielen Kraftausdrücke mit einer ebenfalls heftigen Vokabel gemaßregelt hatte? Fete stellte sich vor, dass ihre Mutter wohl so etwas gesagt hätte wie: »Scheiße noch mal, Dani, du kannst den Jungen doch nicht als Arschloch bezeichnen! Von wem hast du das denn? Von deinem Vater?«

Bei diesem Gedanken musste Fete schmunzeln, aber er schob das Lächeln schnell zurück und setzte eine ernste Miene auf. Danis Blick gab eindeutig keinen Anlass zum Grinsen. Sie sah ihn klar an und blinzelte nicht mal, obwohl der helle Schnee das Licht der Lampe über der Eingangstür reflektierte und sie blenden musste. Sie sagte auch nicht Hallo, aber das brauchte sie auch nicht. Ihr Starren und ihr stolz in die Höhe gerecktes Kinn fragten beredt genug, was er bei ihr und von ihr wollte.

»Dani –«

»Ich weiß«, unterbrach sie ihn, »du hast deinen Schlüssel vergessen. Hier!« Sie reichte ihm seinen Schlüsselbund.

Einen Augenblick überlegte er, ob er sich nicht doch einfach bedanken und wieder verschwinden sollte. Dann sagte er: »Deshalb bin ich nicht hier. Aber danke trotzdem.«

Er sah nach oben in die Lampe, und dicke Schneeflocken prallten auf sein Gesicht, als wollten sie ihn attackieren. Er blinzelte das gefrorene Wasser aus seinen Augen und hoffte, der starke Schneefall würde Dani dazu verleiten, ihn hereinzubitten.

»Warum bist du nicht auf der Party? Du verpasst sicher was, 'ne geile Fete. Da gehörst du doch hin. Sonst hättest du nicht so 'nen blöden Namen.«

Wut stieg in Fete auf. Was sollte diese Schroffheit, diese Angewohnheit, alles immer absolut zu betrachten. Ja. Nein. Schwarz. Weiß. Sie war der Meinung, das Leben würde keine zweiten Chancen verteilen, also würde auch sie ihm keine zugestehen. Dennoch wollte Fete sie vom Gegenteil überzeugen. »Ich möchte da nicht hin. Ich möchte etwas mit dir unternehmen. Deswegen bin ich hier. Nicht wegen des Schlüssels.«

»Ja, klar.« Sie verzog ihre Lippe, als würde ihr Mund

288

vor Verachtung überlaufen. »Hau schon ab, und feiere mit deinen Kumpels. Die warten auf dich.«

»Das tun sie. Aber ich werde nicht hingehen. Ich möchte bei dir sein. Und ich möchte auch, dass du mir das glaubst und … mir die Chance gibst, zu beweisen, wie … wie wichtig du mir bist.«

Sie atmete tief ein, streckte ihren Rücken durch und presste die Lippen aufeinander, als wollte sie die Worte daran hindern, gesagt zu werden. Doch sie sagte es. Zwei Wörter: »Na gut.«

Fete war einen Augenblick lang überrumpelt. Er hatte nicht erwartet, so etwas von ihr zu hören, dazu noch ohne Beschimpfung oder eine flapsige Bemerkung. Deswegen hatte er sich keine weiteren Sätze zurechtgelegt und sah sie einen Moment lang schweigend an. *Es stimmt nicht, was alle über den Schnee sagen*, schoss ihm durch den Kopf. Er war nicht leise und dämpfte auch nicht die Geräusche der Welt ab. Jetzt gerade hörte er den dröhnenden Verkehr der nahen Hauptstraße, das Geräusch des Fernsehers im Wohnzimmer und sogar das Fallen des Schnees. Es klang wie das Knistern von Zellophan, wie Haarspitzen, die verbrannten, wenn man sich zu nah über eine Kerze beugte. Die Welt um ihn herum wurde nicht leiser, dafür wurde alles in ihm lauter.

»Sollen wir einen Spaziergang machen?«, fragte er. »Wenn ich noch lange einfach so rumstehe, friere ich wahrscheinlich an der Fußmatte fest.«

Dani explodierte förmlich vor Lachen. »Dann wärest du wenigstens ein standfester Typ.«

Fete fiel in ihr Lachen ein und betrachtete das unscharfe Spiegelbild, das sich von ihm auf dem Fenster neben der Haustür abzeichnete. Auf seinen Schultern hatte der Schnee inzwischen kleine Epauletten aufgehäuft, und auch seine Mütze trug schon wieder einen Zipfel, als wäre Fete ein Nachtisch, auf den man nicht genug Sahne häufen konnte.

»Nein, ich möchte nicht mit dir spazieren gehen«, sagte Dani, während ihr Lachen in ein liebevolles Lächeln mündete. »Aber du kannst reinkommen, wenn du magst.«

Fete zögerte, weil er immer noch nicht wusste, was sie wohl ihren Eltern erzählt hatte und wie die nun über ihn dachten.

»Jetzt komm endlich rein, sonst kühlt uns die ganze Wohnung aus. Magst du Raclette? Das gibt's bei uns immer zum vierten Advent.«

»Ich hasse es.«

Er hatte eigentlich das Gegenteil behaupten wollen, konnte aber nicht lügen. Raclette war eindeutig ein Gericht, von dem man immer zu viel aß, aber nie satt wurde, weshalb man nur noch mehr aß und dann mitten in der Nacht von Bauchkrämpfen gemartert wurde.

Sie zuckte mit den Schultern. »Ich auch«, sagte sie. Dann zog sie ihn herein, küsste ihn, erst vorsichtig, dann wieder so stürmisch, wie er es von ihr kannte. »Am besten, wir machen uns ein paar Brote und verziehen uns in mein Zimmer«, sagte sie laut genug, damit ihre Eltern im Wohnzimmer es auch hören konnten.

Die aber ließen sie nicht so einfach entkommen. »Nee, Fete, ein Schäufelchen musst du schon mitessen!« Kurt stand auf, trat zu ihnen und drückte Fete und Dani sanft, aber bestimmt auf die freien Stühle. »Wo hast du überhaupt die ganze Zeit gesteckt, Junge? Hattest du etwa Angst vor mir?«

»Eher vor Dani«, gab Fete zu, was Danis Eltern für einen Witz hielten.

»He!« Dani gab Fete unter dem Tisch einen Klaps auf den Oberschenkel.

Kurt nickte. »Ah, das verstehe ich.«

»Umso schöner, dass du wieder mal hier bist!« Simone befüllte gleich zwei der metallenen Schaufeln mit Kartoffeln und Käse. »Hier, die sind für dich!«

In dem Moment wusste Fete, dass er diese Nacht vermutlich mit Bauchschmerzen verbringen würde. Aber das war im Moment nicht wichtig.

35

Rabe hatte nun schon das dritte Spiel am Kicker gewonnen und wollte eigentlich gern aufhören. Beim Anblick der Warteschlange hatte er erwartet, heute überhaupt keine Chance zu haben, einmal dranzukommen, aber die meisten Spieler waren inzwischen angeheitert und lieferten daher nicht dieselben Spielqualitäten ab wie in den Freistunden. Einige Kandidaten hatten ihr Spielvorhaben auch bereits aufgegeben, bevor sie an die Reihe kamen. Sie waren es offenbar leid, endlose Minuten in der Schlange zu stehen und dadurch den Abend zu vergeuden. So war Rabe nach nur zwanzig Minuten Wartezeit an den Tisch gekommen, die er sich mit einem äußert redseligen Elftklässler mit einer Diskussion über die Qualitäten von Quentin Tarantino vertrieben hatte.

Während er Partie um Partie gewann, achtete er nicht darauf, wer als nächster Gegner parat stand, sondern konzentrierte sich ausschließlich auf sein Spiel. Selbst das eintönige Hämmern von Haddaway, Snap! und anderer Eurodance-Meterware aus den Lautsprecherboxen verschwamm in seiner Konzentration zu einem weißen Rauschen.

Als er den dritten Gegner mit 6:3 erledigt hatte, wechselte die Musik auf eine Ballade. Ob sie von Bryan Adams war oder Bon Jovi oder wer sonst aus den Boxen schmachtete, erkannte Rabe nicht, aber er erkannte, dass ihm der arg melodramatische Regisseur des Abends ausgerechnet Viola als nächste Gegnerin präsentierte.

Sie trat an den Kicker und lächelte ihn an. »Hey! Unser Lied«, witzelte sie.

Er begrüßte sie freundlich, umarmte sie aber nicht und ließ auch sonst nichts darauf hindeuten, wie sehr er sich über ihre Anwesenheit freute. Hier am Tisch waren solche Überschwänglichkeiten verboten. Hier durfte man sich maximal nach der Partie abklatschen.

Während sie Kugel um Kugel in Rabes Tor versenkte, fragte Viola ihn, ob er nicht lieber mit ihr tanzen wolle, doch er erwiderte, dafür habe ihm noch kein Lied gut genug gefallen.

»Du kannst nicht den ganzen Abend hier am Kicker rumhängen«, sagte sie und grinste ihn breit an. »Und das wirst du ohnehin nicht. Denn dafür müsstest du diese Partie gewinnen.« Sprachs und versenkte einen weiteren Ball, der scheppernd gegen die Metallplatte hinter Rabes Tor krachte. »Ich habe dein Stück gelesen. Vielen Dank, dass du es mir vorbeigebracht hast. Du hättest ruhig klingeln können.«

Rabe fürchtete einen Moment, die Umstehenden könnten ihrer Konversation folgen und neugierige Fragen stellen, aber alle waren in andere Gespräche vertieft und schauten höchstens einmal nach einem Tor zu ihnen, um zu sehen, wann sie endlich an der Reihe wären.

»Nina kommt nicht besonders gut weg in deinem Stück«, meinte Viola.

Rabe hatte damit gerechnet, dass Viola sich selbst und auch ihn in den Hauptfiguren erkennen würde. Dass sie auch die Nebenfiguren und ihre Vorbilder aufschlüsseln würde, hatte er jedoch nicht erwartet. »Wieso? Sie hat doch ein schönes Leben«, fragte er.

Viola lachte. »Als abgestumpfte Zahnarztgattin mit Liebhaber aus dem Tennisclub? Bloß weil sie sich langweilt? Ist das nicht vielleicht doch ein bisschen viel Klischee?«

Rabe war immer ein großer Freund von Klischees gewesen, schließlich gab es nur deshalb so viele, weil sie sich beim Abklopfen der Realität fast immer als wahr herausstellten. Die Idee mit der gelangweilten Zahnarztgattin, die den ganzen Tag im Tennisclub herumhing und Drinks in sich reinkippte, weil sie hoffte, damit die Leere in sich zu betäuben, hatte Rabe aus Erzählungen seiner Mutter über die Frau ihres Zahnarztes geschöpft. Auch bei ihr wurde von einer Affäre mit dem Tennislehrer gemunkelt, was Rabe einleuchtete, nahm die Frau doch schon seit Jahren Stunden bei ihrem Trainer, ohne auch nur ein klein wenig besser zu spielen. Doch er wollte Viola lieber keinen Vortrag über Wirklichkeit und Klischees halten und zuckte daher nur mit den Schultern.

»Es hat mir gut gefallen. Wirklich«, beteuerte sie. »Auch wenn es eigentlich sehr traurig ist.«

»Was meinst du damit?«, fragte er. »Was genau ist an dem Stück traurig?«

»Na ja, es fängt ja schon mit dem Titel an: *Die große*

Sehnsucht. Schrecklich traurig. Sehnsucht erfüllt sich doch nicht. Nie. Man will was haben oder irgendwohin und leidet darunter, und am Ende bleibt man doch zu Hause. Wie in dem Gedicht von Eichendorff. Haben wir letztes Jahr in Deutsch durchgenommen. Du nicht?«

Wie fabelhaft Viola war, zeigte sich auch darin, dass sie die Werke romantischer Dichter in Kürzestform zusammenfassen konnte und gleichzeitig in der Lage war, mit der Wucht eines Vorschlaghammers eine Tischfußballkugel in das gegnerische Tor zu zimmern. Sechs zu zwei. Rabe war geschlagen und hatte den Kicker freizugeben.

Auch Viola verzichtete auf ihren Platz. »Sollen wir rausgehen? Die Jungs haben draußen Feuer gemacht.«

Rabe nickte und folgte ihr auf die Terrasse. Das Feuer bestand genau genommen aus zwei kleineren Brandstellen in leeren, jeweils etwa einen Quadratmeter großen Betonblumenkästen, deren Pflanzen schon vor Jahren ersatzlos entfernt worden waren. Es gefiel Rabe, wie die Flammen im Schnee loderten und die fallenden Flocken sich an den Spitzen des Feuers auflösten. Auch ließ sich hier am Feuer wieder erahnen, wie wohltuend Sauerstoff war, ohne zugleich zu erfrieren.

»Wie kommst du darauf, dass es Nina sein soll?«, kam Rabe auf sein Stück zurück. »Die Figur im Stück heißt doch ganz anders. Und Leute wie sie gibt es viele.«

»Ich heiße im Stück ja auch nicht, wie ich heiße.« Sie legte den Arm um seine Hüfte.

Er sah sie mit einem Lächeln an, traute sich aber

nicht, sie vor den anderen Schülern zu küssen. Zu seiner Erleichterung schien Viola das zu verstehen. Es standen ja wirklich viele um sie herum, und niemand wollte freiwillig zum Partygespräch werden.

Sie schaute ins Feuer. »Glaubst du wirklich, wir werden so leben, wie du es in deinem Stück beschreibst? Ich als erfolgreiche Galeristin, die zwischen New York und München hin- und herjettet? Du als erfolgreicher Drehbuchautor? Gut …«, sie lachte, »das kann ich mir tatsächlich vorstellen. Talent zum Schreiben hast du ja. Wohingegen ich mich nicht besonders für Malerei interessiere, aber das kann auch an den Lehrern liegen. Oder einfach noch kommen.« Sie strich ihm über die linke Seite, und er spürte ihre Hand, selbst durch Jacke und Pullover.

»Ich denke, es kommt wahrscheinlich alles ganz anders«, sagte er. »Wir werden sicherlich alle ganz normale Jobs machen und uns irgendwann fragen, warum wir nicht den Mut hatten, es wenigstens zu versuchen. Vielleicht hast du recht, und es ist wie in diesem Eichendorff-Gedicht. Wir schauen aus dem Fenster, und draußen ist das Leben vorbeigezogen.«

»Abgesehen davon, dass Nina tatsächlich einen reichen Zahnarzt geheiratet haben wird. Das scheint mir die realistischste Vorhersage zu sein.« Lachend legte Viola ihren Kopf an seine Schulter und drückte ihren Körper enger an seinen, als würde er mehr Wärme spenden als das Feuer vor ihnen. »Schade, dass die beiden im Stück nicht zusammenkommen«, sagte sie.

»Finde ich auch«, sagte er.

»Das liegt bestimmt daran, dass du zu viele Horror-filme von diesem Carpenter gesehen hast«, analysierte sie. »Du bist einfach kein Freund von Happy Ends.«

Er lachte und stimmte ihr heftig nickend zu. Dann sah er sie an, plötzlich ernster. »Sind *wir* eigentlich zusammen?«

Nun war sie es, die lachen musste, und sie lachte hemmungslos – ein klares, helles Lachen, lauter als die umliegenden Gespräche. Einige der Raucher um sie herum schauten neugierig zu ihnen und fragten, was für einen Witz Rabe gemacht hatte. Der müsse ja wirklich gut sein.

Viola ignorierte sie und sah stattdessen zu Rabe. »Fragst du das im Ernst?«

Er hatte gehofft, keine Gegenfrage zu erhalten. »Tut man das nicht? Irgendwann mal fragen? Um das klar zu machen?« Er dachte an Michi und seine dämliche Vorstellung von Beziehungsanfragen.

»Ich würde sagen, das musst du schon selbst wissen, Rabe.« Sie zog die Augenbraue hoch, was ihr Lächeln zweideutig machte und ihn nur noch mehr verwirrte. Einfach mitzulächeln und nach einer gewitzten Replik zu suchen erschien ihm als letzte Fluchtmöglichkeit, doch ihm fiel keine ein, und sie redete bereits weiter: »Viel interessanter ist doch die Frage, warum du mich seit Tagen nicht mehr geküsst hast.«

»Ich hab mich nicht getraut.«

»Weil du dich fragst, ob wir zusammen sind?«

»Ja.«

»Weißt du was?« Sie zog ihn fester an sich. »Du denkst zu viel. Stattdessen solltest du einfach mal tun, worauf du Lust hast. Sonst schreibst du irgendwann nur noch darüber, anstatt es zu erleben.«

Rabe suchte nach einer guten Antwort, doch war sie wie immer schneller: »Worauf hättest du Lust, Rabe? Jetzt, in diesem Moment?«

Er sah sie an, und es drängte ihn, ihrem Gesicht näher zu kommen. So nah wie möglich. Und doch konnte er nicht anders, als zu antworten: »Einen doppelten Whopper mit Käse.«

Viola lachte laut auf, und er versuchte mit eiligen Worten, die Situation zu retten, damit sie nicht endgültig vom Romantischen ins Alberne kippte: »Entschuldige, entschuldige! Fete fragt das auch immer. Genau so! Mit genau diesen Worten, wenn wir im Sommer in der Stadt rumhängen. Und ich antworte immer genau so. Also, ich hab das jetzt nicht so gemeint, ich –«

»Rabe!«, unterbrach sie seinen Wortschwall.

»Ja?«

»Küss mich doch endlich, du Spinner!«

Erleichtert beugte er sich zu ihr hinunter, doch bevor sich ihre Lippen trafen, sagte sie:

»Doppelter Whopper wäre eine super Idee.«

Er grinste, doch auch danach gelang es ihm nicht, sie zu küssen. Auf einmal sahen alle um sie herum zum *Komm*-Raum und gingen darauf zu. Auch er bemerkte jetzt das laute Rufen und Klirren von Flaschen, das von dort herüberdrang.

»Lass uns reingehen und schauen, was da los ist.« Viola nahm Rabes Hand, und gemeinsam folgten sie der Menge.

Drinnen rangen gerade zwei Elftklässler miteinander. Unerbittlich drückten sie sich gegenseitig zu Boden und versuchten immer wieder, den jeweils anderen in den Schwitzkasten zu nehmen. Bei der Keilerei waren offensichtlich einige Flaschen von den niedrigen Tischen gefallen, was den Kampf der beiden noch gefährlicher machte, da der Boden voller Scherben war.

Rabe bemerkte, dass zwar einige der anderen Schüler versuchten, die Glassplitter von der Tanzfläche zu kicken, auf der der Kampf stattfand, niemand aber in den Streit selbst eingriff. Es war für ihn nicht ersichtlich, ob da zwei angetrunkene Freunde miteinander rangelten, die sich wegen irgendeiner Kleinigkeit in die Haare gekriegt hatten, oder ob es eine ernsthafte Schlägerei war, die mit Verletzungen enden würde.

»Irgendwer muss die trennen!«, entschied Viola und arbeitete sich durch die Menge der Schaulustigen nach vorne.

Im nächsten Moment prallte einer der beiden Kontrahenten durch einen Stoß des anderen heftig gegen Nina, die sich in einer Ecke des Raumes in Sicherheit gebracht hatte. Sie schrie auf und versuchte, den schweren Jungen von sich zu drücken.

Dieser betrachtete ihre Gegenwehr als weiteren Angriff und pöbelte sie an: »Was? Willst du auch eine verpasst bekommen?«

Nina blickte furchtlos in die glasigen Augen des Jungen, murmelte eine Beleidigung und schubste ihn zurück auf die Tanzfläche. Doch anstatt sich dort seinem eigentlichen Gegner zu widmen, stakste er sofort wieder auf Nina zu. Er wirkte deutlich angetrunken und kaum noch in der Lage, einen koordinierten Angriff zu starten. Dennoch griff Nina nach einem Plastikbecher, in dem ein Gemisch aus Cola, Bier und Zigarettenstummeln schwamm, und schleuderte ihn in seine Richtung.

Er verfehlte sein Ziel und traf stattdessen Viola, die den Elftklässler just in diesem Augenblick wegziehen wollte. Sie spürte den Aufprall des Bechers an ihrer Schläfe, roch, wie die stinkende Flüssigkeit ihr die linke Gesichtshälfte herunterlief, und merkte, wie ihr Ohr für einen Moment verstopfte. Ihre Jacke und ihr Pullover waren ebenso nass wie Teile ihres Oberschenkels, und sie bemerkte augenblicklich, wie das Gemisch an ihrem Körper festklebte.

»Oh, sorry!«, lallte der Junge, den Veit nun endlich am Kragen gepackt hatte und durch eine Gasse aus Schülern nach draußen schleppte. Seinen Kontrahenten mussten die als Ordner eingeteilten Schüler unterdessen hinausgebracht haben, denn Rabe konnte ihn in der Menge nicht mehr entdecken.

»Hey, Rabe! Du kommst genau richtig«, witzelte Viola, als er ihr die Hand auf die Schulter legte, um zu sehen, ob mit ihr alles in Ordnung war. »Ich hab den Typen erledigt.« Sie wischte sich mit einer Hand Flüssigkeitsreste aus dem Auge und fand auf ihrer Hose einen Zigarettenstummel.

Nina kam zu ihr, entschuldigte sich für den misslungenen Wurf und bedankte sich für ihre Hilfe, doch Viola winkte ab. »Ich erwarte dafür eine Gratis-Tennisstunde.«

Nina sah Viola verständnislos an, und Rabe biss sich auf die Lippen, um nicht in Violas Lachen einzustimmen. »Komm«, sagte er zu ihr und zog sie in den Flur, der zu den Toiletten führte. »Wir sollten sehen, dass wir zumindest dein Gesicht sauber kriegen.«

»Lass gut sein!« Sie grinste. »Ich glaube, ich gehe lieber nach Hause und direkt unter die Dusche. Ich hab keine Lust, den ganzen Abend in nassen Klamotten rumzulaufen und zu stinken wie eine Vollgekotzte.« Sie hob den Arm und roch daran. »Nein, ich rieche wie *zwei* Vollgekotzte. Und ich hasse Bier.«

Rabe bot ihr an, sie nach Hause zu bringen, doch auch hier winkte sie ab. »Wie willst du das denn machen? Wieder deine Eltern anrufen? Zu Fuß ist es zu weit, und ein Bus fährt heute nicht mehr. Ich denke, ich gönne mir ein Taxi. Da stehen welche oben an der Pizzeria.«

»Ich … also …« Rabe wusste nicht recht, was er sagen sollte. Er wollte Viola so nicht gehen lassen und fühlte sich schlecht, weil sie sich beherzt ins Getümmel geworfen hatte, während er an den Terrassentüren stehen geblieben war.

Viola seufzte. »Rabe, ich bin nicht sauer auf dich, solltest du gerade das Gefühl haben. Und ich möchte dich auch nicht von der Party wegholen, nur damit du mich nach Hause begleitest. Eigentlich ist die Party doch ganz gut. Mach was mit Michi und Fete! Wo ist der überhaupt?«

»Keine Ahnung. Und einverstanden. Aber ich bringe dich wenigstens noch zum Taxi.«

Darauf konnten sie sich einigen.

Der Taxistand an der Pizzeria war noch gut gefüllt, und der erste Fahrer in der Reihe legte erwartungsvoll seine Zeitung zusammen, als Rabe und Viola auf ihn zukamen. Rabe suchte Geld aus seinem Portemonnaie heraus, damit Viola nicht alles allein bezahlen musste, aber sie wollte es nicht annehmen.

»Hey, ich bin erfolgreiche Galeristin! Schon vergessen? Ich werde mir doch ein Taxi leisten können«, protestierte sie scherzhaft. »Lass uns übermorgen treffen! Dann kann ich dir noch ein paar Verbesserungen für das Stück vorschlagen, bevor du es an einen Verlag verkaufst und unfassbar reich damit wirst.«

»Verbesserungen?« Seine Empörung war ebenso gespielt wie ihr Großmut.

Ihr Lächeln gefror, allerdings nicht wegen der Kälte, die nun, nach Mitternacht, noch ein wenig beißender zu sein schien als am Tag, sondern weil sie beide wussten, dass sie einander noch einen Kuss schuldig geblieben waren.

Zögernd bewegte Rabe sich auf Viola zu, doch dann stieg ihm der Geruch der sauren Mischung aus gegorenem Gerstensaft und klebriger Cola in die Nase, und er verzog – genau wie sie – die Nase. Die Stirnen aufeinandergelegt fingen beide an zu kichern; offenbar hatten sie wieder einmal dasselbe gedacht.

»Ich hasse Bier. Wirklich«, stieß Viola aus.

»Ich auch«, bestätigte Rabe und drückte ihr einen flüchtigen Kuss auf die rechte Wange, die zum Glück lediglich nach kaltem Rauch schmeckte.

»Lass uns das auch auf übermorgen verschieben!«, schlug sie vor.

»Ja, das ist sicher besser«, bestätigte er. »Du riechst wirklich einfach zu grässlich!«

Sie grinste. »Wenn du das so sagst, klingt es zwar nicht besonders charmant, aber Gott, du hast recht.«

Sie wandte sich ab, stieg ins Taxi und winkte ihm aus dem abfahrenden Wagen noch zu, während er die wenigen Meter zurück zum *Komm* schlenderte.

Auf den Stufen zum *Komm*-Raum stieß er auf Michi, der herausgegangen war, um Ausschau nach Marnie zu halten. Er wirkte enttäuscht und erklärte, sie hätten gestern zusammen zu Mittag gegessen und sich großartig verstanden. »Also, anders großartig, verstehst du? Wir haben uns ja immer großartig verstanden, aber gestern, ich meine …«

Rabe legte eine Hand auf die Schulter seines Freundes und sah ihm in die Augen. »Michi, ihr seid ineinander verknallt, wie du sagen würdest. Fete und ich wissen das seit Jahren. Du denkst immer, wir wollten dich ärgern, wenn wir sagen, du sollst sie ansprechen. Wir meinen das aber ernst. Ihr wärt ein tolles Paar. Und hättet ihr euch das schon im Kindergarten eingestanden, wäre uns allen eine Menge Hickhack erspart geblieben.«

»Umso merkwürdiger, dass sie noch nicht hier ist. Sie wollte auf jeden Fall kommen. Sie hat es versprochen.«

»Ich mach dir einen Vorschlag. Es ist gleich eins. Ich glaube, das ist jetzt der beste Zeitpunkt für direkt zwei Angelegenheiten.«

»Nämlich?«

»Erstens: runter an den See und eine rauchen. Zweitens: deine Schneebälle aus dem Baum holen und den

Scheißvogel von Kurtz' Dach schießen. Danach kommen wir wieder her, und du wirst sehen, dass Marnie bis dahin doch noch gekommen ist. Wahrscheinlich hat Fete sie aufgehalten, der ist ja auch noch nicht da. Vielleicht will sie dich auch nur ein bisschen auf die Folter spannen. Oder sie hat sich die Haare wieder mal neu gefärbt. Lila oder so. Wie auch immer: Wie findest du meinen Vorschlag?«

Michi willigte ein, und so schlenderten sie über den Schulhof und den Sportplatz zum Rudersteg. Jedes Mal, wenn Michi sich umdrehte, um doch noch einmal nach Marnie Ausschau zu halten, raunte Rabe: »Sie kommt schon. Sie kommt schon. Erst die Kippe, dann der Vogel, dann Marnie.«

Es war finster auf dem Sportplatz, nur das Licht entfernter Laternen fiel auf ihn. Als sie durch die Hecke schlüpften, um zum Steg zu gelangen, verschwand auch dieser letzte Rest von Beleuchtung. Nun sahen sie nur noch, was der Mond beschien, der sich gerade durch die Wolken quälte. Das Weiß des schneebedeckten Bodens und des Sees reflektierte das sanfte Mondlicht, doch schon die wenige Meter entfernt stehenden Bäume waren nur noch als Schattenrisse zu erkennen.

Der *Komm*-Raum und die Straße waren weit weg, und so war das Knirschen ihrer Füße im Schnee einen Moment lang das einzige Geräusch, das Rabe und Michi hörten. Doch dann drangen von irgendwoher Stimmen zu ihnen, heftige, aufgebrachte Stimmen, die nichts Gutes verhießen, und sie wurden lauter, je näher

Rabe und Michi der Anlegestelle für die Ruderboote kamen.

Michi deutete Rabe an, ab jetzt nicht mehr zu sprechen, und sie näherten sich leise und lauschend ihrem angestammten Rauchplatz.

»Marnie!«, flüsterte Michi und beschleunigte seine Schritte, soweit es im tiefen Schnee möglich war. »Das ist Marnie!«

Rabe nickte und bemühte sich, Michi zu folgen. Nach und nach schälten sich auch die anderen Stimmen aus dem Gewirr heraus. Das konnten nur Steiner und seine Gang sein, die laut und kehlig lachten. Und zwischen ihren tiefen Raspelstimmen immer wieder Marnies helle, fast kindliche Rufe.

Rabe spürte Michis Erregung und griff nach seinem Arm. Sie durften jetzt bloß nicht zu laut werden, mussten sich noch langsamer und vorsichtiger anschleichen.

Endlich erreichten sie den großen Baum, in dem Michi seit Wochen seine in den Pausen perfektionierten Eisbälle hortete. Der Stamm war breit genug, dass Michi und Rabe sich hinter ihm verbergen und links und rechts an ihm vorbeischauen konnten, ohne selbst gesehen zu werden. Ohnehin mussten Steiner und die anderen ihre Köpfe für Büsche oder Schatten halten; mehr als Umrisse würden auch sie in dieser erstickenden Dunkelheit nicht erkennen.

Michi lugte um den Stamm und hielt den Atem an. Steiner und zwei seiner Leute – alle drei in dunkle Parkas mit bedrohlich aufgestellten Kragen und schwarze Mützen gekleidet – schoben sich gegenseitig ein zierliches blondes Mädchen zu, das sich nach besten Kräften wehrte, aber den massigen Peinigern so gut wie nichts entgegenzusetzen hatte. Selbst aus der Ferne konnte er erkennen, dass es tatsächlich Marnie war und dass sie die Männer ohrfeigte, wenn sie versuchten, ihre Wange oder ihren Hals zu küssen. Jetzt hielt einer der drei ihre strampelnden Füße fest, und zu dritt warfen sie Marnie in einen Schneehaufen und lachten, als gäbe es nichts Lustigeres, als ein wehrloses Mädchen zu erniedrigen.

Marnies Haare glänzten feucht, und Michi erkannte, dass es nicht das erste Mal gewesen war, dass die Kerle sie in den Schnee warfen. Auch fehlte ihr Wintermantel; sie war nur noch mit ihrer Jeans und einem leichten Wollpullover bekleidet, der sich schon mit Schnee vollgesogen haben musste, so wie er an ihrem Körper hing.

Wahrscheinlich war Marnie von ihren Eltern zum Fest gebracht und am Lehrerparkplatz rausgelassen worden. Von dort war der Weg am Wasser entlang und über den Sportplatz der schnellere. Steiner musste sie hier abgefangen haben. Eine gute Stelle, wenn man jemanden quälen wollte, denn ihre Hilferufe hörte hier unten niemand.

»Wir müssen was tun, Rabe!«, flüsterte Michi, so leise er konnte, und klang trotzdem, als würde er seine ganze Verzweiflung herausschreien.

»Wir rufen meinen Vater an, der hat heute Dienst und fährt sicher irgendwo Streife. An der Pizzeria ist eine Telefonzelle. Komm!« Rabe sprang auf und zog Michi mit sich, der sich aber losriss. »Was ist? Komm mit!«

»Nein. Ich lasse Marnie nicht allein.«

»Was willst du denn machen?« Rabe sah seinen Freund panisch an. Allein hatten sie keine Chance. »Wir brauchen die Hilfe der Polizei. Oder ich ruf da an, und du holst in der Zwischenzeit Leute aus dem *Komm*-Raum, dann können wir Steiner verjagen. Sag es Veit!«

»Ich bleibe hier«, beharrte Michi leise, aber entschieden. »Renn, Rabe! So schnell du kannst! Ich lass mir was einfallen.«

»Du bist bescheuert. Die bringen dich um.«

»Jetzt renn endlich!«

Und Rabe rannte, so schnell er konnte. Er fiel mehrfach auf die Knie, weil er im Dunkeln einen Ast oder einen großen Stein übersah, rappelte sich aber immer wieder auf. Er wusste: Wenn er den Parkplatz erreichte, wäre er in etwa fünf Minuten an der Telefonzelle.

Kurz bevor er sie erreichte, bekam er trotz der bitteren Kälte, die ihm bei seinem Sprint die Lunge vereiste, einen Schweißausbruch. Hatte er überhaupt noch Kleingeld?

Marnies Schreien und Wimmern zu hören und nichts tun zu können war kaum auszuhalten. Michi sah, wie Steiner ihr unter den Pullover griff und seine Hand dort selbst dann ließ, als Marnie auf seine Arme einschlug.

»Hab dich nicht so, du nasse Katze!«, geiferte er und hob Marnie hoch.

Entsetzt beobachtete Michi aus seinem Versteck, wie der fast ein Meter neunzig große, grobschlächtige Kerl Marnie schulterte, als wäre sie leicht wie ein Schlafsack, und auf den Steg hinaustrug.

»Hey, Steiner!«, rief einer der anderen Jungs. »Wollen wir mal sehen, ob die Kleine schwimmen kann?«

Steiner antwortete mit einem zustimmenden Grunzen und ließ Marnie von seiner Schulter sinken; sofort ergriffen die beiden anderen sie, hoben sie an Knöcheln und Schultern in die Höhe und schwenkten sie in Richtung des Sees. Ihr Lachen wurde lauter, je knapper Marnie über dem Wasserspiegel schwebte.

Michi war klar: Marnie würde erfrieren oder zumindest einen schweren Schock erleiden, wenn sie tatsächlich im See landete. Sie war vermutlich ohnehin schon unterkühlt. Wer wusste schon, wie lange sie den drei Hünen bereits ausgeliefert war?

Die Sache von damals kam ihm in den Sinn – wie sehr er sich gewehrt hatte und wie chancenlos er gewesen war. Aber er musste etwas unternehmen. Jetzt! Hier zu stehen und das grausame Spektakel im fahlen Mondlicht ansehen zu müssen war unerträglich. Auch wenn sie sicherlich fünfzehn Meter entfernt von ihm war, glaubte Michi Marnies Gesicht zu sehen: blau vor Kälte und starr vor Angst.

Er blickte sich um. Noch immer war kein Blaulicht, waren keine nahenden Taschenlampen zu sehen. Nichts als Weiß und Schwarz. Michi sah zurück zum Steg, sah, wie Steiner langsam auf Marnie zuging, hörte, wie er grölte, sie solle ihn besser küssen als schreien, und erkannte, dass sie sich nun überhaupt nicht mehr wehren konnte.

Es gab nur eine Möglichkeit! Er kniete sich hin, klaubte so viele Eisbälle aus seinem Baumversteck, wie er tragen konnte, und schlich sich so nah wie möglich an den Steg heran. Ein niedriger Busch, etwa zehn Meter von Marnie und den anderen entfernt, gab ihm zumindest ein wenig Schutz. Die Kerle lachten laut und starrten auf die weinende, vor Kälte und Angst zitternde Marnie. Noch hatte ihn niemand entdeckt.

Michi kniff die Augen zusammen, versuchte, Entfernung und Winkel zu berechnen. Steiner und seine Handlanger zu treffen konnte eigentlich nicht schwerer sein, als die Pappvögel im Garten zu erwischen. Sie waren schließlich wesentlich größere Ziele. Wenn sie sich nur nicht ständig bewegen würden! Außerdem würde ein Treffer an Rücken oder Arm, egal wie hart er wäre, außer einer kurzen Irritation kaum etwas ausrichten.

Wenn er nur nicht so viel Angst gehabt hätte, Steiner zu verfehlen und stattdessen Marnie zu treffen!

Doch die verzweifelten Geräusche, die sie von sich gab, duldeten keinen weiteren Aufschub, und Michi nahm alle Konzentration zusammen. Als Marnie aufgab, sich zu wehren, und Steiner seinen Freunden verkündete, es sei Zeit, endlich »richtig Spaß zu haben«, richtete sich Michi auf. Mit aller Abgeklärtheit, die er durch sein Training der letzten Wochen gewonnen hatte, richtete er seinen Wurf aus und zielte. Noch während der Eisball flog, spürte Michi, wie gut er die Flugbahn geschätzt hatte.

Möglich, dass Steiner für den Bruchteil einer Sekunde etwas gehört hatte und deshalb in Michis Richtung sah. Möglich, dass er auch den weißen Punkt aus dem Dunkel auf sich zuschnellen sah. Dennoch hatte er keine Chance. Die weiße Billardkugel aus Schnee und Eis prallte ihm mitten ins Gesicht, zertrümmerte sein

Grinsen und seine Nase und ließ ihn benommen zurücksinken.

Steiner taumelte, wankte, und seine Beine – wacklig durch den überraschenden Treffer – tänzelten zwei Schritte nach hinten und über den Rand des Stegs. Im nächsten Augenblick brach er mit einem krachenden Geräusch durch die dünne Eisschicht des Sees und ging lautlos unter. Seine Gefährten waren zu schockiert, um zu entscheiden, ob sie zuerst nach ihrem Anführer oder doch lieber nach der Herkunft des Geschosses schauen sollten. So tat der eine das eine und der Unglücklichere der beiden das andere; denn auch Letzteren traf nun ein Schneeball ungeheurer Härte. Seine Wange platzte auf, und Blut spritzte.

»Mein Auge! Mein Auge! Scheiße!«, brüllte er, während er sich das Gesicht hielt.

»Hör auf zu heulen, du Schlappschwanz!«, bellte der andere. »Wir müssen Steiner helfen. Der ist da irgendwo unter dem Eis und kommt nicht mehr hoch!«

Sie knieten sich auf den Steg und beugten sich über das Wasser, um Steiner herauszuziehen.

Marnie hatten sie völlig vergessen, und sie nutzte die Chance und rannte um ihr Leben. Als sie am Gebüsch vorbeikam, schloss Michi sich ihr an. »Marnie! Ich bin's, Michi!«, wisperte er dabei, um sie nicht zu erschrecken. »Komm schnell! Polizei ist schon unterwegs.«

Noch im Laufen öffnete er seine Jacke und reichte sie ihr. Er spürte sofort, wie bitterkalt es ohne sie war, und mochte sich gar nicht vorstellen, wie erfroren Marnies Gliedmaßen sein mussten.

Nach wenigen Minuten, die ihnen wie Stunden vorkamen, erreichten sie die Straße, und Michi blieb erleichtert stehen. Hier würde ihnen nichts mehr passieren. Laternenlicht umfing sie wie ein schützender Kokon, und es war Michi, als habe er mit einem beherzten »Eins-zwei-drei-nicht-mehr-dabei« eine Auszeit vom Fangen genommen.

Er sah, dass Rabe von der Pizzeria aus die Straße überquerte und zu ihnen kam. Marnie blickte ihn leer an, doch als Rabe fragte, ob alles in Ordnung sei, brach sie in Tränen aus, und sie vergrub ihr Gesicht in Michis Arm.

Wenige Augenblicke später hielt ein Polizeiwagen bei ihnen. Die Beamten ließen sich von Michi und Marnie erzählen, was vorgefallen war, und Marnie berichtete, wie die drei jungen Männer sie abgepasst und gequält hatten, bis endlich Michi gekommen war und ihre Peiniger in die Flucht geschlagen hatte. Wie genau er das getan hatte, verschwieg sie, und auch eine Anzeige wollte sie nicht machen, obgleich Rabe darauf drängte und den Polizisten Steiners Namen nannte.

»Ich möchte nur noch nach Hause«, sagte Marnie erschöpft. »Und Michi soll mich begleiten«, erklärte sie den Polizisten, die angeboten hatten, sie nach Hause zu fahren. »Er wohnt im Haus nebenan.«

»Du kommst erst mal mit zu mir«, schlug Michi vor, »dann können deine Eltern rüberkommen, und wir erklären ihnen gemeinsam, was passiert ist. Nicht dass sie einen Schreck bekommen, weil du von der Polizei gebracht wirst.«

»Egal«, sagte Marnie und sah Michi an. »Meinst du, es sind vielleicht noch Kartoffelpuffer da?«

»Wahrscheinlich nicht«, sagte Michi, der unweigerlich schmunzeln musste. Wann waren je Kartoffelpuffer übrig geblieben?

Kurz darauf stiegen er und Marnie in den Streifenwagen ein.

Rabe sah dem sich entfernenden Wagen nach. Er hatte das Angebot der Polizisten, auch ihn nach Hause zu bringen, abgelehnt und überlegte nun, ob er noch einmal in den *Komm*-Raum gehen sollte. Oder war es besser, zu Viola zu gehen, bei ihr zu klingeln und ihr irgendeine pathetische Liebeserklärung zu machen? Schließlich fühlte sich der Ausgang dieses Abends an wie ein Film – und da gehörten Liebeserklärungen zu einem guten Schluss.

Er sah auf die Uhr. Es war schon fast zwei, und ein Fußmarsch zu ihr würde wohl eine knappe Stunde dauern. Zurück zur Feier? Die Lehrer komplimentierten wahrscheinlich schon längst die am hartnäckigsten feiernden Schüler aus dem *Komm*-Raum.

Die Musik war längst aus. Die Lehrer schlossen die Türen. Am Eingang standen noch einige Schüler herum und verteilten Zigaretten. Nina stolperte die Treppe hoch, hustete und erbrach sich lautstark in ein Gebüsch. Rabe musste ebenfalls kurz würgen, ging aber zu ihr hin und legte ihr die Hand auf die Schulter. »Brauchst du Hilfe?«

Ninas Lidschatten war verlaufen. Ihr Blick flimmerte leicht, doch sie hatte sich noch nicht vollends abgeschossen, denn sie lächelte ihn an, fuhr sich mit dem Finger über die Zähne und schnalzte mit der Zunge, als hätte sie sich nicht gerade übergeben, sondern ein Festmahl beendet.

Stil geht über Inhalt, dachte Rabe kurz, ohne genau zu wissen, was er damit meinte, aber der Satz war in seinem Kopf, und er wusste, er würde ihn später aufschreiben.

»Rabe!«, sagte Nina. Sie wirkte selbstbewusst wie immer, wenn auch etwas wacklig auf den Beinen. »Es ist so dumm, dass wir uns immer zoffen. Du bist doch 'n ganz Netter.« Sie sagte es, als sei er beides schuld: ihren Zwist und seine Freundlichkeit.

»Hast du 'ne Kippe?«, fragte sie, bevor ihm eine passende Antwort eingefallen war.

Er reichte ihr die letzte aus seiner Schachtel und zündete sie für sie an.

Sie grinste und nahm einen tiefen Zug. »Diese Weihnachtsfeier ist immer so kacke!«

Sogar der Rauch schlängelt sich bei ihr immer eleganter nach oben als bei allen anderen, dachte Rabe. Als wüsste selbst die Zigarette, wie man sich Nina gegenüber zu benehmen hatte. Selbst wenn sie gerade eine Hecke vollgekotzt hatte. »Ich finde sie eigentlich immer ganz okay«, sagte er.

»Danke für die Zigarette. Und entschuldige noch mal.«

Er grinste. »Wofür? Dass ich dir beim Reihern zusehen musste?«

Sie stutzte, merkte offenbar, dass sie in ihrem Gespräch keinen Stich mehr machen konnte. Sie hatte zu viel Alkohol im Blut, um wirklich eloquent zu sein – und zu wenig, um *wieder* eloquent zu werden. Sie legte ihre Hände zusammen, richtete ihre Finger wie eine Pistole auf ihn und blinzelte ihm zu. »Du. Bist. Witzig. Wir sehen uns im neuen Jahr, Rabe!«

»Auf jeden Fall«, sagte er und schoss zurück.

Während Nina zurück zu einer Gruppe Jungs ging, drängte es Rabe seltsamerweise, noch einmal runter an den See zu gehen.

36

Am Durchgang vom Sportplatz zum Seegrundstück
blieb Rabe stehen. Die Zigarettenschachtel, die er für
die Feier gekauft hatte, war leer, und es bestand die vage
Möglichkeit, am See auf Steiner und seine Leute zu treffen. Er lauschte einen Moment, hörte aber nichts. Zudem war wohl sicher eine halbe Stunde vergangen, seitdem Marnie und Michi von der Polizei abgeholt worden
waren. Nicht anzunehmen, dass Steiner danach noch
hiergeblieben war.

Kurz entschlossen schlüpfte Rabe auf das Gelände
der Ruder-AG. Es war verwaist, und allein die unzähligen Fußspuren im Schnee zeugten von Marnies Kampf
mit Steiner. Auch der Steg war leer; in den Spuren auf den
rutschigen Brettern bildeten sich bereits kleine Eiskristalle.

Warum zog es ihn hierher? Wegen der Stille, die nur
von Wind, Wasser und den Flügelschlägen einiger besonders mutiger oder hungriger Wasservögel unterbrochen wurde? Wegen der Lichter am anderen Ufer? Oder
liebte er diesen Platz, weil es ihr Platz war? Der Ort von
ihm, von Fete und Michi?

Er sog die Nachtluft ein. Sie schnitt kalt in seine

Lunge, aber sie war auch rein und belebend. Der Hall eines Glockenschlags wurde vom anderen Ufer zu ihm herübergetragen. Ob es halb drei oder schon drei war? Vermutlich irgendwas dazwischen. Vielleicht war es doch Zeit, nach Hause zu gehen und sich auf die nächsten Tage zu freuen. Auf die Gespräche mit Fete, der ihnen noch eine Erklärung schuldete, wo er gewesen war, und mit Michi und Marnie. Er fragte sich, ob sie nicht doch noch Anzeige gegen Steiner erstatten würde, zumal die Polizisten angekündigt hatten, dass sie wohl auch ohne Anzeige ermitteln würden.

Zu gern hätte Rabe auch gewusst, wie genau es Michi gelungen war, Marnie aus den Händen von Steiners Gang zu retten. Er glaubte nicht, dass Michi drei stadtbekannte Schläger allein kraft seines autoritären Auftretens in die Flucht geschlagen hatte. Aber er würde es erfahren, morgen oder übermorgen. Wenn alle wieder ausgeschlafen waren.

Er freute sich auch auf Viola. Auf den Kuss, den sie sich schuldeten. Auf das, was sie in den nächsten schulfreien Wochen unternehmen konnten.

Aber er hatte das Gefühl, jetzt, in diesem Moment, wartete noch etwas darauf, getan zu werden.

Er ging zu Michis Baumversteck und sah hinein. Zu seiner Verwunderung war die Höhle beinahe leer. Dabei hatte Michi doch so gut wie jeden Tag in seinen vielen Zigarettenpausen neue Eisbälle geformt. Immerhin, drei Stück lagen noch dort. Rabe nahm sie an sich und bewegte sie in seinen Händen hin und her, damit sie nicht schmolzen.

Eiligen Schrittes verließ er das Seegelände und bog in die Straße ein, in der Kurtz' Haus stand. Als er davor stand, war er überrascht und ein wenig erschrocken, wie hoch der goldene Wetterhahn auf dem Dach thronte. Ausgeschlossen, ihn zu treffen, zumal seine Wurfkünste schon miserabel waren, wenn es im Sportunterricht darum ging, Lederbälle möglichst weit von sich zu schleudern! Mit Schneebällen ein solches Ziel zu treffen erschien ihm fast unmöglich, so eindrucksvoll Michis Übungswürfe in der letzten Zeit auch gewesen waren.

Auf einmal schien ihn auch seine weite schwarze Jacke einzuengen und einen nur halbwegs gezielten Wurf zu verhindern. Also zog er sie aus, legte sie auf den Bürgersteig und zwei der drei Bälle darauf.

Sein erster Wurf schaffte es zumindest bis zum Dach. Michis kleine Kunstwerke hatten tatsächlich eine angenehme Schwere und ließen sich erstaunlich gut platzieren.

Rabe griff nach dem zweiten Eisball, und dieses Mal ging sein Wurf sogar über den filigran ausgestalteten Kamm des Wetterhahns hinaus; der Ball flog hoch über das goldene Mistvieh hinweg.

Angestrengt stieß Rabe Luft aus seinem Mund, die sofort gefror. Obwohl Michi nicht hier war und er selbst nicht daran glaubte, mit dem letzten Ball Erfolg zu haben, konzentrierte er sich, als würde er über einem Satz in einem seiner Drehbücher brüten. Er sah sich noch einmal um, doch weder auf dem Weg, der um den See führte, noch auf der entfernten Straße war jemand zu sehen. Wenn er nun, beim dritten Mal, ebenfalls nicht traf, würde niemand es mitbekommen.

Rabe schloss für einen Augenblick die Augen. Dann zielte er und legte alle Kraft in die Linie, die er gedanklich zwischen seinen ersten und zweiten Wurf gezogen hatte. Sein Arm schmerzte zwar schon, aber Michi wäre sauer gewesen, hätte es nicht wenigstens irgendwer versucht. Als er den Schneeball schließlich aus seiner Hand feuerte und sah, wie dieser auf den goldenen Vogel zusteuerte, war Rabe, als könnte er die Flugbahn wie eine gestrichelte Linie in der Luft erkennen.

Und der Ball traf. Er traf heftig.

Ein metallischer Knall zerschnitt die Stille und hallte durch die Nacht. Der Hahn drehte sich, als würde ein Hurrikan über ihn hinwegfegen. Auch das löffelförmige Rädchen darunter, das Rabe an Zapfsäulen erinnerte, die er jedes Mal hypnotisiert anstarrte, wenn seine Eltern tankten, drehte sich. Und noch immer drehte sich der Hahn. Er fiel zwar nicht vom Dach – dazu war er wirklich zu gut befestigt, wie Rabe und Fete es Michi immer wieder prophezeit hatten –, aber immerhin hatte Rabe getroffen. Und statt wegzulaufen, wie es vielleicht angebracht gewesen wäre, begann er zu lachen und einen Freudentanz aufzuführen wie ein Boxer nach einem gelungenen Punch. Völlig ungeschützt präsentierte sich Rabe der Nacht und auch Kurtz, falls der mächtige blecherne Schlag diesen geweckt haben sollte. Doch es war ihm egal.

Rabe drehte sich triumphierend: zum Bodensee, zur Straße. Er feierte sich vor den Bäumen und den geparkten, zugeschneiten Autos. Eigentlich war es schade: Er hatte triumphiert, und wirklich niemand hatte es gesehen.

318

Irgendwann merkte Rabe, wie sehr ihm die Kälte in die Glieder gefahren war. Er nahm seine Jacke vom Boden, zog sie an, schloss Reißverschluss und Knöpfe und blies in seine verfrorenen Hände. Sie brannten vor Kälte, aber es störte ihn nicht in seiner Freude. Langsam, aber mit breiten Schritten ging er den Berg hoch, der zur Pizzeria und zur Hauptstraße führte. Plötzlich hörte er nicht mehr nur seine Schritte und den spärlichen, weit entfernten Verkehr, sondern auch das leise Rauschen von fallendem Neuschnee.

Er ging, und mit jedem Schritt wurden die Flocken dicker und die Welt wieder ein wenig weißer. Rabe wusste, wenn er eine Dreiviertelstunde oder ein bisschen länger auf dem Weg bliebe, würde er bei sich zu Hause ankommen.

Er musste einfach nur weitergehen.

Es musste einfach nur weitergehen.